Solange du *lieben* kannst

Hanne Benden

Bibliografische Information der Deutschen Nationalbibliothek:

Die Deutsche Nationalbibliothek verzeichnet diese Publikation in der Deutschen Nationalbibliografie; detaillierte bibliografische Daten sind im Internet über *http://dnb.dnb.de* abrufbar.

Impressum

Lektorat & Korrektorat: Daniela Mertens
Covergestaltung: Nadine Merschmann
– *www.nadinemerschmann.de* @coverfunken
unter Verwendung von Grafiken von *depositphotos.com*

Satz & Layout: Jonathan Dehn
Gesetzt in Desire Pro, Chelsea Market Script & Arno Pro

© 2023 Hanne Benden
Herstellung und Verlag:
BoD – Books on Demand, Norderstedt
ISBN: 978-3-756-881406

CONTENTNOTES

In diesem Roman werden potenziell
triggernde Themen aufgegriffen.
Diese findest du auf Seite 225 am
Ende des Buchs und auf der Website
der Autorin *www.hannebenden.de*

1.
Kapitel

1 ch zog meinen Wohnungsschlüssel so ruckartig aus dem Schloss, dass die Tür noch einmal ordentlich Schwung bekam und gegen die Wand krachte. Leonie steckte den Kopf aus ihrem Zimmer in den Flur.

»Lene? Was ist denn los?«

Unterdessen riss ich mir mit einer Hand die Schuhe von den Füßen und pfefferte mit der anderen den Schlüssel auf die Kommode im Flur.

»Stress!«, rief ich nur und stürmte direkt weiter in mein Zimmer. Ich warf meine Tasche aufs Bett, der Anorak flog hinterher. Hektisch öffnete ich die Türen meines Kleiderschranks und kramte eine schwarze Hose hervor. Aus den Augenwinkeln bemerkte ich, dass Leonie mir gefolgt war und nun mit besorgtem Blick am Türrahmen lehnte.

»Ist alles okay?«

Ich wandte mich zu meiner Mitbewohnerin um, nickte schnell, löste das Zopfgummi aus meinem Nacken und fuhr mir mit der Bürste durchs Haar.

»Ja, alles okay«, antwortete ich mit zusammengepressten Zähnen, mit denen ich das Zopfgummi hielt. »Vor zwanzig Minuten hat Friedhelm mich angerufen und gefragt, ob ich spontan arbeiten kann. Ach, was heißt gefragt – er hat mich nahezu angefleht. Nora hat abgesagt und niemand sonst hat Zeit.«

Leonie hörte sich stumm meine Ausführungen an und sah zu, wie ich mein Haar zu einem Zopf flocht.

»Weißt du, das ist mal wieder so typisch Nora! Den ganzen Tag schon Kopfschmerzen haben, aber erst um kurz vor sechs auf die Idee kommen, dass sie ihren Dienst absagen muss.«

Mit schnellen Bewegungen wickelte ich das Haarband um das Zopfende, steckte eine verbleibende Strähne mit zwei Haarnadeln fest und warf einen Blick in den Spiegel. Alles saß fest, sehr gut. Ich schlüpfte in die Hose, zupfte noch einmal mein Oberteil zurecht und griff nach meiner Jacke.

»Bis später!«, rief ich meiner Mitbewohnerin zu, auch wenn ich nicht ernsthaft glaubte, sie nach dem Ende meiner Schicht zu sehen.

»Vergiss deinen Schlüssel nicht.« Leonie deutete auf die Kommode.

Im Vorbeigehen griff ich nach dem Schlüsselbund, stopfte ihn in meine Tasche und verließ die Wohnung. Vor dem Fahrradständer fiel mir jedoch ein, dass ich den Schlüssel ja wieder brauchte, um mein Fahrrad freizuschließen. Natürlich fand ich ihn in der Eile nicht so schnell, wie ich wollte, und so stellte ich fluchend die Tasche auf meinen Gepäckträger, öffnete weit den Reißverschluss und wühlte zwischen Kalender, Portemonnaie und allerlei Uni-Kram herum, bis ich den Schlüssel endlich fand. Wenn ich halbwegs pünktlich zum Dienst kommen wollte, musste ich mich jetzt beeilen.

Stinksauer bretterte ich über die erste Kreuzung. Ich hatte mich auf ein gemütliches Abendessen mit Leonie und Wilma gefreut, stattdessen hatte ich nun Hals über Kopf die Bibliothek verlassen müssen, um für Nora als Kellnerin einzuspringen. Statt Leonies leckerem Kartoffelauflauf, der gerade schon verführerisch aus der Küche geduftet hatte, würde ich heute Abend einen Salat oder ein Baguette in Etappen essen. Und die letzten zehn Seiten vom Lektürepaket für das morgige Seminar konnte ich vergessen. Toll auch! Zu allem Überfluss hatte ich in all der Hektik meine Handschuhe in der WG liegengelassen, was sich nun rächte. Für Ende März war es noch ganz schön kalt. Zumindest zu kalt, um abends ohne Handschuhe Fahrrad zu fahren.

Mit steifen Fingern schloss ich mein Rad im Hof der Studentenkneipe an und stürmte durch den Hintereingang hinein.

Friedhelm kam mir schon auf halbem Weg zur Küche entgegen. Sein Gesicht sprach Bände. Erleichtert warf er die Hände in die Luft und seufzte.

»Malene! Ein Glück! Jessy weiß schon gar nicht mehr, wo ihr der Kopf steht. Es ist total voll heute Abend. Und später kommt noch eine Geburtstagsgesellschaft von meinen Rollenspielerfreunden.«

Ich seufzte ebenfalls. Für einen kurzen Moment hatte ich gehofft, es könnte ein entspannter Dienst werden. Aber das war zu Semesterbeginn wohl naiv. Schnell hängte ich meine Jacke auf den Haken und folgte meinem Chef in die Schankstube. Beinahe traf mich der Schlag. Schon jetzt waren alle Tische besetzt. Es schien, als hätten sich alle Studierenden ausgerechnet heute Abend überlegt, ins *Ring* zu kommen.

Friedhelm hatte schon wieder Stellung hinter dem Tresen bezogen und schenkte Bier an die Gäste aus, während ich mir noch zwei Sekunden Zeit gönnte, um meine Gedanken zu sammeln. In diesem Moment kam meine Kollegin Jessy um die Ecke gebogen und stellte ein Tablett mit leeren Gläsern hinter den Tresen. Ihr Gesicht hellte sich auf, als sie meinen Blick fing.

»Lene, bin ich froh, dass du da bist!« Sie fiel mir um den Hals und verhinderte damit, dass mir die Schleife für meine Schürze ordentlich gelang. Ehe ich etwas erwidern konnte, plapperte Jessy schon weiter. »Übernimmst du links? Ich mach rechts weiter. Die drei Mädels hinten an Tisch 14 sind schon länger da, bei denen solltest du zuerst die Bestellung aufnehmen. Und dann ist, glaub ich, Tisch 9 dran.«

Mit diesen Worten nahm sie ein neues Tablett mit Gläsern auf und verschwand damit zu den Tischen im hinteren Bereich der Kneipe. Ich nickte ein wenig perplex, schnappte mir einen Block und einen Kuli von der Theke und machte mich auf den Weg zu Tisch 14.

Die nächsten zwei Stunden rannte ich ununterbrochen durch die Kneipe, Tablett und Arme abwechselnd mit vollen und leeren Gläsern und Tellern beladen. Und während ich den Gästen Salat, Suppen oder überbackene Baguettes servierte, versuchte ich, das immer stärker werdende Ziehen in meinem Bauch zu ignorieren. Das hatte ich nun davon, dass ich mich seit dem Nachmittag in der Bib diszipliniert und nichts gegessen hatte. Aber da war ich auch noch davon ausgegangen, in den Genuss von Leonies Auflauf zu kommen. Es juckte mich in den Fingern, in eines der üppig mit Tomaten und Mozzarella belegten Baguettes zu beißen. Aber das war natürlich nicht drin. Je größer mein Hunger wurde, desto missgestimmter wurde ich, und ich wünschte Nora zu ihren Kopfschmerzen insgeheim noch die Pest an den Hals. So hatte ich mir den Semesterbeginn nicht vorgestellt. Wäre ich bloß in Dänemark bei meiner Familie geblieben!

Als ich um halb neun ein paar Sekunden verschnaufen konnte, lehnte ich mich hinter dem Tresen an die Wand und knetete meinen Bauch, dessen Grummeln meines Erachtens nach die Gespräche der Gäste um Längen übertönen musste. Immerhin war gerade eine Gruppe von Gästen hinausgegangen und hatte drei leere Tische zurückgelassen, auf die Friedhelm nun *Reserviert*-Schilder stellte.

Als er zurückkam, sah er mich überrascht an.

»Malene, was machst du denn für ein Gesicht? Bist du etwa auch krank?«

»Nein, nur hungrig«, murmelte ich gequält, griff aber tapfer nach einem Lappen, um die frei gewordenen Tische abzuwischen.

»Kein Abendessen gehabt?«

Ich schüttelte den Kopf. *Besser nicht an Leonies Auflauf denken!*

Friedhelm sah mich aufmunternd an. »Das ist hart! Na komm, mach schnell die Tische hinten sauber, ich sag in der Küche Bescheid, dass sie dir für deine Pause ein Baguette fertig machen.«

Das klang doch gar nicht so schlecht. Ich trank einen Schluck Wasser, um das schlimmste Hungergefühl zu vertreiben, und machte mich wieder an die Arbeit.

»Hallo Friedhelm! Verehrter Meister!«, dröhnten gleich mehrere Stimmen aus der Schankstube. Das klang verdächtig nach den Rollenspielern, die Friedhelm angekündigt hatte. Ich wandte mich um. Richtig; gut ein Dutzend junge Männer betrat die Kneipe und steuerte auf die reservierten Tische zu. Bis auf einen waren alle Mitglieder der Gruppe in aufwändige Kostüme gekleidet, die mich stark an *Herr der Ringe* erinnerten. Drei von ihnen trugen sogar ihre täuschend echt wirkenden Polsterwaffen mit sich. Na, das konnte ja lustig werden! Schmunzelnd kehrte ich mit dem Lappen zurück hinter den Tresen und wartete, bis die Gruppe sich gesetzt hatte, ehe ich schließlich rüberging, um ihre Bestellungen aufzunehmen.

»Kurzes Time-Out! Die erste Runde geht auf mich«, rief der große blonde Typ, der am Kopf des ersten Tisches saß, seinen Freunden zu. Ich verkniff mir ein Lächeln. Obwohl ich schon anderthalb Jahre in Erlangen studierte, amüsierte es mich immer wieder, wenn ich jemanden fränkisch reden hörte. In meinen norddeutschen Ohren klang es einfach lustig. Ich reichte ein paar Karten herum, die allerdings nur die wenigsten beachteten. Für einen Moment fragte ich mich, ob die Jungs die Getränke, die sie bestellten, wirklich mochten oder ob sie mit ihren Bestellungen nur ihren Rollen gerecht werden wollten. Ob der Vorsitzende auch ohne sein Kostüm, einen langen dunklen Umhang und einen zerlumpt wirkenden Filzhut, ein Schwarzbier bestellt hätte?

Als ich die Getränke brachte und auf den Tischen verteilte, erhob sich der einzig Unkostümierte aus der Gruppe, nahm sein Glas zur Hand und wandte sich dem Blonden am Kopf des Tisches zu.

»Ich möchte diese Gelegenheit gern nutzen, um einen kleinen Toast auszusprechen. Basti, wir kennen uns jetzt schon seit über zwanzig Jahren. Jahre, in denen wir verrückte Aktionen gestartet haben – das heißt, du hast sie gestartet und mich mit reingezogen. Jahre, in denen auf dich in jeder Hinsicht Verlass war. – Wenn man mal von deinem Eintritt in diese Schauspieltruppe absieht.«

Der Großteil der jungen Männer an den Tischen sah den Redner empört an, der sich davon jedoch nicht beirren ließ und weitersprach.

»Ich möchte Danke sagen für diese Zeit und freue mich auf die nächsten zwanzig Jahre.«

Ich hatte das letzte Glas abgestellt und verschaffte mir einen Überblick, ob nun alle am Tisch versorgt waren. Als ich das leere Tablett wieder aufnahm, blieb der Blick des Redners kurz an mir hängen und er lächelte mich an. Es kam nicht oft vor, dass jemand hier so einen Toast aussprach, schon gar nicht unter Studierenden. Aber es hatte nett und vor allem aufrichtig geklungen, was er gesagt hatte. Ich lächelte zurück. Er hob sein Glas noch ein Stück höher und wandte sich wieder seinem Freund zu.

»Deshalb wünsche ich dir nun das Allerbeste zum Geburtstag, Gesundheit und Glück für die nächsten Jahre. Auf Bastian!«

»Danke, Poldi«, sagte der Blonde, nachdem er getrunken hatte.

»Sag noch einmal Poldi zu mir und ich ziehe meinen Toast wieder zurück«, entgegnete der Angesprochene. Im nächsten Moment legte er Bastian aber den Arm um die Schultern und zog ihn kurz an sich. Bastian erwiderte die Geste lachend.

Ich wandte das Gesicht ab, um mein Lachen zu verbergen, und machte mich schleunigst auf den Weg zurück zum Tresen.

»Das ist eine lustige Truppe«, sagte Friedhelm zu mir und machte eine vielsagende Kopfbewegung in Richtung der kleinen Gesellschaft.

»Ja.« Mehr fiel mir dazu nicht ein. Wenn Friedhelm Gäste aus der Rollen-spielgruppe hatte, vergaß er früher oder später, dass er Kneipenwirt und nicht König einer Fantasywelt war. Er war seit einigen Jahren Spielleiter ei-ner Gruppe von Live Act Role Playern, die mittlerweile samt und sonders Stammgäste im *Ring* waren. Mein Chef sah gedankenverloren zu der Gruppe hinüber und spülte dabei ein Glas zum zweiten Mal.

»Das ist eine sehr interessante Mischung an Charakteren, schade, dass die Mädels fehlen«, sagte Friedhelm. »Es wird Zeit, dass wir uns mal wieder für eine ausgiebige Spielrunde treffen. Ich würde zu gern wissen, wie der Kampf zwischen den Zwergen und den Zauberern ausgeht.«

Unser Wirt philosophierte nur zu gern über Spielstände und mögliche Entwicklungen, sodass der gesamte Kellnerstab des *Rings* über diese Paral-lelwelt meistens bestens informiert war.

Ich hatte keine Zeit, ihm weiter zuzuhören, da zwei Gäste gerade einen Tisch verlassen hatten. Kaum hatte ich die leeren Gläser weggeräumt, setzten sich gleich zwei neue Gäste an den Tisch. Schnell ließ ich meinen Blick durch den Raum schweifen. Wo kamen nur all diese Leute her? Gab es keine ande-ren Kneipen und Bars in der Stadt?

Mir war bereits warm und langsam, aber sicher geriet ich ins Schwitzen. Hoffentlich konnte man mir das nicht allzu sehr ansehen. Zum Glück winkte Friedhelm mich just in diesem Augenblick zur Seite und schickte mich in die Pause. Im Hinterzimmer ließ ich mich auf einen Stuhl fallen, schloss die Augen und streckte die Beine aus. Der Geruch von geschmolzenem Käse und Kräutern stieg mir in die Nase. Ich öffnete die Augen und sah ein goldgel-bes Baguette auf dem Tisch neben mir. Meine Lieblingssorte! So verrückt er manchmal auch war, aber Friedhelm war ein toller Chef! Wie immer ver-brannte ich mir die Zunge, als ich dem Geruch nicht länger widerstehen konnte und in das Sandwich biss, aber das konnte ich verschmerzen. Haupt-sache, wieder etwas im Magen.

Als ich aufgegessen hatte, warf ich einen kurzen Blick auf mein Handy. Eine neue Nachricht von Uli, die er wie gewohnt mit einem Kuss-Emoji begonnen hatte. *Wie geht's? Wie war dein Tag bislang?*

Jetzt erst fiel mir ein, dass ich ihm noch gar nicht von meinem geänderten Abendprogramm erzählt hatte. Ich tippte also eine Antwort und schickte ihm einen Gruß aus der Pause. Mein Freund schrieb wenige Sekunden später zurück.

Mmmh, von dem Baguette hätte ich auch gern probiert. Und zum Nachtisch ein Kuss von dir …

Ich schüttelte den Kopf. Uli und seine Anspielungen! Wenn es nicht so voll gewesen wäre, hätte ich ihn gefragt, ob er vorbeikommen wolle. Das hatte er in den letzten fünf Monaten, seit wir zusammen waren, schon öfter gemacht. Aber heute hätte er mich nur abgelenkt. Ich schickte ihm in Anlehnung an seine Nachricht daher nur ebenfalls ein Kuss-Emoji, damit würde er sich für heute Abend begnügen müssen. Ich nahm den leeren Teller, stellte ihn in der Küche auf den Geschirrwagen, wusch mir die Hände und lief zurück in die Schankstube. Sofort prasselte das Stimmengewirr der Gäste wieder auf mich ein. Eine Stimme drang besonders laut an mein Ohr.

»Hey, wird das noch was? Ihr wollt einen Prinzen und seine Freunde doch wohl nicht warten lassen, oder?«

Ich brauchte einen Augenblick, um mich zu orientieren. Am Tresen stand der blonde Typ mit seinem Filzhut und sah Jessy und mich herausfordernd, aber zugleich mit Schalk in den Augen an.

»Hör doch auf mit dem Scheiß, Basti!«, rief der junge Mann, der die Rede für den Blonden gehalten hatte, vom Tisch herüber.

Basti sah kurz zu seinen Freunden, winkte ab und widmete sich wieder meiner Kollegin und mir. »Also, wie sieht's aus? Werden hier Prinzen nicht bevorzugt behandelt?« Er ließ nicht locker, selbst wenn sein Ton belustigt klang.

»Tut mir leid.« Friedhelm zuckte mit den Schultern. »Bei uns ist jeder Gast König. Da wird sich ein Prinz gedulden müssen.«

Verdutzt schaute Basti Friedhelm an, lachte dann aber auf. »Good one.«

Ich war inzwischen wieder im Thema und schenkte Basti einen aufmerksamen Blick. »Also, was möchtet ihr haben?«

»Drei Gläser Rotwein, vier Altbier, drei Weizen und zwei Radler«, zählte Basti auf.

Ich nickte pflichtbewusst. »Alles klar, bring ich euch gleich rüber.«

Basti tippte sich zum Dank mit zwei Fingern an die Stirn und ging zu seinen Geburtstagsgästen zurück, während ich mich um seine Bestellung kümmerte.

»… und noch dreimal Rotwein?«, fragte ich ein paar Minuten später in die Runde, um herauszufinden, für wen dieser bestimmt war. Basti, sein dunkelhaariger Freund, der die Rede gehalten hatte, und ein dritter in Zwergenverkleidung hoben dezent ihre Hände und ich verteilte die Gläser.

Basti und der Zwerg schenkten diesem Vorgang kaum Beachtung, aber der Redner verfolgte jede meiner Bewegungen. Von dem Neigen der Flasche, über das Sichergießen des Weins in das geschwungene Glas, bis hin zum Zurückstellen der Flasche auf mein Tablett. Er lächelte höflich und hauchte mir ein »Dankeschön« entgegen, ehe er mit seinem Freund anstieß.

»Gerne.«

»Ich hoffe, dass der Wein deine Zunge löst, Thorn«, sagte der Typ im Zwergenkostüm und warf Basti einen auffordernden Blick zu. Dieser fuhr mit der Hand über die Krempe seines Huts. Dass ihm unter diesem Filz hier drinnen nicht warm wurde!

»Mal sehen, ob Thorn auch Geburtstagsgeschichten kennt«, antwortete Basti. Mit sanfter Bewegung des Handgelenks ließ er den Rotwein in seinem Glas kreisen, als ob dieser ihm eine Geschichte zuflüstern würde. »Aber dann sollte der Meister auch dabei sein.«

»Jetzt geht das schon wieder los«, murmelte Bastis Freund in sein Rotweinglas.

Diesmal konnte ich mir ein Grinsen nicht verkneifen. Es musste anstrengend sein, als einziger Nichtrollenspieler unter Zwergen, Zauberern und Kriegern zu sein. Aber er schien es gern für seinen Freund zu tun.

»Ich sag dem Meister Bescheid«, bot ich an und machte mich mit der Rotweinflasche und dem Tablett auf den Weg zum Tresen.

»Dein Typ wird verlangt, verehrter Meister.«

Friedhelms Augen leuchteten. Er zapfte noch zwei Bier, die er Jessy aufs Tablett stellte, und ging schließlich zu Basti und seinen Freunden.

Ich spülte ein paar Gläser und sah hin und wieder rüber, hörte sie lachen. Ihre gute Laune war ansteckend. Basti, alias Thorn, erzählte den anderen mit lebhaftem Mienenspiel eine Geschichte. Einzelne Worte gingen im Stimmengewirr der anderen Gäste unter, aber es gelang Basti offenbar, seine Gäste zu amüsieren. Wie gebannt hingen sie an seinen Lippen. Sogar sein Freund schien in der Geschichte versunken zu sein. Mit in die Hand gestütztem Kopf sah er versonnen vor sich hin.

Friedhelm hatte sich längst einen freien Stuhl herangezogen und überließ Jessy und mir das Bearbeiten der Bestellungen. Zum Glück leerte sich die Kneipe langsam, sodass meine Kollegin und ich damit gut zurechtkamen. Jessy verzog dennoch das Gesicht, als sie ein paar schmutzige Teller in die Küche trug.

»Wie gut, dass wir keine Geschichten hören wollen.«

»Oh, ich würde schon gern zuhören. Er scheint das echt drauf zu haben«, sagte ich mit einem Kopfnicken Richtung Basti und überging absichtlich Jessys ironischen Tonfall. Für diesen Abend würden wir beide auf den Genuss einer Geschichte von Thorn verzichten müssen, denn in diesem Moment zog Basti mit einer ausladenden Geste seinen Filzhut vom Kopf und verneigte sich. Die Gruppe applaudierte und Friedhelm klopfte ihm ein paarmal kräftig auf die Schulter. Er winkte mich an die Tischgruppe.

»Darf ich euch noch etwas bringen?«

»Die Rechnung, bitte«, sagte Basti nach einem kurzen Blick in die Runde.

Ich rechnete die Summen der einzelnen Bierdeckel aus und kassierte ab. Die Geburtstagsgesellschaft erhob sich und Zwerge, Zauberer und Krieger zogen an mir vorbei gen Ausgang.

»Gute Nacht und angenehme Träume«, wünschte einer der Zwerge mit einer etwas ungelenken Verbeugung.

»Schönen Feierabend«, fügte Bastis Freund hinzu. Wie er wohl als Zauberer oder Krieger ausgesehen hätte? Ehe ich lange darüber nachsinnen konnte, war die Gruppe auf die Straße hinausgetreten. Ich steckte mein Portemonnaie zurück in die Tasche meiner Schürze. Die gute Laune der Jungs hatte sich deutlich auf mein Trinkgeld ausgewirkt. Vielleicht war der Abend insgesamt doch nicht so schlecht, wie ich zuerst befürchtet hatte.

2.
Kapitel

as Seminar am nächsten Tag war die reinste Katastrophe. Ausgerechnet ich sollte irgendeine Medientheorie erklären, von der ich noch nicht einmal den Namen gehört hatte. Außer peinlichen Stotterns fiel mir nichts dazu ein, was unsere Dozentin Frau Dr. Grass zum Anlass nahm, zum wiederholten Male darauf hinzuweisen, dass wir nicht in der Krabbelgruppe seien.

»Die Zeiten, in denen Ihnen alles vorgekaut wurde, sind lange vorbei. Sie sind hier an der Universität. Früher oder später werden Sie ausgebildete Akademiker sein – wenn ich mir Ihre Arbeitsmoral ansehe, wird das für die meisten von Ihnen eher später der Fall sein – und als Akademiker gehören Sie zur höheren Bildungsschicht ...«

»Wohl eher zur Hartz-IV-abhängigen Generation Praktikum«, murmelte Leonie neben mir hinter vorgehaltener Hand.

»... da wird man doch wohl erwarten können, dass Sie es innerhalb von ein paar Tagen schaffen, 60 Seiten zu lesen und das Wesentliche davon zu behalten.«

Frau Dr. Grass hielt kurz inne, um Luft zu holen. Sie hatte sich in Fahrt geredet und fuhr wild gestikulierend fort: »Das, was Sie von uns in den Lektürepaketen präsentiert bekommen, ist ohnehin schon zusammengeschrumpft. Im Vergleich zu dem, was die Studenten früher lesen mussten, ist das ein Witz.

Und ja, ich weiß, dass Sie auch noch andere Fächer zu bewältigen haben. Aber die Systemtheorie von Luhmann gehört zu den Grundlagen der Medienwissenschaft, die müssen Sie einfach verinnerlichen. Wenn Sie die nicht kapiert haben, fehlen Ihnen elementare Bestandteile der Medienwissenschaft. Das ist schon peinlich genug, dass Sie im vierten Semester sind und noch nichts davon gehört haben. Ihnen glaubt doch später kein Mensch, dass Sie Medienwissenschaftler sind, wenn Sie von der Systemtheorie keine Ahnung haben!« Sie warf einen Blick auf ihre Armbanduhr und seufzte. »Sehen Sie, jetzt sind schon wieder fünfzehn Minuten von unserer Zeit vergangen, in der wir gut und gern den ersten Aspekt der Systemtheorie hätten besprechen können.«

Endlich war sie mit ihrem Vortrag fertig und ich seufzte innerlich auf. Ich fühlte mich nicht persönlich angegriffen, obwohl ich mir die Worte unserer Dozentin durchaus zu Herzen nahm. Es war mir unsäglich peinlich, dass diesmal ich es gewesen war, die diesen allwöchentlich wiederkehrenden Vortrag herbeigerufen hatte. Dabei war es ja meine feste Absicht gewesen, den vorgegebenen Text zu lesen, ich war sogar motiviert gewesen.

Als ich später mit Leonie auf dem Weg zum nächsten Kurs war, regte sie sich zu meinem Erstaunen fürchterlich über unsere Dozentin auf.

»Musste die wieder so einen Aufstand machen? Ich meine, diese Systemtheorie mag zwar wichtig sein, aber warum kriegen wir dann eine Lektüre, wo die erst auf den letzten acht Seiten erklärt wird? Na ja, egal ...« Leonie machte eine kurze Atempause. »Wie war's denn eigentlich gestern?« Sie schlug ihren Kalender auf und holte einen Apfel aus ihrer Tasche.

»Voll«, erwiderte ich kurz angebunden. Zu mehr blieb auch keine Zeit, denn schon stand unser Dozent im Raum und machte sich an Computer und Beamer zu schaffen.

Leonie hielt verzweifelt ihren Apfel in die Höhe, von dem sie gerade ein Stück abgebissen hatte. »Mensch, nicht mal genug Zeit zum Essen hat man hier.« Sie nahm noch schnell einen großen Bissen und positionierte den großen Rest des Apfels auf einem ausgebreiteten Taschentuch vor sich auf dem Tisch.

Unser Dozent hatte in der Zwischenzeit die erste Folie seiner Präsentation geöffnet, nuschelte eine hastige Begrüßung und fing an, zu referieren. Ich schlug meinen Collegeblock auf und machte mir Notizen, die ich später mit den Informationen aus den Folien kombinieren würde.

Leonie hielt mich für komisch, dass ich die Folien nicht einfach ausdruckte, sondern stets abschrieb. Aber so lernte ich am besten. Was ich selbst aufgeschrieben hatte, blieb mir einfach besser im Kopf als das, was ich nur gelesen hatte.

»Kommst du nachher mit in die Stadt?«, fragte Leonie nach dem Seminar.

»Geht leider nicht, ich bin mit Uli zum Lernen verabredet.«

Leonie zog ihre Augenbrauen fast bis zum Haaransatz. »Zum Lernen?«

»Natürlich zum Lernen. Ich muss mittlerweile zwei Seminare nacharbeiten und Uli muss eine Hausarbeit fürs letzte Semester nochmal schreiben.«

»Ob das gemeinsame Lernen dabei die optimale Lösung ist?«

Bei dem Wort Lernen malte Leonie mit Zeige- und Mittelfingern Anführungsstriche in die Luft. Was sie nur wieder für Vorstellungen hatte! Uli und ich hatten beide wirklich genug zu tun. Und für mehr als Küssen fühlte ich mich heute auch nicht in der richtigen Stimmung. Trotzdem stand ich ein paar Stunden später vor meinem Kleiderschrank und überlegte, was ich anziehen sollte. Schließlich zog ich den Pullover aus, den ich heute in der Uni getragen hatte, und streifte mir ein Top aus dunkelblauem Jersey über, das im Dekolleté mit cremefarbener Spitze geziert war. Im Küchenschrank suchte ich nach einer Packung Keksen. Da wir bei Uli zum Lernen verabredet waren, war krümeln zum Glück erlaubt – im Gegensatz zu den strengen Sitten in der Unibibliothek. Ich hatte meine Suche gerade erfolgreich abgeschlossen und eine Packung Doppelkekse mit Schokofüllung hervorgeangelt, als meine beste Freundin und Mitbewohnerin Wilma in der Tür stand.

»Hallo!« Sie schlüpfte aus ihrem Parka und warf ihn über die Lehne eines Küchenstuhls. Ihre Tasche ließ sie daneben auf den Boden fallen.

»Alles klar?« Wilma machte sich am Wasserkocher zu schaffen und füllte ihre Tasse, die noch vom Frühstück auf dem Tisch stand, mit Instantkaffeepulver.

»Alles gut. Und bei dir?«

Wilma gähnte und goss den Kaffee auf. »Oh Mann, zwei Wochen Semester und ich bräuchte schon wieder drei Monate Urlaub.«

Ohne lang zu rühren, trank sie sofort einen großen Schluck. Gleich darauf knallte sie die Tasse zurück auf den Tisch, wedelte mit der Hand vor ihrem Mund und hustete heftig.

»Heiß!«

»Will, das ist die bezeichnende Eigenschaft von kochendem Wasser. Kennst du doch aus dem Chemieunterricht.«

Meine beste Freundin stöhnte. »Hör mir auf mit Chemie! Mir wird schon ganz schlecht.«

Wilma fuhr sich mit der Hand durch ihre braunen Korkenzieherlocken und ließ sich auf den Küchenstuhl fallen. Ich hockte mich neben sie und nahm sie in den Arm.

»So schlimm?«

»Ich hab jetzt schon richtig Schiss vor dem Sommer.« Sie ließ den Kopf hängen und ich drückte sie noch ein wenig fester.

»Wilma, du hast bislang gute Noten geschrieben. Du wirst das Physikum schon meistern. Ich glaub ganz fest an dich!«

Wilma tastete nach ihrer Kaffeetasse. »Danke. Vielleicht hilft's ja.«

Ich hielt es für schlauer, ihr nicht zu sagen, dass sie zusätzlich zum Glauben schon auch noch würde lernen müssen. Meine beste Freundin war für den Nachmittag auch so schon genug bedient. Ich wollte aufstehen, doch sie hielt mich zurück.

»Was hast du denn da?«

Sie deutete mit den Fingern auf mein Schlüsselbein, wo die Haut etwas gerötet war, wie mir jetzt auffiel. Ich musste mich gekratzt haben, ohne es zu bemerken.

»Ach, nicht so schlimm. Die Spitze vom Top drückt ein bisschen.«

Wilma verzog das Gesicht. »Warum ziehst du das dann an?«

Erwischt! Ich sah auf meine Knie.

Wilma seufzte. »Oh nee, Lene, ehrlich? Weil es Uli gefällt?«

Ich antwortete nicht, stand auf und packte die Kekse zu meinem Unikram in die Tasche.

»Lene, das ist doch bescheuert!«

»Ich weiß«, sagte ich, damit Wilma beruhigt war. Sie hatte ja recht. Das Top war immer schon unbequem gewesen. Trotzdem behielt ich es jetzt an, als ich mich zu Uli auf den Weg machte.

Ich hatte kaum geklingelt, als mein Freund mir schon öffnete.

»Hey, Süße.« Er umschloss meine Wangen mit seinen Händen und drückte seine Lippen auf meine.

Ich erwiderte seinen Kuss, obwohl sich meine Brust bei seiner Begrüßung vor Ärger verengt hatte. Warum konnte er mich nicht einfach beim Namen nennen?

»Hej, Uli«, sagte ich, als er meine Lippen wieder freigab. Uli trottete den kleinen Flur entlang Richtung Wohnraum. Er trug den dunklen Kapuzenpulli mit dem Aufdruck des Lieferdiensts, für den er arbeitete.

»Warst du schon im Dienst?«

Er gähnte. »Hmmm. Musste spontan die Mittagsschicht übernehmen. Kollege war krank.« Er ließ sich aufs Sofa fallen und streckte alle viere von sich. Der Ärmste! Uli sah echt fertig aus.

»Soll ich dir einen Kaffee machen?«

Uli nickte und ich lief zu seiner Pantryküche, wo ich im Schrank nach Pads für seine Kaffeemaschine suchte. Allerdings fand ich nur eine leere Dose.

»Mist, hab vergessen einzukaufen.« Uli zog sich die Kapuze seines Hoodies bis zur Nasenspitze. Wenn das so weiterging, konnten wir unseren Lernnachmittag vergessen. Zum Glück fand ich im Kühlschrank noch zwei Dosen eines Energydrinks. Das war noch viel besser als Kaffee, zumindest für Uli. Er öffnete die Dose und warf mit dem Alu an den Lippen den Kopf in den Nacken.

»Ah, die Lebensgeister kehren zurück«, rief er aus und stellte die Dose auf den Couchtisch. Es klang verdächtig hohl.

»Hast du die jetzt weggeext?«

Uli zuckte mit den Schultern. »Sieht so aus.«

Allein bei der Vorstellung zog sich bei mir alles zusammen. Aber gut, wenn es ihm schmeckte, bitte schön. Hauptsache er war wieder wach. Ich beugte mich über ihn und küsste ihn auf die Nasenspitze. Uli schnurrte wie ein zufriedenes Kätzchen.

»Sollen wir anfangen?«

Erst als ich es ausgesprochen hatte, bemerkte ich, dass meine Frage viel zu zweideutig war. Uli sprang auch gleich darauf an. Ein Lächeln breitete sich auf seinem Gesicht aus und er ließ seinen Zeigefinger von meiner Nase über meinen Hals bis zu meiner Brust hinabwandern. Bevor er sich dort weiter zu schaffen machen konnte, hielt ich seine Hand fest und schüttelte den Kopf.

»Uli, wir haben noch etwas vor.«

Ein Laut des Missmuts und Widerwillens drang aus seiner Kehle. »Warum bist du nur so schrecklich diszipliniert?«

Ich richtete mich auf und griff nach der Tasche mit meinen Lernsachen. »Darf ich mich an deinen Schreibtisch setzen?«

Uli grummelte irgendetwas, das ich als Zustimmung wertete, schnappte sich sein Notebook und lümmelte sich wieder in die Sofaecke, während ich meinen Unikram auf seinem Schreibtisch ausbreitete. Meine Notizen hatte ich schnell in Reinschrift gebracht und ich widmete mich gleich dem Lektürepaket fürs nächste Seminar. Diesmal war es zum Glück nicht so umfangreich. Ich war so vertieft in den Text, dass ich nicht darauf achtete, was um mich herum passierte. Daher zuckte ich erschrocken zusammen, als ich plötzlich Ulis Hände in meinem Nacken spürte. Er fuhr mit den Fingern der einen Hand meinen Haaransatz entlang und kreiste um die unteren Halswirbel. Mit der anderen Hand wanderte er nach vorn und ließ seine Finger in meinen Ausschnitt gleiten, während er sich zu mir herabbeugte und mein Ohr küsste. Sein Atem drang heiß in meine Ohrmuschel. Ich drehte mich ein Stück zur Seite, was ihn jedoch nicht dazu bewog, sein Spiel abzubrechen.

»Du riechst so gut«, hauchte er mir ins Ohr.

Meine Hand schloss sich fester um den Textmarker. Das war nicht das, was ich jetzt von Uli hören wollte. Wenn er so anfing, lief es immer auf das Eine hinaus.

»Danke. Darf ich trotzdem meinen Text weiterlesen?«

Uli zog die Hand aus meinem Top und massierte nun sanft meinen Nacken und die Schultern. »Komm schon, mach mal ne Pause, du bist schon ganz steif.«

Das Gleiche hätte ich von ihm auch behaupten können, wenn auch in anderer Hinsicht. Ich spürte es, als er sich nun eng an meine Seite drückte. Ich versuchte ihn wegzuschieben.

»Nicht jetzt, Uli, bitte.«

»Wieso nicht? Warum warten?«

»Ich bin einfach nicht in Stimmung.«

Uli beugte sich wieder über mich und ließ seine Hände wieder auf Wanderschaft gehen. »Das kann man doch ändern«, versprach er, während seine Fingerspitzen sich meinen Brüsten näherten. Ein leichtes Prickeln zog über meine Haut, das aber sofort wieder verschwand, als Uli fester zudrückte und mich dabei auf den Mund küsste. Ich schmeckte den Energydrink auf seinen Lippen. Ein Geschmack, den ich auf den Tod nicht ausstehen konnte.

»Komm schon«, bat Uli zwischen zwei Küssen.

Ich ließ es zu, dass er mich vom Stuhl zog und zum Sofa schob, während er mich weiter küsste. Es flatterte in mir. Uli hatte recht, gegen eine kurze Ablenkung war eigentlich nichts einzuwenden. Den Text würde ich gleich noch weiterlesen können. Aus den Augenwinkeln registrierte ich einen geöffneten Wikipedia-Artikel, ehe Uli mir einen sanften Stoß versetzte und ich rücklings auf das Sofa fiel. Ich vergrub meine Hand im Sofakissen, während Uli sich auf mich legte, in Windeseile ein Kondom überstreifte, mein Top hochschob und an meinem Hosenknopf herumnestelte. Das Flattern breitete sich in mir aus. Ich atmete schneller. Uli hatte sich seinen Hoodie und das T-Shirt darunter über den Kopf gezogen. Ich fuhr mit der Hand über seine Brust bis zum Bauchnabel. Schweißperlen hingen zwischen den Haaren. Ich schloss die Augen, konzentrierte mich auf seine Bewegungen. Schließlich sank er auf mich, vergrub sein Gesicht neben meinem im Sofastoff und fuhr mir mit der Hand durchs Haar. Das Blut pulsierte heftig in seinen Adern und drückte im Rhythmus mit seinem keuchenden Atem gegen meine Haut.

»Das war gut«, flüsterte Uli, als sein Atem wieder ruhiger war. Ich antwortete nicht, zog nur langsam Top und Hose wieder dorthin, wo sie hingehörten. Ich war enttäuscht, wie hatte es so schnell gehen können? Uli war schon fertig gewesen, ehe ich überhaupt etwas Wesentliches gespürt hatte. Während Uli im Bad verschwand, suchte ich die Kekse aus meiner Tasche hervor. Doch obwohl es meine Lieblingssorte war, wollten sie mir nicht recht schmecken. Die Schokoladenfüllung wurde immer mehr im Mund, der Keks drumherum schmeckte staubig und fade. Warum hatte ich mich von Uli überreden lassen? Ich hatte doch gar keine Lust gehabt. Er hatte bekommen, was er wollte. Es war okay gewesen. Aber ich hätte ohne diesen Ausflug aufs Sofa auch nichts vermisst.

Ich würgte den Rest vom Keks runter und setzte mich wieder an den Schreibtisch vor meine Seminarlektüre.

Uli kam aus dem Bad zurück und ließ sich schwer aufs Sofa fallen. »Oh, du hast Kekse mitgebracht. Toll!«

Er raschelte mit der Packung und kurz darauf hörte ich ihn auf dem Notebook tippen. Ich wandte mich zu ihm um. In T-Shirt und Boxershorts saß er mit angewinkelten Beinen auf dem Sofa, ein Keks zwischen den Lippen, und sah auf den Bildschirm. Während er in der nächsten halben Stunde hochkonzentriert zu arbeiten schien, nahm ich von dem Text vor mir nichts mehr wahr.

Wieder und wieder starrte ich auf die Sätze, verstand aber nicht, was sie mir sagen wollten. Stattdessen umrandete ich mit dem Textmarker die Ränder des Papiers in Neongelb und kratzte mich am Schlüsselbein, das seit dem Sex noch mehr juckte als zuvor.

»Hast du Lust auf Chinesisch?«

Ulis Stimme riss mich aus den Gedanken. Ich sah auf die Uhr. Schon sieben Uhr. Hatte ich tatsächlich über eine Stunde hier gesessen und vor mich hingestarrt? Ich fing Ulis fragenden Blick.

»Danke, aber ich muss gleich los. Ich habe morgen direkt um acht Vorlesung.«

»Bleib doch hier. Du kannst auch von hier aus zur Uni fahren.«

»Ich habe weder meine Lektüre noch Wechselklamotten dabei«, wandte ich ein.

Uli verdrehte die Augen. »Ach, komm schon. Du kannst doch bei Kommilitonen mit reingucken. Und deine Klamotten sind super, die kannst du morgen nochmal anziehen.«

»Frische Unterwäsche?«

Ulis Mundwinkel wanderten nach oben. »Unterwäsche ist überbewertet.«

Jetzt verdrehte ich die Augen. Wollte er ernsthaft eine Grundsatzdiskussion über Unterwäsche beginnen? Konnte er nicht einfach akzeptieren, dass ich die Nacht gern in meinem Bett verbringen und morgen in frischen Klamotten zur Uni gehen wollte? Ich klappte meinen Collegeblock mit dem Lektürepaket zu und packte alles ein. Mit der Tasche über der Schulter ging ich auf Uli zu und zog ihn in meine Arme.

»Heute nicht«, flüsterte ich und küsste ihn auf die Wange.

»Schade. Es lief gerade so gut. Nach dem Sex bin ich immer viel produktiver. Ich habe schon eine ganze Seite geschrieben.«

Er strich mir über die Schläfe und ließ seine Hand hinter meinem Ohr ruhen. In seinen Augen blitzte es. Ich streckte meinen Rücken durch und wandte mich ab. Besser, ich machte mich jetzt wirklich auf den Weg, ehe Uli noch auf die Idee kam, seine Produktivität mit meiner Hilfe weiter anzukurbeln.

»Bis morgen«, sagte ich.

»Mensa oder Bäcker?«

»Wie du magst.«

»Ich schreib dir.«

Er küsste mich zum Abschied. »Bis morgen, Sweety.«

Die Enge in meiner Brust, die ich in den letzten fünf Minuten verdrängt hatte, nahm zu und Ärger stieg in mir auf. Wieso konnte Uli sich diese verdammten Spitznamen nicht abgewöhnen? Manchmal, wenn er seine alberne Viertelstunde hatte, war es ganz süß, wenn er so sprach. Aber jetzt zum Abschied oder heute Nachmittag zur Begrüßung? Irgendwie fühlte ich mich nicht richtig ernstgenommen, wenn er mich so nannte. Ich würde mit ihm darüber sprechen müssen. Aber nicht heute. Uli war sowieso schon enttäuscht, dass ich nicht blieb. Ich wollte ihn nicht zusätzlich vor den Kopf stoßen. Vielleicht meinte er das gar nicht so, wie ich es interpretierte.

3.
Kapitel

$\mathcal{A}$m Freitagabend trat ich erneut im Ring **zum Dienst an,** diesmal jedoch planmäßig. Die Freitage waren meine Lieblingstage zum Arbeiten. Zwar machte ich regelmäßig Überstunden, weil die Gäste den Start ins Wochenende gern ausgiebig begrüßten. Aber dafür gab es auch mehr Trinkgeld und die Stimmung war ausgelassener als an anderen Abenden. Außerdem teilte ich freitags meinen Dienst meistens mit Fabi, einem Masterstudenten der Lebensmittelchemie, bei dem gute Laune zur Grundausstattung gehörte. Auch heute begrüßte er mich mit erhobener Hand zum High five.

»Hi Lene, welcome to the show!«

Ich schlug ein und betrat neben ihm die Schankstube. Hinterm Tresen standen die Gläser ordentlich aufgereiht, die Kühlschränke waren prall gefüllt und aus den Lautsprechern drang Musik. Noch sah alles ruhig aus, doch nachdem Friedhelm die Tür geöffnet hatte, dauerte es keine zwei Minuten, bis die ersten Gäste hereinströmten.

Fabi ließ ein Tablett auf seinen Fingern kreisen und verengte die Augen zu Schlitzen. »Mögen die Spiele beginnen!«

Ich lachte. Vor einigen Monaten hatte mein Kollege mich zu einem Wettbewerb herausgefordert, bei dem es darum ging, einen Kniffelzettel mit Bierbestellungen auszufüllen. Was als einmalige Angelegenheit gedacht gewesen war, hatte sich über die Wochen verselbstständigt. Mittlerweile mussten wir gar nicht mehr darüber sprechen. Es war ausgemacht, dass wir beide versuchten, unsere Laufzettel (die Fabi irgendwann im Bier-Design entworfen hatte) so schnell wie möglich vollzubekommen. Ich drapierte also meinen heutigen Laufzettel hinter meinem Bestellblock und kümmerte mich um die ersten Gäste.

Eine halbe Stunde später waren die meisten Tische besetzt und Fabi und ich hatten alle Hände voll zu tun, Getränke und Gerichte durch die Gegend zu tragen. Als wir uns am Tresen trafen, versuchte ich, heimlich einen Blick auf seinen Laufzettel zu werfen. Bei mir lief es leider noch nicht so optimal. Aus mir unbekannten Gründen standen die Gäste an meinen Tischen heute auf Wein oder Mixgetränke. Damit waren für mich keine Punkte zu holen.

»Und, wie läuft's?«, fragte ich mit so unschuldigem Tonfall wie möglich.

Fabi setzte ein Pokerface auf und schob seinen Bestellblock haargenau über seinen Laufzettel.

»Wie sonst als gut?«

Er griff nach zwei Weizen und drei Altbier und lud sie mit breitem Grinsen auf sein Tablett. Ich seufzte. Das war das *Full House,* auf das ich seit einer Stunde hoffte. Ich würde etwas manipulativer vorgehen müssen, wenn ich heute Abend noch etwas reißen wollte.

Die Tür der Kneipe öffnete sich und zwei junge Männer traten ein. Sie sahen sich suchend um und strebten nach ein paar Sekunden auf einen meiner Tische zu. Na bitte, da musste sich doch etwas arrangieren lassen! Fünf Bier in einer Bestellung würden die beiden mir wohl nicht bescheren, aber wenn sie beide das gleiche lokale Bier bestellen würden, könnte ich damit in meiner Zweier-Reihe punkten. Ich schnappte mir meinen Block und ging zu den beiden hinüber.

»Hej, ihr seht so aus, als würde euch für den perfekten Abend nur noch das richtige Bier fehlen.« Am besten, ich ging direkt in die Offensive!

Die beiden sahen auf und als ich ihnen nun einen genaueren Blick schenkte, erkannte ich sie. Der Blonde, der Anfang der Woche seinen Geburtstag hier gefeiert hatte, Basti. So ohne Umhang und Filzhut war er mir erst fremd gewesen, aber er war es, ohne Zweifel. Begleitet wurde er auch heute von seinem Freund, der schon zur Geburtstagsfeier ohne Kostüm gekommen war und entsprechend heute auch keines trug.

Wie hatte der Blonde ihn noch genannt? Prinz Poldi? Woher nur dieser Name kam? Mit Lukas Podolski hatte er jedenfalls keine Ähnlichkeit.

Basti zog anerkennend die Augenbrauen hoch. »Woher weißt du das?«

»Kellnerinnen-Intuition. Also, was darf's für euch sein?«

Bitte lokale Biere, bitte lokale Biere!

Basti und Poldi tauschten einen Blick, Poldi nickte und Basti wandte sich wieder mir zu.

»Ein Weizen, ein Pils.«

Offenbar gelang es mir nicht, meine Enttäuschung über ihre Bestellung so zu verbergen, wie es sich für eine professionelle Kellnerin gehört hätte.

Bastis Freund musterte mich. »Keine gute Wahl?«

Ich bemühte mich um ein besonders versöhnliches Lächeln. »Doch, doch. Bring ich euch sofort. Soll's noch ein Snack dazu sein?«

Basti bestellte ein paar Nüsse und ich marschierte zurück zum Tresen.

Fabi kam mir mit strahlendem Gesicht entgegen. Für ihn schien es blendend zu laufen.

»Guck nicht so, ist doch nur ein Spiel!« Er boxte mir freundschaftlich in die Seite, doch sein Tonfall verriet mir, dass es ihm diebische Freude bereitete, auf der Zielgeraden zu sein, während ich langsam überlegen musste, wie ich meine miese Quote am gewinnbringendsten notieren konnte.

Als Friedhelm Fabi in die Pause schickte, spekulierte ich auf ein paar Punkte von Fabis Tischen. Doch mein Kollege hatte pflichtbewusst sämtliche Bestellungen aufgenommen. Verflixt! Fabi hatte seinen Laufzettel sogar mit in die Pause genommen, sodass ich nicht einmal nachschauen konnte, wie weit ich schon zurücklag.

Die Kneipentür wurde geöffnet und Uli betrat die Schankstube. Versöhnt mit der Situation lächelte ich ihm entgegen, als er auf mich zukam.

»Hi.« Er gab mir einen flüchtigen Kuss und umarmte mich kurz, wobei er mit einer Hand meinen Po fest umschloss. Ich zuckte zusammen. Hoffentlich sah niemand der Gäste so genau hin. Ein Kuss war in Ordnung, aber wenn Uli an mir herumfummelte, konnte ich auf Zuschauer gut und gerne verzichten.

»Hej, magst du was trinken?«

Uli zog sich einen Barhocker zurecht und setzte sich an den Tresen. »Ein Kellerbier«, sagte er mehr zu Friedhelm als zu mir. Mein Chef nickte und reichte Uli das Gewünschte. Ich würde das Bier trotzdem auf meinem Laufzettel eintragen. Immerhin hatte ich Uli gefragt.

Während Uli am Tresen sein Bier trank, machte ich mich wieder an die Arbeit. Immer, wenn ich an ihm vorbeiging, streckte Uli seine Hand nach mir aus und streichelte mir über Arm, Rücken oder Po.

»Uli, bitte, ich bin im Dienst«, flüsterte ich ihm zu, als er mich etwas zu ruckartig an sich zog und ich beinahe das Tablett mit leeren Gläsern fallen gelassen hätte.

»Na und? Darf ich deshalb nicht gut zu dir sein?« Er setzte sein charmantestes und unschuldigstes Lächeln auf und strich mit dem Zeigefinger über meine Nase.

»Doch, aber vielleicht etwas vorsichtiger«, sagte ich mit einem vielsagenden Blick auf mein Tablett.

»Schon gut, Süße, ich pass auf!«

Ich holte Luft, um etwas zu sagen, doch in diesem Moment hoben zwei Gäste im hinteren Bereich den Arm und verlangten nach mir. Sie wollten zahlen und ich rechnete ihre Deckel ab. Im Vorbeigehen sah ich, dass Basti und sein Freund ihre erste Runde bereits hinter sich hatten.

»Darf ich euch noch etwas bringen?«

»Was schlägst du vor?«, fragte Poldi zurück.

»Ihr wollt meine Empfehlung?«

Er lächelte verschmitzt. »Du schienst vorhin mit unserer Bestellung nicht vollständig glücklich zu sein. Daher würde ich gern dein Votum einholen.«

Für einen Moment verschlug es mir die Sprache. Dass mir ein Gast aufgrund meiner Mimik vorschlug, eine Empfehlung auszusprechen, war mir auch noch nie passiert. Und obwohl ich darüber nachgedacht hatte, manipulativ auf die Gäste einzuwirken, was die Bestellungen anging, kam es mir nun, da sich die Gelegenheit bot, doch verwegen vor.

»Ach, ihr könnt bestellen, was ihr wollt. Ich habe bloß mit meinem Kollegen einen kleinen Wettbewerb laufen.«

»Und wie sieht der aus?«, erkundigte sich Basti.

Ich erläuterte rasch die Spielidee von Fabis Bierkniffel und die beiden grinsten sich an.

»Sehr coole Idee!«

»Wo fehlen dir noch Punkte?«, fragte Poldi.

Ich schaute auf meinen Zettel. »Also, wenn ihr mir einen Gefallen tun wollt, könntet ihr beide ein lokales Bier trinken, dann komme ich in meiner Zweier-Reihe weiter.«

»Gut, dann zweimal Kellerbier«, orderte er. »Macht es einen Unterschied, ob klein oder groß?«

»Klar, das Null Fünfer bringt doppelte Punkte.«

»Dann zwei große!«

Es schien den Dunkelhaarigen nicht zu interessieren, ob Basti mit seiner Entscheidung einverstanden war, aber der erhob keinen Widerspruch, sondern lächelte Poldi beinahe gütig an. Ich bedankte mich also für die Bestellung und ging zurück zum Tresen. Unterwegs sammelte ich noch ein paar Gläser ein. Kaum hatte ich alles abgestellt, zog Uli mich wieder zu sich. Ich erwiderte seinen Kuss, wand mich aber aus seiner Umklammerung.

»Weißt du, wie sexy du aussiehst?«

Hitze stieg mir in die Wangen. Hoffentlich hatte niemand von den anderen Gästen gehört, was er gesagt hatte.

»Uli! Doch nicht hier vor allen Leuten!«

Er strich mir eine Strähne, die aus meinem Zopf gerutscht war, hinters Ohr und näherte sich wieder meinem Gesicht. Seine Augen blitzten im Schein der Tresenbeleuchtung.

»Okay, kommst du dann nachher mit?«

Mein Herz schlug augenblicklich schneller. Das Angebot war verlockend. Es war immer schön, nach einem langen Tag in seinen Armen einzuschlafen. Morgen war Samstag, ich musste also nicht zur Uni. Aber ich hatte schon wieder keine Wechselklamotten dabei. Und das, was Uli sich von der Nacht erhoffte, würde ohnehin ausfallen.

»Sex ist heute nicht, ich habe meine Periode«, wisperte ich ihm ins Ohr. Augenblicklich wich er ein paar Zentimeter zurück, als ob ich ansteckend wäre. Seine Gesichtszüge entglitten ihm, doch nach ein paar Sekunden schien er sich wieder gefangen zu haben.

»Kannst doch trotzdem mitkommen. Was fehlt, kannst du ja unterwegs noch an der Tankstelle kaufen.«

In Anbetracht der Tatsache, dass wir im *Ring* in Gesellschaft vieler Gäste waren, verzichtete ich darauf, Uli darüber aufzuklären, dass ich keine Tampons oder Binden, sondern eine Menstruationstasse nutzte.

Uli schien sich auch nicht besonders dafür zu interessieren. Seine Hand wanderte an meiner Hüfte entlang zum Po und noch ein Stück weiter.

Ich wich zurück und schnappte mir die Getränke, die Friedhelm auf meinem Tablett bereitgestellt hatte. Höchste Zeit, dass ich wieder meiner Arbeit nachging. Mit zügigem Schritt durchquerte ich die Schankstube und brachte Basti und Poldi ihre Biere. Während Basti nur dankend nickte, als ich ihm das Glas reichte, nahm sein Freund das Bier mit grimmiger Miene entgegen.

»Ist alles in Ordnung? Magst du doch lieber etwas anderes trinken?«

Er schüttelte den Kopf. »Passt schon. Bei mir ist alles gut«, sagte er mit überdeutlicher Betonung auf dem mir.

Klar, und ich bin der Pabst! Anstatt meinen Gedanken auszusprechen, bemühte ich mich um ein gewinnendes Lächeln und ließ die beiden allein. Es ging mich nichts an, was die Gäste bewegte.

Erst um kurz vor zwölf wurde es leerer in der Kneipe. Uli saß noch immer am Tresen, trank ein zweites Bier und war mit zwei anderen Studenten ins Gespräch vertieft. Sowohl an meinen als auch an Fabis Tischen hatte das Publikum an diesem Abend mehrfach gewechselt. Nur meine beiden speziellen Gäste, Basti und Poldi, saßen nach wie vor an ihren Plätzen, als ob sie dort festgewachsen wären. Als Friedhelm begann, hinterm Tresen Stück für Stück aufzuräumen, ging ich noch einmal zu den beiden hinüber.

»Habt ihr noch einen Wunsch?«

Basti strich sich über seinen Dreitagebart und schien für einen kurzen Augenblick zu überlegen, schüttelte dann aber den Kopf.

»Für mich nicht, danke.« Er warf Poldi einen Blick zu, der nun wieder etwas freundlicher dreinschaute.

»Für mich auch nicht. Darf ich direkt zahlen?«

»Klar. Geht das zusammen?«

Er nickte und ich rechnete. »Vierundzwanzig achtzig.«

Poldi reichte mir dreißig Euro. »Stimmt so.«

»Vielen Dank! Einen schönen Abend euch!«, entgegnete ich überrascht ob der Höhe des Trinkgelds.

»Was ist eigentlich aus deinem Spiel geworden?«, fragte Basti.

»Verloren«, gab ich schulterzuckend zu. Fabi hatte mir schon vor einer Stunde seinen Laufzettel mit exorbitantem Punktestand präsentiert. »Aber dank eurer Punkte war es nicht ganz so dramatisch.«

Poldi lächelte, was aber ein bisschen gequält wirkte. »Ärgere dich nicht.«

»Ist ja nur ein Spiel.«

Während die beiden sich von ihren Plätzen erhoben und ihre Jacken überstreiften, wischte ich mit einem Lappen über die freien Tische und kehrte anschließend zum Tresen zurück. Basti hob zum Abschied kurz die Hand. »Geruhsamen Abend, verehrter Meister«, rief er Friedhelm noch zu. Poldi nickte nur und hielt seinem Freund die Tür auf. Ich sah den beiden einen Augenblick nach, wie sie Arm in Arm die Straße hinuntergingen. *Süß, wie vertraut sie miteinander umgehen,* schoss es mir durch den Kopf. Mir blieb jedoch keine Zeit, großartig darüber nachzudenken. Uli lehnte lässig am Tresen und nahm mir den Wischlappen ab.

»Was hast du denn jetzt vor?«

»Hab gedacht, ich helf dir beim Wischen, dann bist du schneller fertig und ...«

Er ließ offen, was noch folgen würde, aber das konnte ich mir auch so denken. Je eher ich Feierabend machen konnte, desto schneller hatten wir Zeit für uns allein. Während Fabi und ich also mit Friedhelm abrechneten, kümmerte Uli sich um die Tische. Ich vermutete, dass er dabei nicht ganz so genau vorging, wie ich es gemacht hätte, aber der gute Wille zählte.

»Ciao, mach's gut. Bis nächste Woche«, verabschiedete Fabi sich im Hinterhof von mir und schwang sich auf sein Rad.

»Dann gibt's eine Revanche«, prophezeite ich. Mein Kollege lachte nur kurz auf. Er glaubte mir nicht.

»Lass uns endlich los.« Uli hatte sein Rad schon freigeschlossen, während ich noch immer mit meinem Schloss hantierte. Es war keine große Hilfe, dass Uli dabei mit dem Haar in meinem Nacken spielte. Schließlich hatte ich mein Rad jedoch befreit und fuhr mit Uli zur WG. Auch wenn es ein langer Umweg zu seiner Wohnung war, wollte ich dennoch zwei Teile für die Nacht einpacken. Erstaunt stellte ich fest, dass aus Wilmas Zimmer noch Fernsehgeräusche kamen, als ich die Wohnungstür öffnete.

»Hallo Lene«, riefen Wilma und Leonie. Ich ging auf Wilmas Zimmer zu, das direkt neben der Wohnungstür lag, und steckte den Kopf durch den Türspalt. Meine Mitbewohnerinnen saßen nebeneinander auf Wilmas Bett und schauten ein Programm, das auf den ersten Blick als Arztserie zu erkennen war. Ich seufzte. Wilma war absoluter Arztserien-Junkie. Seit Beginn ihres Medizin-Studiums war ihr Konsum einzelner Episoden explosionsartig in die Höhe geschnellt, was ich kaum begreifen konnte. Schon während unserer gemeinsamen Oberstufenzeit hatte Wilma sämtliche Details aus *Scrubs*, *Emergency Room* und sogar *Dr. Stefan Frank* gekannt. Ich hatte gehofft, dass sie damit ihren Bedarf gedeckt hätte. Aber Wilma überraschte mich immer wieder und kam dauernd mit neuen Serien um die Ecke.

»Oh, welche Serie ist es denn diesmal?«, fragte ich.

»Gar keine Serie, sondern ein Film«, erklärte mir Leonie, auf deren Knien eine Zeitschrift mit Sudokus lag. »Irgend so was Hochdramatisches. Die junge Frau braucht unbedingt eine neue Leber, aber das mit einer Transplantation ist schwierig, weil sie schwanger ist ... und überhaupt.«

»Ruhe«, zischte Wilma ihr zu, während sie gebannt auf den Bildschirm starrte. »Das ist wirklich voll dramatisch.«

Ich verdrehte die Augen. So tragisch das alles klang, mir war es heute Nacht egal, wie dieses Drama ausgehen würde.

»Na dann haltet ihr mal die Stellung. Ich pack nur schnell ein paar Sachen zusammen und fahr mit zu Uli.«

Obwohl auf dem Bildschirm gerade der Chirurg das Skalpell ansetzte, wandte Wilma sich zu mir um.

»Du willst jetzt noch los? Allein?«

»Uli wartet unten.«

»Warum bleibt er nicht hier?«, fragte Leonie und legte ihre Sudokus zur Seite.

Berechtigte Frage. Praktischer wäre es gewesen. Aber Uli war lieber mit mir allein. Also verzog ich mein Gesicht nur zu einer, wie ich hoffte, vielsagenden Grimasse, aus der meine Mitbewohnerinnen lesen konnten, was sie wollten.

Wilma runzelte die Stirn, murmelte etwas, das nach »Viel Spaß« klang und widmete sich wieder ihrem Film.

Leonie winkte immerhin noch kurz. »Na dann, gute Nacht«, flötete sie.

Ich flitzte durchs Bad und mein Zimmer, sammelte Zahnbürste und frische Wäsche ein und verließ die WG. Aufgeregte Vorfreude machte sich in mir breit, als ich die Treppe runterlief. In weniger als einer halben Stunde würde ich an Uli gekuschelt einschlafen.

4.
Kapitel

E **in paar Tage später** fuhr ich mit Wilma zusammen zur ersten Probe des Unichors, in dem wir seit Beginn unseres Studiums sangen. In diesem Semester würde unter anderem der 115. Psalm von Mendelssohn auf dem Plan stehen. Das hatte unser Chorleiter Reinhold schon vor den Ferien angekündigt. Wie üblich kamen Wilma und ich fünf Minuten zu spät, sodass wir uns erst einmal in die letzte Reihe nahe der Tür stellten. Reinhold hatte schon mit dem Einsingen begonnen, was in den ersten Minuten grundsätzlich erst einmal aus Dehnübungen und auf und ab Hüpfen bestand.

»Oh Mann, ich dachte, ich geh zur Entspannung in den Chor, und jetzt geht es hier direkt anatomisch weiter«, maulte Wilma, als Reinhold uns schließlich aufforderte, Atemübungen zu machen und dabei besonders auf das Zwerchfell zu achten.

»Gut«, rief Reinhold, als wir uns nach dem Einsingen setzten. »Wir fangen heute an mit dem ersten Satz im Psalm. *Nicht unserm Namen, Herr ...*«

Wir schlugen unsere Noten auf und Reinhold setzte sich an den Flügel. Wilma zog aus ihrer Hosentasche einen Stapel Karteikarten hervor, nahm die oberste herunter und legte sie auf die Mitte ihres Notenhefts, während die Männer die ersten Takte ansangen. Auf der Karte tummelten sich dutzende lateinische Begriffe und seltsame Skizzen.

»Sag bloß, du kannst jetzt lernen.«

Wilma zuckte mit den Schultern. »Es ist doch angeblich erwiesen, dass man mit Musik viel besser lernt.«

»Hm, aber ob das mit Mendelssohn funktioniert?«, fragte ich skeptisch.

»Glaubst du, AC/DC wär besser?«, fragte Wilma mit einem Tonfall, als würde sie nun doch anzweifeln, dass die Chorprobe die richtige Musik für ihre Lerneinheit bot.

»Na ja, es klingt bestimmt komisch, wenn du singst; *Nicht unserm Namen, Herr, nur deinem heiligen* …«, ich warf einen schnellen Blick auf die oberste Karteikarte und las das Wort ab, »Platysma, *sei Lob und Ehr.*«

Wilma seufzte ergeben. »Also wenn es um Anatomie geht, wäre *Highway to Hell* doch passender«, sagte sie und steckte die Karte wieder weg.

Nach der Chorprobe zog sie die Karten jedoch wieder hervor und balancierte sie zwischen Daumen, Zeige- und Mittelfinger beider Hände, während sie mit den übrigen Fingern den Fahrradlenker umschloss.

»Willst du etwa so Fahrrad fahren?« Das konnte doch nur in die Hose gehen.

»Was heißt hier wollen? Ich muss den Krams einfach können!« Wilma gestikulierte wild mit einer Hand, wodurch sie auf dem Rad gefährlich in Schieflage geriet.

»Super, wenn du gleich über den Lenker gehst, weißt du wenigstens die lateinischen Fachbegriffe der Knochen, die du dir brichst.«

»Mach dich nur über mich lustig!«

Wilma sah mich beleidigt an. Wir hielten an einer Ampel und ich nahm Wilma in den Arm, so gut es mit Fahrrad eben möglich war.

»Will, das würde ich nie wagen! Du schaffst das Physikum im Sommer. Vorausgesetzt, dass du dir nicht vorher den Hals brichst.«

Meine beste Freundin verzog leidend das Gesicht, nickte aber langsam. Ich drückte sie noch einmal an mich, um ihr zu verdeutlichen, wie ernst ich es meinte. Wilma war zwar verpeilt und in vielerlei Hinsicht schusselig, aber ihr Lernpensum hatte sie bislang immer gemeistert. Allein was sie in den vergangenen drei Semestern gelernt hatte, überstieg den Inhalt meines gesamten Studiums vermutlich um Längen. Manchmal fragte ich mich, ob sie wirklich daran zweifelte, ihr Studium packen zu können, oder ob sie aus Solidarität mit ihren Kommilitonen schon jetzt nervös wurde. Immerhin steckte sie die Lernkarten wieder in ihre Jackentasche.

Ich ließ sie los und richtete mich auf, wobei mein Blick auf ein erleuchtetes Fenster des Eckhauses an der Kreuzung fiel. Drinnen stand engumschlungen ein Pärchen im Raum. Ein junger Mann lehnte mit dem Rücken zum Fenster, eine brünette Frau bedeckte sein Gesicht mit Küssen, während sie mit den Händen sein blondes Haar durchwühlte. Ich beobachtete ihre Bewegungen und den blonden Hinterkopf. Irgendwie kam mir der bekannt vor ...

»Lene, kommst du? Grüner wird's nicht!«

Ich schreckte auf. Wilma hatte die Kreuzung bereits überquert und sah mich von der anderen Straßenseite aus erwartungsvoll an. Noch einmal sah ich zum Fenster hinauf, doch das Pärchen hatte sich weiter in den Raum bewegt und war nicht mehr zu erkennen. Ich schüttelte den Kopf und trat in die Pedale.

»Ist alles okay? Du siehst aus, als hättest du einen Geist gesehen«, sagte Wilma, als ich zu ihr aufschloss.

»Alles gut.«

Wilma schluckte meine hastige Antwort für den Moment, aber in mir selbst arbeitete es wie verrückt. Der Typ da am Fenster hatte genauso ausgesehen wie Uli. Ach, das war doch Quatsch! Es gab in der Stadt zig blonde Studenten. Das konnte sonst wer gewesen sein. Und doch konnte ich mich gegen dieses Gefühl nicht wehren, das sich von meinem Magen aus im ganzen Körper ausbreitete. Es war nicht nur der Hinterkopf gewesen, der mich stutzig gemacht hatte. Ich konnte noch nicht den Finger darauf legen, aber da war noch etwas, das mich vermuten ließ, dass es doch Uli gewesen sein könnte.

Zum Glück verzog sich Wilma in der WG sofort zum Lernen in ihr Zimmer und Leonie schien schon zu schlafen. Ich wollte jetzt mit niemandem reden. Immer wieder sah ich das Bild des Pärchens am Fenster vor meinem inneren Auge. Selbst als ich eine Viertelstunde später im Bett lag und meinen Blick an den Konturen des Fensterrahmens entlangwandern ließ, wurde ich es nicht los. Je länger ich daran dachte, desto unsicherer wurde ich. Erinnerte ich mich überhaupt richtig? Oder hatte sich das Bild in meinem Kopf schon längst verselbstständigt und stimmte nun mit meiner Befürchtung überein? Und wenn ich tatsächlich richtig gesehen hatte? Mir stockte der Atem und ein kalter Schauer überkam mich. Warum machte Uli mit einer anderen rum? Eine Umarmung hätte mich womöglich nicht so überrascht.

Aber das, was ich dort am Fenster gesehen hatte, war eindeutig mehr als nur eine flüchtige Umarmung zwischen Bekannten gewesen. War ich Uli nicht gut genug? Ob er sauer war, weil ich letzte Woche nicht bei ihm geblieben war? Oder ging das mit dieser anderen schon länger? Hätte mir etwas auffallen müssen? Wer war sie überhaupt? Obwohl mir das Bild noch immer nicht aus dem Kopf ging, war es ausgerechnet an der Stelle blind, an der die Brünette gestanden hatte. So ein Mist! Ich war so von dem blonden Hinterkopf abgelenkt gewesen, der vielleicht, wahrscheinlich, hoffentlich nicht, Uli gehörte, dass ich auf das Mädel gar nicht geachtet hatte. Aber was hätte mir das gebracht? Wäre ich jetzt klüger? Gab es Studentinnen oder andere Mädels, mit denen ich Uli eine Affäre eher zutrauen würde als mit anderen?

Ich umklammerte den Zipfel meiner Bettdecke. Der weiche Baumwollstoff füllte meine Fäuste. Vielleicht hatte Uli ja auch gar keine Affäre mit einer anderen, sondern mit mir? Irgendwie machte es das Ganze nicht besser. Und ich konnte Uli auch schlecht danach fragen. *Hej, ich hab gestern jemanden mit einem Mädel rumknutschen sehen, der sah von hinten aus wie du.* Das klang total lächerlich und bot die beste Grundlage, alles abzustreiten, selbst wenn es stimmte.

Seufzend drehte ich mich auf die andere Seite. So kam ich nicht weiter. Vielleicht sollte ich Uli einfach vertrauen. Ich rief mir das vergangene Wochenende in Erinnerung, an dem ich eng an ihn gekuschelt in seinem Bett eingeschlafen war. Er hatte sanft meinen Nacken geküsst und mir über den Bauch gestreichelt und am nächsten Morgen ein großartiges Frühstück gemacht.

»Ich liebe es, wenn du so verschlafen Tee trinkst, Lene«, hatte er gesagt.

Nicht Süße, oder Sweety – er hatte mich Lene genannt!

Mit geschlossenen Augen lag ich in Ulis Armen auf seinem großen Sofa. Seine Hände umschlossen meine und unsere Finger spielten sanft miteinander. Eine seiner Haarsträhnen fiel auf mein Gesicht und kurz darauf berührten seine weichen Lippen die meinen. Erfüllt von Glückseligkeit erwiderte ich seinen Kuss und rückte noch näher an ihn heran.

»Ich liebe dich«, hauchte er mir zwischen zwei Küssen zu.

Ich kam nicht dazu, etwas zu erwidern. Ich war süchtig nach ihm, sog den scharfen Duft seines Aftershaves ein und zerwühlte mit meinen Händen sein Haar. Ulis Hände wanderten an meinem Oberkörper hinauf und machten sich an den Knöpfen meiner Bluse zu schaffen.

In diesem Moment öffnete sich die Tür zu Ulis Apartment und jemand betrat schwungvoll den Raum.

»Schaaatz, da bin ich wieder«, säuselte dieser jemand.

Urplötzlich war Uli vom Sofa aufgesprungen und auf den Eindringling zugeeilt. Mit meinem Blick folgte ich seinen Bewegungen und erstarrte.

»Hi, meine Süße!«, rief Uli und schloss eine brünette, ansonsten aber gesichtslose Frau in seine Arme. So, wie er noch vor wenigen Sekunden mich geküsst hatte, bedeckte er nun die Andere mit Küssen.

Sprachlos sah ich diesem Schauspiel zu und konnte nicht begreifen, was hier vor sich ging. Wer war dieses Mädel, die hier so plötzlich auftauchte und Uli und mich störte? Wie kam sie überhaupt hier herein? Woher hatte sie einen Schlüssel zu Ulis Wohnung?

In diesem Moment sah Uli sich zu mir um.

»Sorry, Babe. Dir war doch klar, dass das zwischen uns nur Spaß war?«, sagte er und begann sich schon wieder mit der Anderen zu beschäftigen, die sich an meiner Anwesenheit überhaupt nicht zu stören schien. Nun hantierten Ulis Finger an ihrem Oberteil.

Perplex setzte ich mich auf und sah mich um. – Ich war wieder in meinem Zimmer in der WG. Nur ein Traum. Aber was für einer!

So erschreckend realistisch und hammerhart. 5:32 Uhr! Mit bis zum Hals klopfendem Herzen ließ ich mich zurück ins Kissen fallen und hoffte, noch einmal einzuschlafen und vielleicht etwas Schönes träumen zu können.

Als mein Wecker um acht klingelte, war der Traum jedoch das Erste, was mir wieder einfiel. Verflucht! Wie sollte ich denn positiv gestimmt durch den Tag gehen, wenn mir mein Unterbewusstsein noch vor dem Aufstehen solche Geschichten einredete? Ich musste Uli vertrauen. Anders ließ sich eine Beziehung nicht führen.

Beim Frühstück in der Küche traf ich nur auf Wilma. Sie saß mit einer Tasse Instantkaffee und einer Schale Müsli am Tisch und hatte ihre Nase in ein Fachbuch gesteckt, das aufgeklappt einen Großteil des Küchentischs einnahm. Drumherum lagen die Karten, die sie gestern Abend schon bei der Chorprobe mit sich herumgeschleppt hatte.

»Morgen«, nuschelte ich lustlos und stellte den Wasserkocher an, um mir einen Tee zu machen.

»Morgen«, murmelte Wilma, sah aber nur kurz auf, offenbar ohne meine schlechte Stimmung zu bemerken, und beugte sich direkt wieder über ihr Buch. Während mein Tee zog, warf ich einen Blick über ihre Schulter. Auf den Seiten waren große Skizzen von irgendwelchen Körperinnereien abgebildet. Beige-orangefarbene Flächen, von gelben, roten und blauen Linien durchzogen, die sich in immer kleineren Wegen verästelten.

»Was lernst du?«, wollte ich wissen, um mich von der Erinnerung an meinen Traum abzulenken.

»Anatomie«, gab Wilma einsilbig zurück.

Ach ja, das hatte sie gestern schon gesagt. Die meisten Begriffe sagten mir nichts, nur an *Epidermis* konnte ich mich aus dem Biounterricht erinnern. Aber was *Dermis, Corium* oder *Epithel* sein sollten, erschloss sich mir nicht. Ob wohl irgendwelche dieser Begriffe in das verwickelt waren, was Uli und ich in meinem Traum miteinander getan hatten?

Argh! – Nein!

»Schreibst du heute eine Klausur?«, fragte ich hastig, zog den Teebeutel aus meiner großen Tasse und trug ihn am Faden quer durch die Küche zu unserem Biomüll.

»Nee, aber um die Haut geht's gleich wieder und ich muss mir das noch einmal angucken, um das zu verinnerlichen.«

Also doch. Ich hatte es gewusst! Meine Haut kribbelte noch immer, wenn ich an Ulis zärtliche Berührungen dachte. *Aus, Schluss,* ermahnte ich mich und konzentrierte mich auf die Bewegungen meiner besten Freundin, die mich auch tatsächlich ablenkten.

Wilma hob ihre Kaffeetasse und legte den Kopf in den Nacken. Dann stellte sie mit einem Ruck die Tasse wieder ab.

»Was? Schon so spät!«

Ich sah mich um und blickte auf die Küchenuhr. Viertel vor neun.

»Ich muss doch um 9 in der Anatomie sein.« Wilma sprang hektisch auf und spurtete in ihr Zimmer – Müsli, Tasse und Anatomiebuch auf dem Küchentisch zurücklassend.

»Das wird eng«, murmelte ich kopfschüttelnd.

Wilma kam wieder in die Küche gerast, ihre Tasche hing ihr von der rechten Schulter, und griff sich einen Apfel aus der Obstschale auf dem Kühlschrank.

»Okay, bis später. Ich bin weg.«

»Ciao«, erwiderte ich im gleichen Moment, in dem die Wohnungstür ins Schloss fiel. Wie gut, dass Wilma vor lauter Lernen und Zeitdruck meine Stimmung nicht bemerkt hatte. Ich wollte nicht über gestern Abend, geschweige denn über meinen Traum reden. Am besten wäre es, wenn ich das alles vergessen würde. War wahrscheinlich sowieso alles Quatsch.

Ich trank einen Schluck Tee und zog Wilmas Anatomieatlas zu mir herum. *Epithel* stand unter den orangefarbenen und mit schwarzen Punkten versehenen Skizzen, *Scutoid, apikal, Lumen* ... Wer merkte sich sowas? Gab es dazu eigentlich ein passendes Wörterbuch, das das alles auf Deutsch übersetzte?

»Sag bloß, du schwenkst jetzt auf Medizin um?«

Leonie stand in der Küche und sah mich verwundert an. Rasch klappte ich das Buch zu und schob es zur Seite, um ihr Platz zu machen.

»Um Himmels willen, bloß nicht! Ich wollte nur mal gucken ...«

Meine Mitbewohnerin setzte sich mit einem Joghurt mir gegenüber. Ganz wach schien sie jedoch nicht zu sein. Sie steckte den Löffel in den Becher und starrte vor sich hin.

»Leo, ist alles in Ordnung?«

Als ob ich sie bei irgendetwas Verbotenem erwischt hätte, schreckte sie zusammen und sah mich mit weit aufgerissenen Augen an.

»Was? Ja, ja.« Sie nahm den Löffel wieder auf und rührte im Joghurt herum. Gesprächiger wurde sie allerdings nicht. Ich leistete ihr noch Gesellschaft, bis ich meinen Tee getrunken hatte, und ging in mein Zimmer, um meine Unterlagen für das erste Seminar zusammenzusuchen. Mein Handydisplay leuchtete auf, als ich dagegen stieß. Eine neue Nachricht. Augenblicklich raste mein Herz. Ein Lächeln breitete sich auf meinem Gesicht aus, als ich sah, von wem die Nachricht stammte, und ich lehnte mich erleichtert gegen meinen Schreibtisch. Das so vertraute Kuss-Emoji und darunter ein paar Zeilen von Uli.

Guten Morgen, Lene. Geht's dir gut? Was hältst du von Brunch am Samstag?

Ich konnte nicht aufhören zu lächeln. Uli schrieb meinen Namen. Natürlich ging es mir jetzt wieder gut! Und Brunch am Samstag war eine ausgezeichnete Idee! Schade, dass heute erst Mittwoch war.

Nach meinem ersten Seminar erwartete Uli mich vor dem Unigebäude. Er strahlte mich an, als wäre gerade eben die Sonne aufgegangen, nahm mich in den Arm und wirbelte mich einmal herum.

»Hello!« Er setzte mich wieder ab und küsst mich.

»Was hast du denn eingeworfen?« Ich biss mir auf die Lippe. War das wirklich das Erste, was mir eingefallen war? Und hatte ich das jetzt tatsächlich laut ausgesprochen? Es war doch schön, wenn Uli so gute Laune hatte. Er schien mir meine missglückte Begrüßung auch nicht übel zu nehmen.

»Nichts. Ich freu mich einfach, dich zu sehen«, sagte er und winkte Leonie zu, die zwei Meter neben uns stand und noch immer die gleiche unkonzentrierte Miene zur Schau trug wie heute Morgen beim Frühstück. Sie erwiderte die Geste müde.

»Ich fahr zum Amnesty-Treffen«, sagte sie, wandte sich ab und ging zu den Fahrradständern.

»Und wir? Mensa?«

Uli nickte. »Klingt super. Ich hab nen Bärenhunger.«

»Hast du deshalb heute Morgen schon gefragt, ob wir am Samstag brunchen gehen?«

»Auch. Vor allem aber wollte ich verhindern, dass du im Seminar vielleicht schon andere Verabredungen für das Wochenende triffst.«

Mir wurde warm bei seinen Worten. Er wollte Zeit mit mir verbringen, und es war ihm so wichtig, dass er nichts anbrennen lassen wollte. Ich zog ihn noch einmal an mich. Die Fasern seiner Jacke rieben kühl an meiner Wange und der herbe Geruch seines Duschgels drang in meine Nase. Am liebsten hätte ich noch länger mit ihm hier so gestanden, doch ich hörte seinen Magen knurren und auch bei mir meldete sich ein leichtes Hungergefühl.

Uli entschied sich in der Mensa ohne Zögern für das Schnitzel mit Kartoffeln, mir stand der Sinn eher nach Reispfanne. Wir suchten einen freien Tisch am Fenster und machten es uns so bequem wie möglich.

»Hast du heute Abend wieder Dienst?«, fragte Uli zwischen zwei Bissen.

»Klar, wie jeden Mittwoch. Du nicht?«

Normalerweise war auch Uli mittwochs für den Lieferdienst unterwegs. Doch jetzt schüttelte er den Kopf.

»Ich hab mir heute freigenommen. Sonst schaff ich diese verdammte Hausarbeit nicht.«

»Kommst du nicht voran?«

Uli verzog das Gesicht. »Schon, aber nicht so, wie ich gern wollte. Ist einfach totaler Mist, weil ich mich die ganze Zeit frage, ob die Argumentation diesmal okay ist oder ob mein Dozent nicht doch wieder irgendetwas rum-zumeckern hat. Wenn ich wieder durchfalle, kann ich das Modul vergessen.« Ich nahm seine Hand und drückte sie. »Er wird dich schon kein zweites Mal durchfallen lassen. Diesmal hast du ja auch mehr Zeit.«

Das stimmte nicht ganz. Streng genommen hatte Uli jetzt weniger Zeit für die Arbeit als beim ersten Versuch. Allerdings hatte er im letzten Semester den Abgabetermin verpeilt und seine Hausarbeit in drei Tagen runterge-schrieben, was Form und Inhalt nicht unbedingt gutgetan hatte. Jetzt saß er also am Zweitversuch. Ich hätte nicht mit ihm tauschen wollen. Aber ich wollte ihn, so gut ich konnte, unterstützen.

»Soll ich mal drüberschauen?«

Das Gesicht meines Freundes hellte sich auf. »Das wär total lieb. Ich schick's dir, wenn ich fertig bin, okay?«

Ich nickte und aß den Rest der etwas verwürzten Reispfanne.

»Wie sieht's aus, morgen Abend einen Ausflug ins E-Werk?«, schlug Uli vor, als wir unsere Tabletts in die Geschirrwagen schoben. »Die erste Party im Semester?«

Einen Moment zögerte ich. Die Partys im E-Werk waren nicht so meins, meistens gefiel mir die Musik nicht. Andererseits wäre es mal wieder cool, tanzen zu gehen. Noch dazu mit Uli, der mich mit seinen verrückten Moves regelmäßig zum Lachen brachte. Allerdings wusste ich auch zu genau, welche To-do-Liste noch auf meinem Schreibtisch lag. Die musste ich dringend an-gehen, wenn ich in diesem Semester etwas schaffen wollte.

»Tut mir leid, ich muss mich dringend um meinen Master kümmern.«

»Bis dahin sind es doch noch drei Semester. Was kümmerst du dich jetzt schon darum?«

»Ich habe überlegt, meinen Master in Dänemark zu machen. Deshalb muss ich rechtzeitig recherchieren, welche Fächer welche Zugangsvorausset-zungen haben, damit ich mich gegebenenfalls bewerben kann.«

Uli sah mich überrascht an. »Dänemark? Hast du gar nicht erzählt.«

Stimmt, hatte ich nicht. Aber die Idee war auch noch relativ neu. In den Ferien, als ich bei meiner Mutter und meinen Großeltern in Dänemark zu Besuch gewesen war, hatte meine Großmutter darüber geklagt, dass sie mich viel zu selten sehen würde. Wenn ich in Dänemark studieren würde, wäre das leichter. Ob ich schon einmal darüber nachgedacht hätte, ein Auslandssemester zu machen, hatte mein Großvater gefragt. Seitdem ließ mich der Gedanke daran nicht mehr los. In Aarhus war ich bereits um die Unigebäude gelaufen und hatte versucht, mir vorzustellen, wie es wäre, dort zu studieren. Die Uni war modern, die Anlagen drumherum wunderschön und auch die Stadt war vom studentischen Leben geprägt. Allerdings müsste ich für das Auslandsstudium meine geliebte WG und nicht zuletzt Uli zurücklassen. Mein Freund steckte die Hände in die Jackentaschen und lief mit gesenktem Kopf neben mir die Treppe hinunter.

»Es ist doch noch gar nichts entschieden«, sagte ich. »Bislang ist es nur eine Idee, aber ich würde trotzdem gern ein paar Informationen einholen.«

»Und was soll ich dann machen, wenn du gehst?«

Für Uli schien es bereits glasklar zu sein, dass ich zum Master meine Zelte hier abbrechen würde. Nicht nur das, es schien ihn sogar zu stören. Mein Herz schlug schneller. Uli wollte mich in seiner Nähe haben, bei mir sein. Ich bedeutete ihm etwas. Wie hatte ich nur gestern glauben können, er hätte etwas mit einer anderen am Laufen? Ich verbannte die Erinnerungen an die Fensterszene und meinen Traum direkt wieder. Uli war hier, bei mir, und sah mich mit so wehleidigem Blick an, dass es mir fast das Herz brach. Ich umarmte ihn.

»Uli, Dänemark ist nicht das Ende der Welt. Und du brauchst doch auch nur noch ein Jahr. Du könntest mitkommen.«

Er hob den Kopf und grinste schief. »Stimmt. In Dänemark gibt's bestimmt auch Lieferservices, die Fahrer gebrauchen können.«

»Ein oder zwei«, erwiderte ich lachend.

Von der nahen Kirchturmuhr schlug es Viertel vor eins. Uli seufzte. »Ich muss los. Muss vorm nächsten Seminar noch ein paar Bücher aus der Bereichsbib abholen.«

Ich schloss die Augen, als er mich küsste, und genoss das Kribbeln in meinem Nacken, als er mit den Fingern meine Halswirbel streichelte.

»Ciao. Hab dich lieb«, hauchte er zum Abschied und küsste mich noch einmal.

»Ich dich auch. Viel Erfolg!«

Ich sah ihm nach, wie er davonfuhr. Wie es wohl wäre, wenn wir wirklich gemeinsam nach Dänemark gehen würden? Er wollte nicht allein hierbleiben, hatte er eben gesagt. Wenn ich ehrlich war, wollte ich das auch nicht.

Das trübe Nieselwetter am Samstag konnte meine gute Laune nicht schmälern, als ich in die Innenstadt fuhr, wo ich mit Uli verabredet war. Mein Dienst am Vorabend war erfolgreich gewesen – ich hatte Fabi im Bierkniffel tatsächlich geschlagen – und ich hatte all meine To-dos so weit abgearbeitet, dass nun ein fast freies Wochenende vor mir lag.

Ich sah Uli schon von Weitem aus der entgegengesetzten Richtung auf unseren Treffpunkt zufahren. Auch er musste mich gesehen haben, denn er trat kräftiger in die Pedale und zog das Tempo an. Ich grinste und tat es ihm gleich. Wir kamen gleichzeitig vor dem Café an und bremsten lachend ab.

»Unschlagbar!« Uli sprang vom Rad und gab mir einen Begrüßungskuss.

»Ja, dafür musst du wohl früher aufstehen«, neckte ich ihn.

»Hör mir auf, ich bin froh, dass ich heute etwas länger schlafen konnte. Hab gestern bis um eins über den Büchern gehockt.«

»Hat's denn wenigstens etwas genützt?«

Uli zuckte mit den Schultern. »Keine Ahnung. Hab n bisschen was markiert und Post-its reingeklebt.«

Im Café schlugen uns die warme Luft und der Geruch von frischen Brötchen, geröstetem Kaffee, Butter und Kuchen in die Nase. Mir lief das Wasser im Mund zusammen. Brunch war einfach eine großartige Erfindung. Wir suchten uns einen freien Platz, bestellten Kaffee und Tee und gingen zum Buffet. Spontan entschied ich mich, das vegane Angebot zu testen, und füllte mir Hummus, Linsenaufstrich und eine Dattel-Schoko-Creme auf meinen Teller, während Uli sich an die Klassiker hielt.

»Ernährungsumstellung?«

Ich schüttelte den Kopf. »Ich will's einfach mal probieren. Das sieht so lecker aus.«

»Und dazu ein Buttercroissant?«

»Meckern kann jeder«, entgegnete ich augenrollend. Ich hatte jetzt keine Lust, mit Uli mein Essen zu diskutieren. Also ging ich ein paar Meter weiter und füllte mir ein Schälchen mit Obstsalat und Quark. Auf unserem Tisch standen inzwischen unsere Getränke bereit. Während ich den Teebeutel in das heiße Wasser tauchte, gönnte Uli sich schon den ersten Schluck Kaffee.

»Wow, der ist richtig gut!«

Gleiches konnte ich auch von der Dattel-Schoko-Creme sagen, die sich ganz hervorragend auf dem Croissant machte.

Uli biss von seinem Leberwurstbrötchen ab. »Was machen deine Dänemark-pläne?«, fragte er kauend.

»Sieht vielversprechend aus, aber so viel habe ich noch gar nicht gelesen.« In den letzten Tagen hatte ich mir hauptsächlich die Websites von verschiedenen Unis angeschaut und das Fächerangebot geprüft. Neben Aarhus gab es auch in Odense und Kopenhagen interessante Angebote.

»Aber Kopenhagen ist eigentlich nur ein Hirngespinst, das ist viel zu teuer.«

»Echt, so schlimm?«

»Na klar, Hauptstadtfeeling kostet.«

»Schade. Ich hab bei Dänemark sofort an Kopenhagen gedacht. Da könnte ich mit Lastenrad das Essen ausfahren, an der Meerjungfrau vorbei ...«

Er schaute mit seligem Lächeln gen Decke und gestikulierte mit einer Hand in der Luft, als ob er damit den Weg beschreiben wollte, den er in seiner Fantasie fuhr. In meinem Bauch flatterte eine Schar Schmetterlinge auf. War das mein Freund, der da schwärmte? Vor ein paar Tagen noch hatte er enttäuscht gewirkt, als ich meine Ideen angedeutet hatte. Jetzt saß er hier und zeigte sich beinahe euphorischer als ich selbst. Er sah sich wohl wirklich schon in Kopenhagen.

»Bis du zwischen den Touristen an der Meerjungfrau durchgefahren bist, ist das Essen kalt«, sagte ich und riss ihn aus seinen Tagträumen. »Aber Radfahren kannst du in Dänemark überall. Und auch Lastenräder sind nicht auf Kopenhagen begrenzt.«

»Na dann ...« Uli aß den Rest seines Brötchens. »Aber mal ehrlich, kannst du dir das echt vorstellen, nach Dänemark zu ziehen, dort zu leben?«

»Warum denn nicht? Der Großteil meiner Familie lebt schließlich dort. Ich glaube, ich würde es gern herausfinden, wie dänisch ich tatsächlich bin.«

»Was zeichnet Dänisch-Sein denn aus?«

Gerade hatte ich mein Teeglas angehoben, jetzt stellte ich es wieder ab. Uli hatte mich eiskalt erwischt. Ich hatte keine Ahnung. Zwar hatte ich die meisten Ferien meiner Kindheit und Jugend in Dänemark verbracht, durch meine Mutter waren Elemente ihrer Kultur in unser Familienleben integriert. Aber was genau die dänische Identität war, konnte ich nicht sagen. Beide Kulturen, die deutsche und die dänische, waren so vertraut, dass es mir schwerfiel, die eine von der anderen zu trennen. Ob ich es gewusst hätte, wenn ich schon früher nach Dänemark gegangen wäre?

»Ich weiß es nicht«, gab ich ehrlich zu. »Vielleicht ist es einfach nur anders schön.«

Uli lachte. »Oh, Lene! Du bist verrückt.«

»Kann sein. Deshalb esse ich auch Buttercroissants mit veganem Aufstrich und bin mit dir zusammen.«

»Ey!« Er sah mich über den Rand seiner Kaffeetasse empört an. Doch ich bemerkte den Schalk in seinen Augen. Ihm gefiel meine Antwort. Trotzdem ritt er noch ein wenig darauf herum. »Man muss also verrückt sein, um mit mir zusammen zu sein?«

»Klar, du bist doch auch verrückt«, sagte ich und erinnerte ihn daran, wie wir uns kennengelernt hatten. Mit Wilma und Leonie hatte ich im letzten Semester Pizza für unseren WG-Abend bestellt. Wie es Zufall oder Schicksal wollten, hatte Uli an jenem Abend Dienst und belieferte uns. Will und Leo alberten in der Küche herum und sangen laut irgendwelche Kitschlieder aus dem Radio mit, was Uli zum Grinsen brachte, während er mir die Pizzakartons überreichte.

»WG-Party? Darauf hätt ich ja jetzt auch Bock«, sagte er und ich lud ihn scherzhaft ein, zu bleiben, was er wegen seiner Schicht natürlich ablehnen musste. Dafür lag zwei Tage später ein Zettel für mich im Briefkasten. *Wenn die nächste WG-Party ansteht, sag Bescheid. Ich bring auch was zu Essen mit.* ☺ *Call me.* Darunter hatte er seine Nummer gekritzelt und nach ein paarmal hin und her überlegen, ob es klug war, hatte ich Uli tatsächlich geschrieben.

»Unser Kennenlernen war doch ziemlich verrückt.«

»Da könntest du recht haben«, sagte Uli und nickte nachdenklich. »Ich hätt ja auch ein Killer sein können.«

»Der mich hinterrücks mit dem Messer erdolcht und mit dem Pizzaroller in Scheiben schneidet ...«

»Zum Beispiel.« Uli strich mit finsterem Blick über sein Frühstücksmesser, was so gar nicht gefährlich aussah.

»Wo wir gerade bei Verrücktheiten sind, was hältst du von Kino heute Abend?«

»Da wär ich voll dabei. Aber ich muss leider arbeiten.«

»Am Samstag?« Ich sah ihn verwundert an. Normalerweise war Samstag Ulis freier Tag.

»Ja, der eine Kollege ist immer noch krank und ich kann die Wochenendzulage gerade echt gut gebrauchen. Ich brauche dringend ein neues Notebook.« Das waren leider zu viele gute Gründe, die keine Gegenargumente erlaubten.

»Guck nicht so. Dafür haben wir doch jetzt die ganze Zeit zusammen.« Unter dem Tisch legte er die Hand auf mein Knie und strich sanft mit den Fingern darüber, was mir einen angenehmen Schauer über die Haut jagte. Er hatte recht. Es lohnte nicht, um das zu trauern, was nicht ging. Viel wichtiger war es, den Moment zu genießen. Und was war dazu besser geeignet als das fantastische Brunchbuffet? Hand in Hand gingen wir noch einmal zu den weißgedeckten Tischen und beluden unsere Teller mit Quiche, Antipasti und Couscoussalat.

»Möchtest du noch was?«, fragte Uli, der sich anschließend noch eine Waffel mit Sahne und Kirschen gönnte. Ich hob abwehrend die Hände.

»Ich würde total gerne, aber ich bin voll.«

»Dann schlage ich gleich ein Wettfahren vor, durch den Schlossgarten, an der Klinik vorbei bis zur PhilFak.«

»Mit vollem Magen? Du bist wohl verrückt!«

Uli grinste. »Ja, bin ich. Das hatten wir doch schon besprochen.«

Mir fielen beinahe die Augen aus dem Kopf, als ich das Lektürepaket aus dem Onlineportal lud und öffnete. 120 Seiten! Wieso hatte ich das nicht schon im Übersichtsplan für das Seminar bemerkt? Dort standen doch die wöchentlichen Lektüren mit Seitenzahlen schon seit Semesterbeginn vermerkt. Vielleicht hatte ich es nicht bemerken wollen, weil ich mich sonst schon das ganze Wochenende verrückt gemacht hätte. Das hatte ich nun davon. Jetzt musste ich die Lektüre eben schneller lesen. Bis zum Seminar am Donnerstag war ja zum Glück auch noch etwas Zeit.

Als ich nach einem Ausflug in die Druckerei den Stapel Papier jedoch vor mir auf dem Schreibtisch liegen sah, schlug ich trotzdem die Hände überm Kopf zusammen. Schon nach dem ersten Absatz hatte ich den Faden verloren. Endlossatz reihte sich an Endlossatz, hübsch versehen mit Fachbegriffen – und wer hatte eigentlich dieses Layout verbrochen? Da konnte sich doch kein Mensch auf den Text konzentrieren. Ich las noch einmal von vorne, zerlegte die Sätze in kleine Abschnitte und schaffte es immerhin bis zum Ende der Seite.

Aber so sehr ich mich auch bemühte, ich verstand nicht, worum es ging. Unsere Dozenten mussten großes Vertrauen in uns haben, dass sie uns zutrauten, innerhalb einer Woche diesen Text zu erarbeiten.

»Das kann doch kein Hexenwerk sein«, versuchte ich mir selbst Mut zuzusprechen. Eine halbe Stunde später war ich zwar schon auf Seite acht angelangt, aber wenn man mich gefragt hätte, was auf den ersten sieben Seiten geschrieben stand, wäre mir nichts Wesentliches eingefallen. Bis zu meinem Dienst heute Abend im *Ring* waren es nur noch knapp zwei Stunden. Bis dahin den Text auch nur im Ansatz durchgearbeitet zu haben, war in Anbetracht meiner bisherigen Erfahrung utopisch. Immerhin fand morgen Nachmittag das Tutorium zum Seminar statt. Das würde ich diesmal dringend brauchen. Vielleicht fehlten mir auch nur etwas Energie und Flüssigkeit? Ich ging in die Küche, um mir einen Tee zu machen. Dort traf ich auf Leonie, die auch nicht gerade happy aussah.

»Sag mal, hast du den Text für Medienforschung schon gelesen?«

Leonie verzog ihr Gesicht zu einer schmerzhaften Grimasse. »Hör mir bloß auf. Ich zweifle gerade ernsthaft, ob ich für dieses Studium geeignet bin.«

Auch wenn ich mir eine andere Antwort erhofft hatte, war ich dennoch beruhigt, dass es Leonie ähnlich ging wie mir.

»Ich habe auch mehr Fragezeichen als Notizen am Rand stehen«, gab ich zu. »Hoffentlich kann Selma uns das morgen im Tutorium erklären.«

»Hoffentlich ist dieser blöde Text nicht klausurrelevant«, erwiderte Leonie.

Das wäre natürlich noch viel besser, wenn auch unwahrscheinlich, dachte ich und goss den Tee auf.

In meinem Zimmer klingelte das Handy. Ich ließ Leonie und meine Teetasse zurück und nahm das Gespräch entgegen.

»Hi, Süße.«

Ich zuckte zusammen. Nach dem Wochenende hatte ich geglaubt, ich hätte diesen Spitznamen hinter mir gelassen. Aber im Moment fehlte mir die Kraft, ihn noch einmal darauf hinzuweisen.

»Hej Uli, wie geht's?«

»Ganz gut. Bin endlich fertig mit meiner Hausarbeit.«

»Wow, super. Glückwunsch!« Immerhin einer von uns, der ein Erfolgserlebnis zu vermelden hatte.

»Danke. Ich glaube, sie ist gar nicht so schlecht geworden. Aber ich wär trotzdem dankbar, wenn du nochmal drüberschaust.«

Seine Stimme hatte diesen säuselnden, bettelnden Klang, bei dem ich regelmäßig schwach wurde. Fehlte nur noch der Dackelblick, den ich mir allerdings gut vorstellen konnte.

»Klar, habe ich dir doch versprochen! Schickst du mir die Arbeit per Mail? Ich lese sie mir dann am Wochenende durch.«

»Schaffst du es nicht bis morgen? Ich muss sie Freitag schon abgeben.«

Ich schluckte und biss die Zähne zusammen. Zwang mich, ruhig zu atmen. Der Klumpen, der sich während des Lesens meiner Seminarlektüre in meinem Bauch gebildet hatte, wurde größer. Wie stellte Uli sich das vor? Wie sollte ich denn mein Seminar vorbereiten, arbeiten und noch seine Hausarbeit korrigieren?

»Freitag schon? Und das sagst du mir jetzt?«

Ich hörte Uli genervt seufzen. »Schaffst du's oder nicht?«

Na toll, diese Reaktion hatte mir gerade noch gefehlt. Ich konnte ja verstehen, dass Uli enttäuscht war, schließlich hatte ich es ihm versprochen. Ich wollte doch auch, dass er das Modul bestand. Aber warum musste es denn ausgerechnet diese Woche sein? Hastig ging ich meinen Plan für die nächsten Stunden durch. In zwei Stunden musste ich arbeiten und wäre vor Mitternacht nicht zurück. Morgen hatte ich von zehn bis sechzehn Uhr Uni, anschließend das Tutorium.

»Reicht es, wenn ich dir morgen Abend bis acht eine Rückmeldung gebe?«

Uli hatte mit Sicherheit nicht mehr als zwanzig Seiten geschrieben und vermutlich auch nicht in einem solchen Kauderwelsch wie der Autor meiner Seminarlektüre. Das müsste ich nach dem Tutorium noch schaffen.

»Hm, ich würd's gerne Donnerstag vorm Dienst noch drucken, damit ich's dann Freitag vor der Uni gleich im Sekretariat abgeben kann.«

Pis! Gab es hier irgendwo Zeitmaschinen günstig zu kaufen? Ich bohrte meine Zehen in den Teppich. Noch einmal kalkulierte ich meine Tagesplanung im Kopf durch.

»Okay, schick's rüber, irgendwie schaffe ich das!«

»Danke, Lene, du bist ein Schatz. In drei Minuten hast du die Mail.«

Tatsächlich kam ein paar Minuten später Ulis Hausarbeit in meinen Maileingang geflattert. Und obwohl ich immer noch darüber verärgert war, dass

Uli mir mit seiner Bitte zusätzlichen Stress machte, nahm ich die Ablenkung in diesem Moment doch zu gerne an. Die Hausarbeit konnte im Vergleich zu meinem Seminartext nur leichte Lektüre sein. Ich öffnete also das Dokument und begann Ulis Ausarbeitung über die Darstellung und Verarbeitung der Französischen Revolution in der deutschen Literatur des Vormärz zu lesen. Zugegeben, die zitierten literarischen Quellen überlas ich. Irgendwo musste ich Abstriche machen und der Fließtext ergab für mich dennoch Sinn. Hin und wieder schrieb ich einen Gegenvorschlag zu Formulierungen an den Rand. Ansonsten fand ich wenig auszusetzen. Kurz bevor ich mich zum Dienst bereitmachte, war ich fertig und schickte Uli die Hausarbeit kommentiert zurück. Mein Blick fiel auf das Lektürepaket, dem ich in den vergangenen zwei Stunden keine Beachtung geschenkt hatte. Auch wenn es unrealistisch war, dass ich viel schaffen würde, steckte ich dennoch einen Teil davon in meine Tasche. Damit würde ich mir also meine Pause vermiesen.

Letztlich versaute ich mir mit dem Text nicht nur die Pause, sondern auch noch einen Teil der Nacht. Bis nachts um zwei kämpfte ich mich bis auf Seite 50 vor, ohne dass etwas hängenblieb. Hätte ich besser mal geschlafen!

5.
Kapitel

Wo ist eigentlich die ganze Woche schon wieder geblieben, fragte ich mich, als ich mich am Freitagabend wieder auf den Weg zur Arbeit machte. Ich versuchte, die Tage nacheinander zu rekapitulieren, aber außer Uni, Arbeit, unverständlicher Seminarlektüre und Stress fiel mir nichts ein. Es fiel mir auch schwer, Erinnerungsfetzen einzelnen Tagen zuzuordnen. Alles verschwamm in einem Einheitswirrwarr. Hieß es auf Kalenderblättern und in Ratgeberbüchern zur Work-Life-Balance nicht immer, dass man jeden Tag etwas Schönes nur für sich machen sollte? Das Einzige, was ich in den letzten Tagen für mich getan hatte, konnte ich gut und gerne mit Deckung der Grundbedürfnisse zusammenfassen; essen, trinken, duschen, ein bisschen schlafen. Seufzend parkte ich mein Rad an der Kneipe. Das Wochenende konnte nur besser werden!

Ich war noch nicht ganz am Hintereingang der Kneipe angekommen, als Jessy auf den Hof gefahren kam und mir zuwinkte.

»Hi Lene, alles klar?«

»Hej Jessy, was machst du denn hier?«

»Fabi vertreten. Er ist übers Wochenende heimgefahren. Runder Geburtstag von seiner Oma oder so.«

Bierkniffel würde heute also auch wegfallen. Schade eigentlich. Ein bisschen zusätzlicher Spaß an diesem Abend würde mir ganz guttun.

Ob ich Jessy einweihen sollte? Nein, Bierkniffel war Fabis und mein Ding. Jessy und ich konnten auch so Spaß bei unserem Dienst haben. Im Hinterzimmer banden wir unsere Schürzen um und traten nach vorn in die Schankstube.

Es war ein normaler Freitagabend. Die Gäste gaben sich gegenseitig die Klinke in die Hand und das *Ring* war ständig erfüllt von Lachen, Stimmengewirr und Gläserklirren.

Als ich aus meiner Pause kam, die ich diesmal ganz in Ruhe ohne Texte für die Uni verbracht hatte, saßen an einem meiner Tische vier neue Gäste. Jessy hatte sie in der Zwischenzeit schon mit vier großen Gläsern Bier versorgt. Einer von ihnen drehte sich auf seinem Stuhl um und griff in die Tasche seiner Jacke, die er über die Stuhllehne gehängt hatte, und zog ein Kartenspiel heraus. Ich erkannte ihn. Basti. Der blonde Rollenspieler. Wie automatisch sah ich nun auch die anderen Gäste an, die an seinem Tisch saßen. Auch sein dunkelhaariger Freund war wieder mit von der Partie. Die anderen beiden hatte ich noch nie bewusst wahrgenommen. Aber über Basti und Poldi wunderte ich mich schon ein bisschen. Waren die beiden früher auch schon so oft hier gewesen? Ich konnte mich nicht darauf besinnen.

»Lene, alles in Ordnung?« Friedhelm musterte mich mit gerunzelter Stirn.

»Ja ... ja, alles gut.« Ich straffte die Schultern und bemühte mich um einen wachen Gesichtsausdruck. Mein Chef sollte nicht glauben, dass ich hier stand und träumte. »Aber sag mal, war Basti mit seinen Leuten im letzten Semester auch schon so oft hier? Ich habe das Gefühl, seit seiner Geburtstagsfeier ist er ständig hier.«

Die Falte auf Friedhelms Stirn wurde noch tiefer. »Stört dich das etwa? Das ist doch schön, wenn sie gern hierherkommen.«

Na super, ich redete mich hier noch um Kopf und Kragen. Natürlich hatte ich nichts gegen Stammgäste. Schon gar nicht gegen Friedhelms Rollenspielerfreunde. Aber vermutlich war es besser, wenn ich mich nicht noch zu erklären versuchte und es damit womöglich schlimmer machte. Ich sah mich also um, an welchem Tisch ich als Nächstes gebraucht wurde, und machte mich wieder an die Arbeit.

»Darf ich Ihnen noch etwas bringen?«, fragte ich zwei ältere Männer, die in der hinteren Ecke saßen. Vor ihnen standen leere Teller und ein Korb mit einem letzten Stück Brot. In ihren Gläsern waren nur noch kleine Schlucke übrig.

»Danke, nein«, sagte der eine.

»Hat es Ihnen geschmeckt?«

»Sehr gut, wie immer«, antwortete der andere. Sein Blick ruhte auf mir. Genauer auf meiner Bluse. Ich biss mir auf die Zunge und sammelte Teller und Brotkorb ein, um mich abzulenken. Der Typ war mir schon beim Reinkommen unsympathisch gewesen. Er war durch die Kneipe marschiert, als würde der ganze Laden ihm gehören. Als er jemanden in der anderen Ecke gesehen hatte, den er wohl kannte, hatte er laut durch den Raum gerufen.

»Na, ob das aber nicht runterfällt, Fräulein.«

Er deutete auf den Brotkorb, den ich auf die Teller gestellt hatte, und wedelte mit erhobenem Zeigefinger.

»Passt schon«, murmelte ich und beeilte mich, von den beiden wegzukommen. Am liebsten hätte ich einmal laut gebrüllt, aber das musste ich mir hier an dieser Stelle wohl oder übel verkneifen. Diese Gäste, meistens waren es ältere Männer, die meinten, mir entweder meine Arbeit erklären oder meine Fähigkeiten absprechen zu müssen, gleichzeitig aber so aussahen, als wüssten sie bei sich zuhause nicht einmal, wo die Küche war! Natürlich war mir klar, dass in der alkoholgeschwängerten Atmosphäre einer Kneipe mal der eine oder andere dumme Spruch zu hören war. Aber nach einer Woche wie dieser wollte ich das nicht auch noch ertragen.

»Hi, du auch wieder hier!«, rief Basti mir zu, als ich an dem Vierertisch vorbeiging.

»Klar, ihr doch auch«, erwiderte ich. »Habt ihr einen Wunsch?«

»Joa, i würd heut gern beim Schafskopf g'winn'«, sagte einer der Jungs.

Ich hob bedauernd die Schultern. »Dabei kann ich leider nicht helfen.«

»Na, da nehm i fürs Erst' no a Bier.«

Er hob sein leeres Glas und reichte es mir. Ich warf einen Blick in die Runde.

»Für euch auch noch?«

Basti und der andere nickten. Aber Bastis Freund schüttelte den Kopf und bestellte ein alkoholfreies Bier.

»Was? Poldi, gibst' scho auf?«

»Ich muss morgen früh raus«, erklärte Poldi mit erkennbar verärgertem Gesicht. Seine Augen waren schmaler geworden und sein Kiefer angespannt. Störte ihn der Vorwurf, nicht trinkfest zu sein, oder dass sein Sitznachbar ihn so genannt hatte? Er hatte sich schon an Bastis Geburtstag über diesen

Namen beschwert. Wie auch immer, das sollten die Jungs unter sich klären. Basti legte sanft seine Hand auf die seines Freundes und Poldi entspannte sich.

Ich ging zum Tresen, organisierte die Getränke für die beiden und registrierte, dass die beiden Männer hinten in der Ecke mit ihren Portemonnaies winkten.

»Zahlen bitte«, rief mir mein spezieller Freund zu, während ich am Nebentisch noch bediente.

»Gemeinsam oder getrennt?«

»Getrennt bitte«, sagte der eine in einem Tonfall, als wäre alles andere eine völlig abwegige Option. Obendrein ließ er sich auch das Wechselgeld noch centgenau rausgeben.

»Bei Ihnen macht es dann siebzehn Euro vierzig, bitte« sagte ich zu dem anderen.

Er streckte mir zwanzig Euro entgegen, den Blick dabei derart auf meine Bluse geheftet, dass ich das Gefühl hatte, nackt vor ihm zu stehen.

»Stimmt so, Fräulein«, sagte er.

Als ich die Scheine entgegennahm, glitt seine andere Hand nach vorn und streifte meinen Oberschenkel, nur kurz, aber doch zu lang für eine zufällige Bewegung. Es durchfuhr mich eiskalt und im nächsten Moment schoss Hitze in meine Ohren. Ich krallte meine Finger um mein Portemonnaie und öffnete den Knopf. Hoffentlich sah er nicht, wie meine Finger dabei zitterten. Der Mann grinste wie ein altes Honigkuchenpferd.

»Tschüs, bis zum nächsten Mal.«

Sie erhoben sich gleichzeitig und ich wich hastig einen Schritt zurück. Sie sollten keine Gelegenheit bekommen, mich noch einmal anzufassen. Ich hastete zurück zum Tresen, ohne mich nach den beiden umzusehen. Meine Ohren glühten noch immer. Warum hatte ich das zugelassen? Warum hatte ich nichts gesagt?

Erst jetzt merkte ich, dass ich das Geld von dem Mann noch immer nicht ins Portemonnaie gesteckt hatte. Es widerstrebte mir, die Scheine zwischen die anderen zu schieben. Es kam mir vor, als hätte er sich mit dem Trinkgeld das Recht für seine Krabbelei erkauft.

Ich ärgerte mich noch immer, als ich drei Stunden später mit Jessy und Friedhelm abrechnete.

»Das kenne ich! Man könnte meinen, man gewöhnt sich dran, weil es ja immer mal wieder passiert. Aber es trifft doch jedes Mal«, sagte Jessy.

Friedhelm schüttelte den Kopf und seufzte. »Das tut mir leid. Wirklich. Bitte sagt mir Bescheid, wenn euch so etwas passiert. Ich dulde in meiner Kneipe keine sexuelle Belästigung. Ihr sollt euch wohlfühlen bei der Arbeit.« Ich nickte, fragte mich aber im selben Moment, ob ich das wirklich könnte. Und wie sollte das denn funktionieren? Würden Typen wie der heute Abend nicht sowieso alles abstreiten oder grinsen und behaupten, sie hätten doch nur Spaß gemacht?

»Lene, lass den Kopf nicht hängen!«, sagte Jessy, als wir kurz darauf im Hof standen. »Du hast keine Schuld an dem, was passiert ist.«

»Ich weiß. Die Woche war einfach zu viel. Ich brauch' jetzt dringend Wochenende.«

Wir umarmten uns zum Abschied und fuhren in entgegengesetzte Richtungen vom Hof. Schon nach wenigen Minuten erreichte ich die Innenstadt. Der Marktplatz lag um diese Uhrzeit fast verlassen da. Nur ein einsames Pärchen stand in inniger Umarmung im Licht einer Laterne. Fehlte eigentlich nur noch ein Mistelzweig oder leichter Schneefall, um das Bild vollständig romantisch zu machen.

Ich war schon so gut wie vorbeigefahren, als ich stutzig wurde und abbremste. Die Haltung und Frisur des Mannes, der gerade den Hals der Frau küsste, kam mir erschreckend bekannt vor. Ausgerechnet in dem Moment, wo ich dem ganzen einen genaueren Blick schenkte, sah er auf. Beinahe wäre ich vom Rad gekippt, so sehr traf mich das Bild in die Magengrube. Es war unverkennbar Uli, der dort stand und die Hände kein Stück von der Brünetten löste. Jetzt, wo ich genauer hinsah, erkannte ich sie wieder. Es war die junge Frau, die ich vorige Woche nach der Chorprobe am Fenster gesehen hatte. Ich hatte mich also nicht getäuscht.

In meiner Kehle stieg ein bitterer Geschmack auf, den ich krampfhaft wieder nach unten schluckte. Keine gute Idee. Es schmeckte scheiße. Uli sah zu mir herüber. Sein Blick verriet, dass er mich erkannte. Er blinzelte kurz, dann wandte er sich wieder der anderen zu und versank in einem langen Kuss. Wie versteinert stand ich einen Moment auf der Stelle, umklammerte mit den Fingern den Lenker und konnte den Blick nicht von Uli und der anderen lösen. Das konnte doch nur eine Illusion sein. Ich war übermüdet und sah Gespenster. Ganz gruselige Gespenster! Ich blinzelte. Noch immer stand Uli mit einer anderen im Laternenlicht.

Keine Ahnung, wie viel Zeit verging, ehe ich es schaffte, wieder in die Pedale zu steigen und weiterzufahren. Sekunden? Minuten? Ich fühlte mich wie leergefegt, war mir nicht sicher, ob ich traurig oder enttäuscht oder einfach nur fürchterlich wütend auf Uli war. Aber während der gesamten Heimfahrt und noch im Treppenhaus, hinauf zu unserer WG im ersten Stock, verfolgte mich die Szene vom Marktplatz.

In der Küche brannte noch Licht. Wilma und Leonie saßen bei einem Glas Rotwein und einer Tüte Studentenfutter zusammen am Küchentisch. Worüber sie redeten, bekam ich nicht mit. Es war mir aber auch herzlich egal. Alles war mir egal. Ich schaute nur kurz in die Küche, nickte ihnen zu und ging direkt weiter in mein Zimmer, wo ich meine Tasche neben den Schreibtisch warf, die Strickjacke abstreifte, mich auf mein Bett setzte und die Beine anzog. Ich würde jetzt nicht schlafen können. Wie sollte ich einfach ins Bett gehen können, nach allem, was passiert war?

Aus der Küche drang kein Laut. Stattdessen stand kurz darauf Wilma in meinem Zimmer, sah mich besorgt an und setzte sich kurzerhand neben mich aufs Bett.

Sie sagte nichts, sondern starrte, genau wie ich, auf die Wand gegenüber. Schon oft hatten wir so nebeneinandergesessen. Damals, in der siebten Klasse, als Wilmas Vater sie, ihren Bruder und ihre Mutter hatte sitzen lassen; in der achten Klasse, als meine Oma gestorben war; in der neunten Klasse, als Wilmas erster Freund Finn per SMS mit ihr Schluss gemacht hatte; und viele weitere Male, wenn eine von uns das Gefühl gehabt hatte, die Welt würde untergehen. Erst als mir all diese Erinnerungen in den Sinn kamen, ging mir auf, dass für mich gerade wieder einmal eine Welt untergegangen war.

»Uli hat eine andere«, sagte ich leise, ohne sie anzusehen.

Wilma legte ihren Arm um meine Schultern und zog mich an sich. »Oh Mann ... «

Sie umarmte mich fest und ich drückte mein Gesicht in ihren weichen Norwegerpullover. Und während meine beste Freundin mir sanft über den Rücken streichelte, löste sich die Starre, die mich seit dem Marktplatz gefangen hatte. Uli hatte eine andere. Und er hielt es nicht einmal geheim, sondern machte in aller Öffentlichkeit mit ihr rum. Vor meinen Augen. Wissend, dass ich danebenstand. Meine Augen brannten und ich blinzelte zwischen den Wollfasern, bis ich merkte, dass sie feucht wurden. Ich versuchte, ruhig und gleichmäßig zu atmen, doch es drangen nur Schluchzer aus meiner Kehle, die kaum ausreichten, um Luft zu holen.

»Hat er dir das gesagt?«

Ich drehte meinen Kopf einmal nach rechts, einmal nach links und richtete mich ein Stückchen auf. Mit den Händen wischte ich mir übers Gesicht. Schwarze Streifen zeichneten sich auf meinen Handrücken ab. Egal. Jetzt war definitiv nicht die Zeit für perfektes Make-up.

Leonie stand in der Tür. »Darf ich reinkommen?«, fragte sie leise.

Ich nickte schniefend und Leonie setzte sich ebenfalls auf mein Bett. Wir saßen eine Weile stumm da, während ich versuchte, meine Gedanken zu sortieren. Erinnerungen an die vergangenen Wochen zuckten durch meinen Kopf. Uli und ich beim Eislaufen kurz nach Silvester, Ulis warme Hände, die meinen Nacken massierten, sein heißer Atem auf meiner Haut, er bei mir im *Ring*, wir lachend in seiner Wohnung, das Wettrennen am Samstag vor dem Café. Aber auch das Pärchen am Fenster nach der Chorprobe. Das Pärchen eben auf dem Markt. Wie er mich angesehen hatte.

»Er hat gar nichts gesagt«, brachte ich schließlich hervor. »Ich hab ihn gesehen.«

»What the fuck«, rief Leonie, nachdem ich berichtet hatte. Sie streckte den Rücken durch und stemmte die Fäuste in die Hüfte. »Was bildet der sich eigentlich ein? Sogar nachdem er dich gesehen hat …«

Sie schnappte nach Luft, sprang vom Bett auf und war kurz darauf aus meinem Zimmer verschwunden. Wilma hielt mich noch immer im Arm. Sie atmete tief ein und aus und übertrug etwas von ihrer Ruhe auf mich. Langsam gelang es mir wieder, gleichmäßiger zu atmen, auch wenn das Luftholen in Lunge und Kehle noch schmerzte.

Leonie kehrte mit der Rotweinflasche zurück und reichte mir ein Glas. Meine beste Freundin räusperte sich.

»Äh, Leo, ich glaube nicht, dass es das Richtige ist, Lenes Liebeskummer in Alkohol zu ertränken.«

»Spar dir deine medizinischen Ratschläge für später auf. Besondere Situationen erfordern besondere Maßnahmen! Der Rotwein wird wohl kaum reichen, um alles zu vergessen.«

Das wäre nur zu verlockend gewesen. Aber das behielt ich besser für mich. Ich wollte jetzt nicht auch noch Streit mit meiner besten Freundin riskieren.

Stattdessen hielt ich Leonie mein Glas hin, das sie mit schwungvoller Bewegung füllte. Wenn der Wein nur bewirkte, dass ich gleich einschlafen konnte, hätte er seinen Zweck erfüllt. Mehr wollte ich gar nicht.

Doch ehe ich müde wurde, wurde ich redselig. Ich lehnte an Wilmas Schulter, balancierte das Weinglas auf meinem angewinkelten Knie und starrte Löcher in die Luft.

»Ich glaube, ich habe ihn mit meiner Dänemarkidee überrumpelt. Vielleicht hätte ich besser gar nichts davon erzählt ... Nicht, ehe das zwischen uns fester geworden wäre.«

Wilma schnaubte verächtlich. »Also, wenn er sich schon eine Andere sucht, bevor du überhaupt konkrete Pläne hast, ist es vielleicht gut, dass es gar nicht so weit gekommen ist.«

»Aber vielleicht habe ich das nicht deutlich genug gemacht, dass es noch gar nicht feststeht.«

»Bestimmt. Und es war ihm natürlich auch unmöglich zu fragen«, murmelte Wilma und änderte ihre Sitzposition, sodass mein Kopf von ihrer Schulter rutschte. Im letzten Augenblick erlangte ich mein Gleichgewicht zurück und rettete mein Glas. Besser, ich trank den letzten Schluck, bevor der Wein doch noch auf meiner Bettdecke landete.

Die Bettdecke! Vor Kurzem hatte Uli noch hier gesessen. Bei mir übernachtet hatte er nie. Nachts war er lieber ungestört mit mir, wie er immer gesagt hatte. Als ob Wilma oder Leonie einfach in mein Zimmer spaziert wären! Wir waren immer bei ihm gewesen. Sein Bett, die grau-schwarz gemusterte Decke, das Sofa, wo wir zuletzt ... Vielleicht hätte ich öfter über meinen Schatten springen sollen, wenn er mit mir hatte schlafen wollen und ich keine Lust gehabt hatte?

Leonie sprang zum zweiten Mal so ruckartig von meinem Bett auf, dass die Matratze federte und der Lattenrost quietschte. Sie stampfte mit dem Fuß auf und funkelte mich aus kleinen Augen an.

»Bist du bescheuert? Er hintergeht dich und du machst dir Vorwürfe, dass du nicht öfter für ihn die Beine breit gemacht hast?«

»Leo!«

Etwas irritiert sah ich zwischen meinen Mitbewohnerinnen hin und her. Woher wussten sie, woran ich eben gedacht hatte? Ich sah auf den letzten Tropfen Wein am Boden meines Glases. Mein Kopf war so schwer. *Pis!*

Ich hatte nicht nur gedacht, sondern auch noch laut ausgesprochen, was mir durch den Kopf gegangen war.

»Ich hätte ihm mehr zeigen müssen, wie wichtig er mir ist«, flüsterte ich.

»Du meinst, der Ärmste hatte gar keine andere Wahl, als sich dieser Tussi an den Hals zu schmeißen?«, höhnte Wilma.

Leonie machte einen Schritt auf mich zu, fasste mich an den Schultern und sah mir fest in die Augen.

»Nein, Lene. Einfach nein! Du hast jedes Recht, keine Lust auf Sex zu haben und das auch zu äußern. Und wenn Uli das nicht einsehen will, ist das sein Problem. Aber du bist nicht schuld!«

Meine Kehle fing wieder an zu brennen. Was Leonie sagte, war mir in der Theorie klar. Warum hatte ich dann so oft genau gegenteilig gehandelt? Wieso hatte ich so oft nachgegeben, wenn Uli seinen Dackelblick aufgesetzt hatte? Er hatte mich immerhin noch bittend angesehen, nicht so wie der Typ heute Abend ...

»Vielleicht erwecke ich auch einfach den Eindruck, dass man es mit mir ja machen kann.« Der Satz kam einfach so aus mir heraus. Wilmas eben noch spöttisch verzogenes Gesicht nahm besorgte Züge an. Beinahe sah es aus, als wollte sie ebenfalls jeden Moment in Tränen ausbrechen. Ihre Stimme zitterte. »Wie meinst du das?«

Ich erzählte also auch noch von den beiden Männern im *Ring*. Erneut zog sich alles in mir zusammen, als ich an die Hand des einen auf meinem Oberschenkel dachte. Ich spürte die Berührung noch immer. Als ob sein Handabdruck sich dort und auf meiner Seele eingebrannt hätte. Warum hatte ich mich nicht gewehrt? Wilma schloss wieder ihre Arme um mich und ich erwiderte die Geste. Bei ihr fühlte ich mich sicher. Ich hatte nichts zu befürchten.

»Das tut mir so leid. Das geht echt gar nicht.«

»Und trotzdem habe ich nicht widersprochen. Das ist doch praktisch eine Einladung.«

»Nein, Lene, ist es nicht!« Wilmas Stimme war noch etwas dünn, klang aber entschieden. »Es ist nicht deine Pflicht zu widersprechen. Es ist deren Pflicht, sich zu benehmen! Nur weil du nichts sagst, ist das keine Erlaubnis.«

Irgendwo tief in mir wusste ich, dass sie recht hatte. *Metoo, Nur ja heißt ja* – das alles kannte ich. Trotzdem saß ich hier und schämte mich, schmeckte die Bitterkeit darüber, ausgenutzt worden zu sein, auf meiner Zunge, dachte an das Trinkgeld, das er mir zugesteckt hatte. Beim nächsten Mal würde ich etwas sagen, hatte ich mir vorgenommen. *Sicher,* spottete mein Hirn. Mich nahm ja nicht einmal mein Freund ernst. Warum sonst hatte er sich eine andere gesucht?

»Das ist doch Quatsch! Will hat recht. Wenn sich hier jemand etwas vorzuwerfen hat, dann Uli – und diese beiden Typen!«

Ich nickte mechanisch, auch wenn ich mit dem Denken nicht mehr ganz mitkam. Der Abend, die Aufregung, die Tränen und jetzt der Wein obendrauf. Das alles war zu viel. Ich wollte nur noch in irgendeinem weichen Nichts verschwinden, wo ich nichts fühlen, denken oder sagen musste. Es kostete mich sämtliche noch verbliebene Kräfte, zum Klo zu gehen und mir die Zähne zu putzen. Ich tapste zurück in mein Zimmer, ließ mich ins Bett fallen und zog mir die Decke über den Kopf. Der Rotwein tat seine Wirkung.

Das Wochenende verbrachte ich hauptsächlich im Bett und pflegte meinen Liebeskummer. Die Decke bis über die Nase gezogen hörte ich Hörspiele aus meiner Kindheit, streamte kitschige Liebesfilme und verfluchte mich dafür bei jedem Happy End.

»Warum tu ich mir das eigentlich an?«, murmelte ich beim dritten Abspann. »Davon wird es doch nicht besser.«

Das sagte jedenfalls mein Verstand. Leider waren mein Herz und meine Seele noch nicht bereit, mit meinem Verstand zu kooperieren, und verlangten nach mehr Drama. Ich fand eine Liebeskummerplaylist und drehte die Lautsprecher auf. Meine Seele suhlte sich in den dramatischen Klängen und herzzerreißenden Lyrics und mein Herz wummerte langsam im Takt der Musik. Das Schlagzeug setzte ein, das Orchester gewann an Klang und Céline Dion schallerte ihr *All by myself* aus den Boxen.

Die Tür flog auf und Leo kam mit verzweifelter Miene in mein Zimmer gestürmt. In der Hand hielt sie gleich drei Tafeln Schokolade.

»Lene, ich gebe dir alles, was du willst, aber bitte, bitte, BITTE, mach diese scheußliche Musik aus!«

Die Schokolade noch immer festhaltend ging sie vor meinem Bett auf die Knie und erhob ihre gefalteten Hände gen Zimmerdecke. Ich nickte schuldbewusst und regelte Céline einige Dezibel runter. Leonies Gesicht entspannte sich.

»Danke!« Sie hielt mir die Schokolade hin und ich zog eine Tafel aus ihrer Hand.

Leonie zog sich wieder zurück und ich steckte mir Kopfhörer in die Ohren. Erst als ich zu Adeles *Someone like you* in die Schokolade biss, wurde mir bewusst, dass ich gar nicht darauf geachtet hatte, welche Sorte ich mir blind ausgesucht hatte. Die weiche Karamellfüllung zerfloss buchstäblich auf meiner Zunge und verklebte alles zwischen meinen Lippen und dem Rachenzäpfchen. Genau das, was ich brauchte. Stück für Stück futterte ich die Tafel auf, während die Playlist ein Lied nach dem nächsten abspulte. Zwischendurch gab ich mich der lächerlichen Hoffnung hin, dass der Freitagabend vielleicht doch nur eine verrückte Halluzination gewesen wäre. In diesen Momenten sah ich auf mein Handy und öffnete Ulis und meinen Chat. Doch seit Freitagvormittag war keine neue Nachricht von ihm gekommen.

Hi Süße, hab einen schönen Tag, war das Letzte, das er mir geschrieben hatte. Ich bohrte die Faust in mein Kopfkissen. So ein Satz, nur wenige Stunden, bevor er leidenschaftlich eine andere geküsst hatte. Es durchfuhr mich eiskalt bei der Vorstellung, dass diese andere womöglich schon bei ihm gewesen war, während er mir diese Nachricht zusammen mit dem obligatorischen Kuss-Emoji geschickt hatte. Unwillkürlich begann mein Puls zu rasen und Hitze stieg in mir auf.

»Haaarrrrr!«, brüllte ich in mein Kissen. Ich. Will. Das. Nicht. Wissen!

Stille umfing mich. Es dauerte eine Weile, bis ich begriff, dass die Playlist durchgelaufen war. Ich hörte in mich hinein, erinnerte mich an das letzte Lied. Die dänische Sängerin hatte davon gesungen, dass der Ex-Lover sie definitiv zum letzten Mal flachgelegt habe. *Recht hat sie,* dachte ich und mein Herz pochte seine Zustimmung. Sollte Uli doch mit dieser anderen glücklich werden oder auch nicht. Ich hatte genug.

Auch am Montagmorgen gab es keine neue Nachricht von Uli. In einem Anflug von Kampfgeist hatte ich nicht übel Lust, zu ihm zu fahren und ihm die Meinung zu geigen. Aber so schnell, wie er gekommen war, verließ mich der Mut auch wieder. Ich war noch nicht so weit. Ablenkung war jetzt das Beste. Und so stimmte ich ohne Zögern zu, als meine Kommilitonin und Kletterfreundin Annika mich nach dem Seminar zu einem spontanen Ausflug in die Kletterhalle einlud.

»Bist du in den Ferien mal klettern gewesen?«, fragte sie, während wir unsere Gurte anlegten und die Karabiner checkten. Ich schüttelte den Kopf. Die Zeit, die ich in den Ferien nicht bei meiner Familie gewesen war, hatte ich mit Uli verbracht ...

Schluss, ich bin hier, um mich abzulenken!

»Nein. Es wird höchste Zeit.«

Annika ließ mir den Vortritt. Ich hakte mich ein und wählte erst einmal eine leichte Route aus, um warmzuwerden. Die Griffe lagen nah beieinander und meine Füße fanden zuverlässig einen sicheren Tritt. Die raue Oberfläche rieb an meinen Händen, die Haut spannte. Durch die längere Kletterpause hatte sich die Hornhaut zurückgebildet. Ich ließ meinen Blick an der Wand entlangwandern, legte den Kopf in den Nacken. Es waren noch gut drei Meter über mir. Einen Meter rechts von mir befand sich der nächste Griff dieser Route. Nur mit Strecken würde ich ihn nicht erreichen können. Ich musste ein wenig Schwung holen, wenn ich nicht schummeln und auf eine andere Farbe ausweichen wollte. Ein kurzer Blick nach unten, Annika sah konzentriert zu mir hinauf, nickte, als ich zu dem blauen Griff zeigte. Ich prüfte den Halt meiner Füße. Der Stein unter meinem rechten Fuß war groß genug. Ich verlagerte das Gewicht, hielt mich nur mit einem Fuß und einer Hand. Vermutlich sah das bescheuert aus, aber das kümmerte mich in diesem Augenblick nicht. Ich fokussierte einen Griff auf Höhe meines rechten Knies, auf den ich meinen rechten Fuß setzen würde. Meine Finger griffen fester in den Kunststoff, ich hob das Bein und drückte mich ab. Die Rundung des Griffs drückte sich in meine Fußsohle, ich streckte mich und bekam mit der rechten Hand den nächsten Griff zu fassen.

Als ich das Ende der Wand erreicht hatte, behielt ich für einen Moment die letzte Position bei, ließ meinen Puls etwas zur Ruhe kommen und sah nach unten. Es war jedes Mal ein großartiges Gefühl, aus dieser Höhe herabzusehen, während die Muskeln jeden erklommenen Meter erzählten. Annika hielt mich sicher mit in den Boden gestemmten Beinen und reckte ihren Daumen in die Höhe.

»Magst du runterkommen?«

»Moment noch«, rief ich zurück. Mit den Händen strich ich über die Wand. Die Haut war gerötet, nach dem Klettern würde ich sie einreiben müssen. Mein Herz schlug kräftig, doch meine Atmung war schon ruhiger.

Ich gab Annika ein Zeichen, lehnte mich im Gurt zurück und stieß mich von der Wand ab, während Annika stückweise Seil nachgab.

Es war nicht zu übersehen, dass Annika in den Ferien mehr trainiert hatte als ich. In Windeseile nahm sie die Wand ein, streckte ihre Arme und Beine wie eine Spinne in alle möglichen Richtungen. Es schien ihr nicht die geringste Mühe zu machen, denn als sie nach wenigen Minuten wieder unten neben mir stand, war sie kein Stück außer Atem.

»Du hast nicht gesagt, dass du direkt mit dem Speedklettern anfangen wolltest.«

Annika lachte. »War ich echt so schnell?«

»Ich hab die Zeit nicht gestoppt, aber du hast direkt durchgezogen.«

»Liegt vielleicht daran, dass ich die Route in den letzten Wochen schon so oft geklettert bin. Ich muss nicht mehr überlegen.«

In diesem Augenblick wurde die Wand neben uns frei, die noch ein Stück höher war. Fünfzehn Meter und oben mit 30 Prozent Überhang. Annika rieb sich die Hände.

»Ich liebe diese Wand! Darf ich zuerst?«

Da ich ihre Vorfreude nicht bremsen wollte, überließ ich ihr gern den Vortritt. Wir führten das Seil in unsere Karabiner ein, machten den Partnercheck und Annika trat an die Wand heran. Ich verfolgte jede ihrer Bewegungen, rief ihr hin und wieder Tipps zu, welchen Griff sie als Nächstes anpeilen konnte. Sie hatte sich eine schwere Route ausgesucht, die Griffe lagen weit auseinander. Doch auch jetzt bewegte sie sich schnell von einem Stein zum nächsten. Ihr Gewicht zog über das Seil, das uns verband, an meinem Körper und spannte den Gurt um meine Oberschenkel. Doch ich hielt dem Druck stand. Beim Klettern war man füreinander verantwortlich, musste sich voll und ganz auf den Partner verlassen können. Annika und ich verstanden uns blind, was das Klettern anging, seit wir im Unisport einander zugeteilt worden waren. Wir kannten die Techniken der jeweils anderen und wussten, wo unsere Schwächen lagen. So erkannte ich auch, dass Annika gerade zum zweiten Mal von dem letzten Griff vorm Überhang abrutschte. Ihre Hand zitterte. Sie hatte sich überschätzt, ihre Kraft ließ nach.

»Komm runter«, rief ich ihr zu.

Annika schüttelte den Kopf. Was ihr an Kraft fehlte, versuchte sie meist durch Ehrgeiz wettzumachen. Doch am Überhang war es zu gefährlich, weiter zu klettern, wenn die Kraft nachließ.

»Dann mach wenigstens eine Pause.«

Sie zögerte einen Moment, gab jedoch nach, ließ sich in ihrem Gurt zurückfallen und stieß sich mit hängenden Armen von der Wand ab.

Als sie nach erfolgreicher Fortsetzung ihrer Klettertour wieder neben mir auf dem Boden stand, zitterte ihre Hand noch immer. Die Wasserflasche wackelte hin und her, während Annika sie zum Mund führte.

»Du verschenkst zu viel Energie durch dein Tempo«, sagte ich.

Annika setzte die Flasche ab. »Ich weiß. Ich denke immer, das sind doch nur ein paar Meter – und auf der Hälfte machen dann meine Arme schlapp. Woher nimmst du nur die Kraft?«

»Zweimal die Woche Maßkrugstemmen. Das trainiert«, erwiderte ich lachend. Das war übertrieben. Es kam höchst selten vor, dass wir im *Ring* einen gefüllten Maßkrug am ausgestreckten Arm hielten. Aber das Gewicht eines vollen Tabletts war auch nicht zu verachten. Doch jeder noch so anstrengende Dienst in der Kneipe war keine ausreichende Vorbereitung auf die Route, die ich nach Annikas Pause anstrebte. Obwohl ich längst nicht so schnell kletterte wie sie, klebte mein T-Shirt am Körper, als ich oben ankam. Ich legte den Kopf in den Nacken und ließ die verdrehte Perspektive auf mich einwirken. Kletterwände mit bunten Punkten bildeten den Rahmen um einen grünen Himmel, an dem Annika zu hängen schien und zu mir sah. Verrückte Welt, aber doch überschaubar und vor allem planbar. Schade eigentlich, dass ich nicht länger hier oben bleiben konnte, sondern auf den Boden der Tatsachen zurückkehren musste.

6.
Kapitel

$\mathcal{E}$ ine *Woche war vergangen,* seit ich Uli mit der anderen gesehen hatte. Eine Woche, in der ich mich mit Klettern, Uni, Dänemark-Recherchen und einer erstaunlichen Menge Schokolade über Wasser gehalten hatte. Eine Woche, in der ich nicht mit Uli geredet oder geschrieben hatte. Mir fehlten nach wie vor die Worte zu dem, was er abgezogen hatte. Auch er hatte sich seit vergangenem Freitag nicht bei mir gemeldet. Glaubte er, dass wir nicht mehr darüber sprechen müssten, dass unsere Beziehung beendet war? Ging er allein deswegen davon aus, weil ich ihn gesehen hatte? Wann hätte er mit mir geredet, wenn ich ihn und seine Neue nicht gesehen hätte? Ob er überhaupt etwas gesagt hätte? In mir keimte der Verdacht, dass Uli das Ganze wohl noch eine ganze Weile parallel hätte laufen lassen. Ich stampfte mit dem Fuß auf das Pflaster und ballte die Hände in meinen Jackentaschen zu Fäusten. Warum mussten mir diese Gedanken ausgerechnet jetzt zu Dienstbeginn durch den Kopf gehen? Ich hatte jetzt schon Horror vor der Rückfahrt. Was, wenn Uli wieder dort auf dem Marktplatz stehen würde? Natürlich war mir klar, dass die Wahrscheinlichkeit gegen null tendierte. Trotzdem blieb das ungute Gefühl in der Magengegend und ich verspürte einen zunehmenden Druck hinter den Schläfen.

Das konnte auch Fabi nicht ändern, der mich gut gelaunt wie immer empfing. Mein Laufzettel fürs Bierkniffel war mir heute herzlich egal.

Ich wollte einfach nur meinen Dienst hinter mich bringen, ohne zwischendurch umzukippen oder einzuschlafen. In jeder freien Sekunde trank ich ein Glas Cola nach dem nächsten, um mich wach zu halten. Nach dem dritten Glas sah ich auf die Uhr. Erst halb zehn. Während unsere Gäste ihren Feierabend in vollen Zügen genossen, lag meiner noch in weiter Ferne. Auf einem meiner gequälten Wege durch das *Ring* fiel mein Blick auf Basti und Poldi, die sich an einen von Fabis Tischen in der Ecke gesetzt hatten. Ich war so überrascht, die beiden hier zu sehen, dass ich aus dem Lauf abrupt stehen blieb. Was machten die schon wieder hier? Mittlerweile war ich mir ziemlich sicher, dass sie vor Bastis Geburtstagsfeier nicht so regelmäßig hier gewesen waren.

»Entschuldigung?«

Oh Gott! Wie lang hatte ich hier mitten im Raum gestanden und diese beiden Typen angestarrt? Ich folgte der Stimme, die gerade ungeduldig gerufen hatte. Ein Mann mit grauen Haaren und Vollbart sah mich missmutig durch die Gläser seiner altmodischen Hornbrille an.

»Ja, bitte?«, fragte ich, peinlich berührt.

»Ich hatte ein Bier bestellt. Kommt das heute noch?«

Ich nickte pflichtbewusst. »Natürlich, entschuldigen Sie bitte. Kommt sofort.«

»Hofmmfmf«, murmelte der Mann in seinen Bart.

Ich beschloss, mir keine Gedanken darüber zu machen, ob der Mann damit etwas Genaueres hatte ausdrücken wollen, sondern eilte zu Friedhelm, ließ ihn das Bier zapfen und lief zu dem Grauhaarigen zurück.

Obwohl ich mich mit Basti und Poldi eigentlich nicht weiter hätte beschäftigen müssen, schließlich saßen sie nicht an einem meiner Tische, wanderte mein Blick doch immer wieder zu ihnen hinüber. Einmal hatte ich sogar das Gefühl, dass Poldi mir verschwörerisch zublinzelte, als er bei Fabi eine Bestellung aufgab. Ob er sich an unser Spiel erinnerte und jetzt nur ein kleines Bier bestellte, um Fabi nicht zu viele Punkte zu geben? Ach Quatsch, das war lächerlich. Wahrscheinlich hatte ich mir das nur eingebildet.

Die nächsten Gäste bildete ich mir hingegen leider nicht ein. Mir blieb für eine Sekunde die Luft weg, als Uli das *Ring* betrat. Hand in Hand mit einem gewissen brünetten Mädel. Hektisch sah ich mich nach einem Fluchtweg um. Ob ich mich für den Rest des Abends auf der Toilette einschließen konnte?

Übelkeit vortäuschen? Wenn ich es recht bedachte, musste ich da gar nicht viel schauspielern. Mir war tatsächlich nicht gut. Und jetzt setzten sich Uli und sein Anhang auch noch ausgerechnet an einen meiner Tische. *Pis!* Warum nur war bei Fabi alles voll? Im nächsten Moment schossen mir meine kampflustigen Gedanken der letzten Tage durch den Kopf. Uli mit Nichtachtung strafen. Hocherhobenen Hauptes an ihm vorbeigehen. Schlagfertig reagieren.

»Du schaffst das Lene. Du gehst da jetzt ganz cool hin, machst deinen Job und kommst hinterher wieder hierher zurück«, versuchte ich mir selbst Mut zuzusprechen. Uli hatte mich vielleicht hinterrücks erdolcht. Aber ich würde mich nicht noch von ihm in Streifen schneiden lassen. Dennoch wummerte mein Herz in meinem Brustkorb, als wollte es durch die Rippen auf mein Tablett springen.

»Bitte schön, was darf's bei euch sein?«

Uli sah nur kurz zu mir auf, zu kurz, als dass ich von seiner Miene auf seine Gefühle hätte schließen können. War es ihm nicht wenigstens ein bisschen unangenehm, dass ich jetzt hier vor ihm stand? Er streckte die Hand nach seiner Begleitung aus, umfasste locker ihre Finger. Ich schluckte.

»Was magst du, Molly?«

Sie sah mich mit großen unschuldigen Augen an. »Ein Ginger-Ale bitte«, sagte sie mit unverkennbar britischem Akzent. Auch das noch. Molly aus England. Die Ärmste! Sie hatte vermutlich keine Ahnung, was Uli und mich verband. *Verbunden hatte,* korrigierte ich mich.

»Ich nehm nen Weißbier«, sagte Uli, ohne den Blick von Molly abzuwenden.

»Mögt ihr noch etwas dazu?«

Molly lächelte mich an und schüttelte den Kopf. Sie sah nett aus. Unter anderen Umständen hätte ich sie vielleicht sympathisch gefunden. Sollte ich sie besser warnen? Nein, das war nicht meine Aufgabe. Hoffentlich ging Uli mit ihr besser um als mit mir! Ich schluckte ein weiteres Mal. *Nicht daran denken!* Bis hierhin hatte ich es geschafft, professionell meine Arbeit zu machen.

Ich nickte und ging Richtung Tresen. Auf halbem Weg jedoch hörte ich ihn rufen.

»Lene, warte.«

Wie ferngesteuert wandte ich mich um und ging zu den beiden zurück.

»Molly würde doch gern noch etwas bestellen.«

Molly senkte den Blick. Ihr schien es etwas peinlich zu sein, dass Uli mich zurückgerufen hatte. Wenigstens hatte sie Anstand. Sie konnte ja nichts dafür, dass Uli ein Arsch war. Leise bestellte sie einen Salat.

»Gerne, kommt gleich.«

Es kostete mich volle Konzentration, auf dem Weg zum Tresen nicht umzufallen. In meinem Kopf drehte sich alles und der Zuckergehalt der Cola machte in meinem Körper auch, was er wollte. Konnte ich, bitte, einfach nur in mein Bett? Was fiel Uli eigentlich ein? Wollte er mich noch zusätzlich demütigen? Er wusste doch, dass ich freitagabends arbeitete. Im ersten Moment hatte es sich gut angefühlt, dass ich ihm und Molly so cool gegenübergetreten war. Jetzt war ich davon nicht mehr ganz so überzeugt. Ich war doch ein Feigling!

»Hey, Lene, schläfst du?«

Überrascht sah ich Friedhelm an. »Wieso? Was gibt's?«

»Da hinten sind neue Gäste gekommen. Würdest du die vielleicht bedienen wollen?«

Kopfschüttelnd wandte er sich wieder dem Zapfhahn zu und ich lief in die Richtung, die er mir gewiesen hatte. Ich mahnte mich zur Konzentration, was den Erfolg hatte, dass mir einerseits jedes Zucken der Gäste auffiel, andererseits aber auch nicht entging, wie Uli kaum seine Hände von Molly lassen konnte. Mir wurde schlecht. Natürlich wollte ich gar nicht zusehen, aber der Zufall wollte es, dass ich immer genau dann hinsah, wenn er es tat.

Ich kämpfte gegen Tränen der Wut und Enttäuschung, die in mir aufstiegen, und rang nach Luft, weil sie mir die Kehle zuschnürten. Aber ich musste mir verbieten, die Tränen laufen zu lassen. Doch nicht hier, vor all den Gästen. Und schon gar nicht vor Uli. Gerade als ich mich mit den Getränken für die beiden auf den Weg zu ihrem Tisch machte, nahm Uli Mollys Hand, hob sie ein Stück an, berührte mit seinen Fingerspitzen die ihren und legte langsam seine Handfläche auf ihre. Das hatte er damals bei unserem ersten Date auch mit mir gemacht. Mit aller Kraft hielt ich die Tränen zurück. Doch als ich hörte, wie Uli Molly zuflüsterte, dass sie das schönste Mädchen der Welt sei, konnte ich mich nicht länger gegen meine Gefühle wehren. Ich schaffte es gerade noch, das Ginger-Ale vor Molly auf dem Tisch abzustellen. Das Glas für Uli erzitterte jedoch unter meiner Gefühlsexplosion und flog ihm förmlich entgegen. Das Weißbier landete zum Großteil auf seinem Shirt.

»Verdammte Scheiße«, fluchte er und sprang auf.

Doch das bekam ich nur noch zur Hälfte mit. Meine Tränen hatten sich nun doch ihren Weg gebahnt. Ich brauchte dringend frische Luft! Den Blick auf den Boden gerichtet, versuchte ich im Hof zur Ruhe zu kommen und mich auf meinen Atem zu konzentrieren. Durch die Tränen nahm ich nur ein verschwommenes Grau wahr. Meine Kehle brannte von den Schluchzern, die mir ohne Pause entfuhren. Wie konnte Uli mir das nur antun? Warum war er heute hierhergekommen? Was hatte Molly, was ich nicht hatte?

Noch ein anderes Gefühl mischte sich in das Chaos in meinem Innern. Es dauerte etwas, bis ich begriff, dass es Fassungslosigkeit über mich selbst war. Ich war mir nämlich keineswegs sicher, ob die Sache mit dem verschütteten Bier nur ein Versehen gewesen war. Egal, er hatte es verdient! Leider verspürte ich keine Genugtuung, sondern nur Verzweiflung. Ich lehnte die Stirn an die Hauswand und krallte die Finger um das Regenrohr, während mir die Tränen noch immer heiß übers Gesicht liefen. Hinter mir wurde die Tür geöffnet und fiel krachend ins Schloss, trotzdem hörte ich sein Seufzen. Uli war mir also nachgelaufen. Wollte er mich jetzt zur Rede stellen? Wegen des verschütteten Bieres? Im Vergleich zu dem, was er mit mir abgezogen hatte, war das ja wohl absolut lächerlich! Meine Wut nahm wieder überhand.

»Wenn du glaubst, dass es mir leidtut, hast du dich geschnitten«, rief ich, ohne mich umzusehen. »Was fällt dir eigentlich ein, einfach so mit deiner Neuen hier aufzutauchen? Hast du mal darüber nachgedacht, wie ich mich dabei fühle? Sicher nicht, das interessiert dich ja auch nicht. Hauptsache du hast jemanden, der dir deine Hausarbeit auf den letzten Drücker korrigiert. Hattest du wenigstens Spaß mit Molly, während ich mir deinetwegen die Nacht um die Ohren geschlagen habe?«

Meine Stimme hallte von der Hauswand wider und ich ließ den Rest der angestauten Luft entweichen. Das hatte gutgetan. Endlich hatte ich es geschafft, Uli meine Meinung zu sagen. Von mir aus konnte er jetzt zum Gegenschlag ausholen. Das würde mich nicht mehr jucken. Doch hinter mir herrschte nur Schweigen. Mit zu Schlitzen verengten Augen starrte ich das Regenrohr an.

»Jetzt bist du sprachlos, was? Hättest nicht gedacht, dass ich den Mut aufbringe, dir das mal so deutlich zu sagen, oder?«

»Nein, ich glaube, ich bin nicht der richtige Ansprechpartner.«

Ich wirbelte herum. Dort auf der Türschwelle stand nicht Uli, sondern Poldi! Oh nein, hatte er etwa alles mit angehört? Wie konnte es sein, dass es nicht Uli war, der hier stand? Ich war mir doch so sicher gewesen, seine Stimme gehört zu haben! Mein Gesicht wurde heiß. Hoffentlich konnte Poldi im Dämmerlicht der Hofbeleuchtung nicht erkennen, wie rot ich geworden war.

»Oh, sorry. Ich dachte, du wärst ... Tut mir leid, du warst gar nicht gemeint«, stammelte ich.

Das Lächeln, das sonst fast immer auf seinem Gesicht lag, war verschwunden. Stattdessen sah er mich besorgt an. »Ich weiß schon. Vielleicht hätte ich mich etwas eher bemerkbar machen sollen. Aber du warst gerade so gut in Fahrt, da wollte ich ungern stören.«

»Das ist so unfair. Was bildet der sich nur ein?«, schluchzte ich und vergaß für einen Moment, wie peinlich das alles war. Was machte er überhaupt hier?

Poldi sah sich kurz nach der Tür um, zuckte dann mit den Schultern und vergrub seine Hände in den Hosentaschen.

»Na ja, deine Aktion war auch nicht gerade die feine englische Art«, sagte er dann.

»Ich bin auch Halb-Dänin«, gab ich bockig zur Antwort.

»Dann war das wohl Dänisch, was du zwischendurch gesprochen hast?«

Ich sah ihn irritiert an. Wovon redete er? Hatte ich Dänisch gesprochen? Was wollte er eigentlich von mir? Er hatte mit der Auseinandersetzung zwischen Uli und mir doch gar nichts zu tun!

»Außerdem, was geht dich das an? Bin ich dir irgendeine Rechenschaft schuldig?«

»Diplomatie ist nicht so deine Stärke, was?«, fragte er. »Aber nein, du bist mir keine Rechenschaft schuldig. Ich dachte nur, ich schaue nach, ob alles in Ordnung ist.«

War es nicht! Aber das würde ich ihm jetzt nicht in allen Einzelheiten auseinandersetzen. Es reichte schon, dass er meinen Wutausbruch und meine verdammten Tränen beobachtet hatte. So etwas würde mir garantiert nicht noch einmal passieren. Entschlossen wischte ich mir mit dem Ärmel übers Gesicht.

»Passt schon. Ich muss zurück an die Arbeit.«

Er musterte mich, schien mir nicht zu glauben. »Geht es dir wirklich gut? Wenn du magst, sag ich Friedhelm Bescheid, dass du noch ein paar Minuten brauchst.«

Entgeistert sah ich ihn an. Was lief hier eigentlich für eine komische Nummer? »Danke. Ich glaube, Hilfe von Männern ist gerade das Letzte, was ich brauche«, erwiderte ich eisig, ging an ihm vorbei und betrat wieder die Kneipe. »War ja auch nur gut gemeint«, hörte ich ihn leise murmeln, ehe die Tür hinter mir zufiel. Uli und Molly saßen noch immer an ihrem Tisch, wie ich auf den ersten Blick feststellte. Allerdings trug Uli nun seine Jacke. Ich vermutete, dass er das T-Shirt ausgezogen hatte. Fabi runzelte die Stirn, als ich wieder hinter den Tresen trat.

»Alles in Ordnung mit dir?« Auch er klang besorgt.

Ich nickte schnell. »Ja, mir war gerade nur ein wenig schwindelig.« Das war gar nicht mal gelogen. »Aber jetzt geht's wieder«, fügte ich rasch hinzu, als mein Kollege mich weiterhin prüfend ansah. Um meine Aussage zu unterstreichen, nahm ich ein Tablett auf und begann, ein paar leere Gläser einzusammeln.

Den restlichen Abend vermied ich es, Uli anzusehen, und er unternahm zum Glück ebenfalls keinen Versuch, meine Aufmerksamkeit zu erlangen. Als sie aufbrachen, war es Molly, die mich heranwinkte und nach der Rechnung fragte. Sie lächelte mir zum Abschied zu. Offenbar hielt sie die Sache mit dem Bier tatsächlich für ein Versehen meinerseits. Uli hingegen schob sich mit verkniffener Miene an mir vorbei. Um Basti und Poldi konnte ich zum Glück einen Bogen machen, schließlich saßen sie an einem der Tische, für die Fabi zuständig war. Sie zahlten allerdings erst, nachdem Uli und Molly gegangen waren. Ob das ein Zufall war?

Am nächsten Morgen weckte mich der Geruch von frisch aufgegossenem Pfefferminztee. Ein Lächeln breitete sich auf meinem Gesicht aus. Das hatte ich über die Aufregung des Abends fast vergessen. Heute war gemeinsames WG-Frühstück angesagt und Leonie hatte versprochen, Brötchen zu holen. Die Aussicht darauf, mit meinen Freundinnen gemütlich das Wochenende einzuläuten, versöhnte mich mit der Frustration des Vorabends.

In der Küche stand Leonie an der Anrichte und zog gerade zwei Stängel einer Pfefferminzstaude aus unserer großen Teekanne. Der Küchentisch war bereits fertig gedeckt mit allem, was das Herz begehrte. Ich sog den Duft dieses Frühstücks ein und schnappte mir schon ein Stück Banane vom Obstteller. In diesem Moment kam auch Wilma in die Küche.

»Guten Morgen.« Sie warf mir einen prüfenden Blick zu. »Na, wie war dein Dienst?«

»Frag besser nicht«, winkte ich ab.

Natürlich tat sie mir diesen Gefallen nicht und ich kam nicht umhin, zu erzählen, was gestern passiert war.

»Sehr gut«, lobte Wilma. »Gut, dass du dir alles von der Seele geredet hast.«

»Auch wenn Uli es gar nicht gehört hat?«

»Egal! Hauptsache, du bist es los.«

Vermutlich hatte sie mal wieder recht. Ich griff mir ein Körnerbrötchen aus dem Brotkorb und zog das Brotmesser aus dem Messerblock, während Leonie sich nach etwas streckte, das auf dem Radio auf der Fensterbank lag.

»Ich hab euch übrigens was mitgebracht«, sagte sie. »Die gab's am Kiosk«, erklärte sie und hielt Wilma und mir je eine Postkarte entgegen.

Ich sah auf das skizzierte Pferd mit einer Strichmännchen-Figur darauf, die eine Krone trug. Darüber stand der Text: *Wann kommt denn endlich der Prinz auf seinem blöden Gaul?*

Ich musste unweigerlich lachen. »Danke, Leo, das ist ja echt süß. Die hänge ich nachher zu den anderen Karten an meinem Schrank.«

»Ich dachte, du könntest einen kleinen Hoffnungsschimmer gebrauchen.«

»Danke. Die Karte ist super.«

Wilma schien hingegen nicht so begeistert von ihrer Postkarte zu sein. Sie runzelte die Stirn und schenkte Leonie einen grimmigen Blick.

»Das ist gemein.«

»Zeig her«, forderte ich sie auf.

Zögernd reichte Wilma mir die Postkarte. Eine rosafarbene Halbkugel mit vielen Windungen, die ich als Gehirn deutete, über der quer ein grüner altmodischer Telefonhörer lag. Darüber stand: *The brain you've called is temporally not available.*

Ich grinste. »Aber es ist zutreffend.«

Später klebte ich die Prinzen-Postkarte zu den anderen Karten an meinen Kleiderschrank. Dort und an den Wänden meines Zimmers klebten schon gut drei Dutzend. Es waren einige dabei, die mir Freunde von ihren Reisen geschickt hatten, die meisten jedoch hatte ich mir irgendwann selbst gekauft oder geschenkt bekommen. Lustige und tiefsinnige Spruchkarten, Bildkarten, City-Cards.

Die Prinzen-Karte erhielt einen Platz neben dem Türknauf meines Schranks. Ich musste grinsen, als ich mir den Spruch zum wiederholten Mal durchlas. Leo hatte recht, einen Hoffnungsschimmer konnte ich gut gebrauchen. Mein Liebesleben hatte bislang unter keinem guten Stern gestanden. Entweder waren die Beziehungen verkorkst oder sie kamen erst gar nicht zustande. Der Abend gestern hatte mir deutlich gezeigt, dass ich über Uli längst noch nicht so hinweg war, wie ich es gern wollte. Vermutlich war es das Beste, wenn ich zu Männern erst einmal auf Abstand ging. Aber dieser Strichmännchen-Prinz schien ungefährlich. Er durfte bleiben. Er würde auch nicht protestieren oder sich eine neue Freundin suchen, wenn ich mich jetzt wieder mit der Recherche für ein Masterprogramm in Dänemark beschäftigte.

Montagfrüh stand ich in der Bibliothek an der Ausgabe und wartete ungeduldig, dass die studentische Aushilfe meine bestellten Bücher aus dem Regal suchte. Meine Hoffnung, der Ansturm würde erst gegen Mittag ausbrechen, hatte sich nicht erfüllt, und so hatte ich geschlagene zehn Minuten warten müssen, bis ich endlich an der Reihe war. Bis zum Beginn des Seminars blieben mir nur noch fünfzehn Minuten und ich geriet langsam unter Zeitdruck. Schließlich musste ich mit den Büchern zum Hauptgebäude der philosophischen Fakultät, bis hinauf in den sechsten Stock. Da ich den Aufzug wegen seiner seltsamen Geräusche und seiner fürchterlichen Enge verabscheute, nahm ich immer die Treppe, wofür ich von meinen Kommilitonen regelmäßig müde belächelt wurde. Aber der Weg durchs Treppenhaus brauchte eben seine Zeit. Und die würde ich nicht mehr haben, wenn diese Mitarbeiterin nicht langsam mit den Büchern rausrücken würde. Zwar stand sie nun mit drei Büchern vor mir, musste aber jedes einzeln scannen. Natürlich streikte der Scanner, weshalb die Studentin mehrere Male damit über den Strichcode fuhr, bis es endlich piepte und der Beleg über den Verleih ein Stück weiter aus dem Drucker kroch.

Bedächtig schob sie mir endlich den Zettel über den Tresen. Dann sah sie noch einmal in den Computer.

»Das Sammelwerk von Schmidt mussten wir aus der Zweigstelle anfordern. Das kommt erst in den nächsten Tagen an. Wir schicken Ihnen dann eine Mail«, erklärte sie in Zeitlupentempo.

»Ja, ja, passt schon«, erwiderte ich genervt, schnappte mir den Bücherstapel und eilte damit die Treppe hinunter. Zwei der Bücher waren dicker, als ich gedacht hatte. Auch ohne den fehlenden Titel aus der Zweigstelle würde es neben meinen anderen Unterlagen eng in der Tasche werden. Routiniert nahm ich die letzte Stufe, wandte mich nach rechts, gedanklich schon bei meinem Fahrrad.

»Au ... oh, Entschuldigung.«

Mein Weg endete abrupt in den Armen eines Studenten. Dank meines Klammergriffs war glücklicherweise keines der Bücher auf den Boden gefallen, allerdings hatte ich dem Studenten die Bücher wohl ziemlich unsanft in den Bauch gerammt.

»Tut mir leid«, stammelte ich und sah auf. Ich erstarrte. Er sah mich überrascht an.

»Oh, hallo!«

Poldi! – Das durfte doch nicht wahr sein. Warum hatte ich ausgerechnet ihn fast umrennen müssen? Die peinliche Nummer am Freitag hatte doch gereicht. Während mir wahrscheinlich schon wieder Schamesröte ins Gesicht schoss, huschte ein Lächeln über sein Gesicht.

»Hej«, erwiderte ich seine Begrüßung und schob gleich eine weitere Entschuldigung hinterher.

»Schon okay, ich habe auch nicht richtig aufgepasst. Geht es dir gut?«

Fragte er das mich? Schließlich hatte doch ich ihm die Bücher in den Bauch gestoßen. Ich selbst war verhältnismäßig weich in seinen Armen gelandet.

»Ja, ja, alles gut«, sagte ich hastig und schloss vorsichtshalber meine Arme enger um die Bücher, bevor es doch noch zu Verletzungen kam. Poldi nickte und senkte den Blick.

»Ich muss mich entschuldigen. Ich wollte am Freitag nicht aufdringlich sein.«

Ich sah zur Seite, starrte auf das Geländer neben mir. Warum musste er das jetzt ansprechen? Mit ein paar Tagen Abstand kam mir mein Verhalten von Freitag überzogen vor. Nicht unbedingt in Hinblick auf die Sache mit Uli. Aber Poldi hätte ich zum Schluss wirklich nicht so angiften müssen.

»Schon okay, ich habe auch überreagiert.«

Er lachte. »Unser Gespräch wiederholt sich gerade.«

Wie recht er hatte. Ich übernahm schon seine Sätze. Damit war wohl alles geklärt.

An der gegenüberliegenden Wand sprang der Minutenzeiger der Uhr auf neun Minuten nach zehn. Ich zuckte zusammen. Mein Seminar! Jetzt war es allerhöchste Eisenbahn!

»Ich muss dringend los. Sorry nochmal wegen eben!«

»Schon vergessen. Ich werde es überleben.« Er deutete vage auf seinen Bauch und zog die Augenbrauen hoch. Ich murmelte ein schnelles Wort des Abschieds und lief zur Tür, ohne mich noch einmal umzusehen.

Es war vierzehn nach zehn, als ich im Erdgeschoss der PhilFak ankam. Der Zeiger der Uhr, die über dem Fahrstuhl hing, wackelte bedrohlich. Wie viele Sekunden würde es noch dauern, bis er das Viertel vollmachen würde? Auf jeden Fall nicht genug Sekunden, um in der Zwischenzeit bis in den sechsten Stock zu gelangen. Die Aufzugtür stand offen. Ich nahm all meinen Mut zusammen, betrat den Lift und drückte auf die Sechs.

Die Tür des Seminarraums war schon geschlossen. Ich öffnete sie und betrat den Raum mit gesenktem Blick. Trotzdem bemerkte ich, wie Leonie mir am Ende des Raums zuwinkte und ihre Tasche vom Stuhl neben sich zog. Ich huschte am Dozentenpult vorbei und ließ mich neben ihr auf den Platz fallen.

»Puh ...«, sagte ich erleichtert und stapelte die Bücher aus der Bib vor mir auf dem Tisch. Unsere Dozentin hatte ihre Präsentation bereits gestartet und wies nun mit dem Presenter auf die Leinwand, auf der die erste Folie das Thema der heutigen Stunde verkündete. *Medienpsychologie – Stimulierung.*

»Was fällt Ihnen spontan ein, wenn Sie an Medien und Stimulierung denken?«, fragte sie und ließ ihren Blick durch den Seminarraum schweifen.

»Wie sie es immer schafft, alle in ihren Bann zu ziehen«, murmelte Leonie neben mir. Ihre Stimme war kaum mehr als ein Hauchen und sie sah unsere Dozentin an, als ob sie das achte Weltwunder wäre. Mir war schon im letzten Semester aufgefallen, dass Leo sich im Seminar dieser Dozentin ganz besonders ins Zeug gelegt hatte. Damals war ich noch davon ausgegangen, dass es am Thema lag. Aber ihre unbändige Freude über eine Stellenzusage als Hiwi am Lehrstuhl für dieses Semester, ihr Blick und ihre Worte – das alles sprach eine ganz andere Sprache.

Am Ende des Seminars hielt unsere Dozentin sie noch zurück. »Leonie, hast du noch einen Moment?«

»Alles klar?«, fragte ich Leo, als sie ein paar Minuten später an den Fahrradständern zu mir stieß.

»Ja, Tamara hat mir bloß noch eine Liste mit Büchern gegeben, die ich für sie durchschauen soll.«

Leonie beugte sich so geschäftig zu ihrem Fahrradschloss hinunter, dass ich sofort misstrauisch wurde. Ihre Wangen waren gerötet.

»Tamara?«

»Ja, sie hat mir heute das Du angeboten. Jetzt, wo wir so viel miteinander zu tun haben, ist das praktischer, sagt sie.« Ihre Augen leuchteten.

»Du magst sie.«

Leo nickte. »Sehr sogar.«

»Und?«

Sie strich mit der Hand über den Fahrradlenker, wich meinem Blick aus. »Keine Ahnung. Mal sehen ... Ich will noch nichts überstürzen. Also eigentlich schon, aber ich glaube, es ist besser, wenn ich uns etwas Zeit lasse.«

»Ich drück dir auf jeden Fall die Daumen. Sie ist schon ziemlich cool!«

Wir fuhren zur Mensa, wo Wilma uns schon erwartete. »Da seid ihr ja endlich! Ich bin schon halb verhungert!« Sie zog uns zur Essensausgabe, wo wir uns alle für den Gemüseauflauf einreihten. Leonie stellte sich noch aus den verschiedenen Töpfen einen Salat zusammen, während Wilma und ich schon einmal freie Plätze suchten.

»Einen guten Appetit, Mädels«, rief Leonie ausgelassen, sobald sie zu uns stieß, und machte sich direkt über ihren Salat her. Ich hatte meinen Platz mit Blickrichtung zur Tür eingenommen und gerade ein Stück Brokkoli auf meine Gabel bugsiert, als ich erstarrte.

»So langsam wird es echt gruselig.«

Wilma und Leonie hörten augenblicklich auf zu essen und sahen mich irritiert an.

»Wieso?«

»Was ist los?«

Ich deutete mit erhobener Gabel Richtung Tür. Dort war gerade in Begleitung von zwei weiteren Studenten Poldi aufgetaucht, der sich nun mit einem Tablett ausstattete und in die Schlange stellte.

»Das ist der Typ, dem ich am Freitag meinen Ärger an den Kopf geknallt habe. Und heute Morgen habe ich ihn in der Bib halb umgerannt.«

Meine Mitbewohnerinnen schauten in die Richtung, in die meine Gabel zeigte.

»Welcher?«, fragte Wilma.

»Der Dunkelhaarige, der mit dem grauen Pullover.«

»Der? Das ist Julius«, erklärte sie.

Verblüfft sahen Leonie und ich sie an. Die Gabel glitt aus meiner Hand und das Gemüse verteilte sich auf dem Tisch.

»Woher kennst DU ihn denn?«, fragte ich meine beste Freundin ebenso überrascht wie irritiert. Überrascht, dass sie ihn kannte. Irritiert über den anderen Namen.

»Er war im ersten Semester mein Tutor im Präp-Kurs und jetzt ist er im Histo-Kurs Tutor«, erklärte Wilma in beinahe gelangweiltem Tonfall.

Ich sah wieder zu ihm herüber. Er war in der Schlange mittlerweile ein ganzes Stück vorgerückt und stand nun ebenfalls vor der Gemüseauflauf-Ausgabe.

Julius hieß er also. Das klang eindeutig besser als Poldi. Und offenbar war er Medizinstudent. Unter seinem grauen Pullover trug er ein blaues Hemd, dessen Kragen ordentlich über dem Ausschnitt lag. Er schien sich über irgendetwas zu amüsieren, denn als er sich zu einem seiner Begleiter umdrehte, lachte er breit. Sein Haar ließ keinen Scheitel erkennen, wirkte aber nicht unordentlich, sondern sorgsam gekämmt. Obwohl ich ihm in den letzten Wochen nun schon so oft begegnet war, hatte ich ihm nicht mehr als oberflächliche Blicke geschenkt. Wozu auch? Im *Ring* war er ein Gast wie jeder andere.

»Julius ... verrückt«, murmelte ich.

»Interesse?«, fragte Wilma und grinste breit zwischen ihren Locken hervor. »Soll ich ihn in Histo mal ansprechen?«

»Will, versuch bloß nicht, mich zu verkuppeln! Außerdem ist das zwecklos. Er hat einen Freund.«

Wilma kräuselte die Stirn und sah skeptisch von mir zu Julius und wieder zurück. »Etwa einen von denen?« Sie deutete auf Julius' Begleiter. Ich schüttelte den Kopf. Basti war nicht dabei. In diesem Moment kamen Julius und die anderen beiden Studenten an unserem Tisch vorbei. Als Julius mich erblickte, sah er mich innerhalb einer Sekunde zuerst überrascht an, dann huschte ein Lächeln über sein Gesicht und er nickte mir freundlich zu.

»Hallo«, sagte er.

»Hej«, erwiderte ich und konnte nicht anders als ihn anzustarren. Verlangsamte er gerade seinen Schritt? *Bitte geh weiter! Bitte mach keine Bemerkung zu heute Morgen!* Zum Glück schoben seine Begleiter ihn zu einem Tisch am anderen Ende der Mensa. Hastig füllte ich meine Gabel mit Gemüse und führte sie zum Mund, nur um festzustellen, dass der Brokkoli mittlerweile kalt war.

Ein paar Tage später saß ich allein in der Mensa. Neben mir lag der Aufsatz über Kultur- und Re-Entry-Schocks für das Seminar am Nachmittag. Obwohl er nur zwanzig Seiten umfasste, hatte ich die Lektüre bislang nicht zwischen Uni und Arbeit unterbringen können. Nun musste ich den Text beim Essen lesen, was weder dem Linseneintopf noch dem Aufsatz gerecht wurde. Beides war erstaunlich gut, nur musste ich leider feststellen, dass ich mich nur auf eines konzentrieren konnte. Schließlich gewann der Aufsatz. Meine Gedanken wanderten zwischen den Beschreibungen im Text und meinen Eltern hin und her. Ob sie damals auch Kulturschocks erlebt hatten? Auch wenn Dänemark und Deutschland geografisch wie kulturell dicht beieinanderlagen, gab es doch Unterschiede, an die man sich gewöhnen musste, wenn man tiefer in die Kultur eintauchte. War Papa die Freundlichkeit am Anfang womöglich zu viel geworden? Wie hatte meine Mutter sich gefühlt, als sie vor zwei Jahren nach fast dreißig Jahren in Deutschland wieder in ihre Heimat zurückgekehrt war? Ich nahm mir vor, sie zu fragen, wenn wir das nächste Mal telefonierten.

Aus den Augenwinkeln registrierte ich, wie jemand ein Tablett auf den Tisch stellte und ein Buch daneben ablegte. Ich seufzte leise. Ich hatte gehofft, hier im hintersten Teil der Mensa ungestört zu bleiben. Dieser Jemand schien jedoch ähnliche Pläne zu haben wie ich und schlug das Buch auf. Ich sah kurz auf.

»Sag mal, verfolgst du mich?«

Julius' Kopf flog hoch und er sah mich so überrascht an, wie ich mich angesichts unseres erneuten Zusammentreffens fühlte. Er fing sich jedoch schnell und lachte.

»Nein! Aber du hast schon recht, unsere zufälligen Begegnungen häufen sich. Wenn es dir damit besser geht, suche ich mir auch gern einen anderen Platz«, sagte er und machte Anstalten, sein Buch wieder zuzuklappen und aufzustehen.

Ich schüttelte den Kopf. »Nein, bleib ruhig. Wenn du lesen willst, ist es an den anderen Tischen zu laut.«

Er lächelte dankbar. »Dann sollte ich mich vielleicht endlich vorstellen. Ich bin Julius.«

»Malene.«

»Ich weiß.« Oh, dieses Lächeln.

»Freut mich«, erwiderte ich und sah hastig wieder in meine Lektüre.

Julius spreizte die Seiten seines Buchs und vertiefte sich in die Lektüre. Ich widmete mich ebenfalls wieder meinem Aufsatz, aber irgendwie war meine Konzentration gestört. Immer wieder sah ich zu Julius, der Seite um Seite las und dabei gedankenverloren sein Nudelgericht löffelte. Ihm gelang es eindeutig besser, gleichzeitig zu lesen und zu essen. Ob er das öfter machte? Von Wilma war ich es bereits gewöhnt, dass sie beim Essen lernte. Vielleicht war das so ein Mediziner-Ding. Andererseits saß ich ja auch gerade hier und versuchte Essen und Lesen miteinander zu kombinieren.

»Was liest du?«

Die Frage flog mir aus dem Mund, ehe ich sie zu Ende gedacht hatte. Ich biss mir auf die Zunge. Julius wollte nicht gestört werden. Deshalb hatte er sich schließlich diesen Platz gesucht. Aber jetzt war es zu spät.

Er hob den Kopf. »Eine Studie über den Einsatz von Betarezeptorenblockern bei Hypertropher obstruktiver Kardiomyopathie.«

Warum hatte ich eigentlich gefragt? Mir hätte doch klar sein müssen, dass ich von seinem Studium keine Ahnung hatte. Um nicht nur dazusitzen und ihn ratlos anzustarren, stellte ich lieber eine leichte Frage.

»Ist das zur Vorbereitung für die nächste Vorlesung?«

»Nein, Hintergrundinformation für meine Doktorarbeit.«

»Du promovierst? Bist du schon fertig mit deinem Studium?«

Sein Blick ruhte nun auf mir und seine dunklen Augen blitzten mich aufmerksam an.

»Noch nicht ganz. Ich bin im achten Semester. Aber bei uns ist es durchaus üblich, schon vor dem zweiten Staatsexamen unsere Doktorarbeit zu schreiben.«

Ich nickte langsam. Jetzt, wo er es sagte, fiel mir ein, dass Wilma diese Tatsache schon einmal am Rande erwähnt hatte.

»Und was ist dein Thema?«

Julius holte Luft und ich fürchtete schon, er würde mir im nächsten Moment wieder eine Kaskade medizinischer Fachbegriffe um die Ohren hauen. Verdient hätte ich es ja. Doch dann lächelte er kurz und schüttelte den Kopf.

»Begleit- und Folgeerkrankungen bei angeborenen Herzfehlern«, sagte er und schob das Tablett mit dem mittlerweile leeren Teller ein Stück von sich weg.

»Spannend«, erwiderte ich, obwohl ich mir trotz seiner einfachen Wortwahl nicht besonders viel darunter vorstellen konnte.

»Durchaus.« Sein Blick schweifte in die Ferne hinter mir. Ich wandte mich um. Aber dort war wie erwartet nur die Wand. Ich musterte ihn. Er sah ein bisschen melancholisch aus. In seine Stirn hatte sich eine Falte gegraben und um seine Mundwinkel zuckte es.

»Alles in Ordnung?«

Julius fuhr zusammen, als hätte ich ihn aus dem Tiefschlaf geweckt. Mit einer raschen Bewegung schlug er das Buch zu.

»Entschuldige, wenn ich einmal in dem Thema drin bin, brauche ich immer ein bisschen, ehe ich wieder ins Hier und Jetzt zurückfinde.«

Er nickte in Richtung meiner Lektüre. »Und du?«

»Kulturschocks und Re-Entry-Schocks.«

Er zog die Augenbrauen in die Höhe. »Klingt auch spannend. Für welches Fach liest du das?«

»Soziologie.«

Ich versuchte in seiner Mimik zu lesen, ob ihn mein Studienfach überraschte, doch wenn es so war, ließ er es sich nicht anmerken. Warum dachte ich überhaupt darüber nach, was er möglicherweise dachte? Er war doch nur ein Student von vielen, die mir täglich in der Uni oder hier in der Mensa begegneten. Aber es war mir, als würde durch unsere häufigen Begegnungen eine andere Verbindung zwischen Julius und mir bestehen. Ob das wirklich Zufälle waren? Und wo war eigentlich Basti? Ins *Ring* schienen sie nur gemeinsam zu kommen. Hier in der Mensa war von Julius' Freund weit und breit nichts zu sehen.

»Oh, schon so spät. Ich muss los!«

Ich erwachte wie aus einer Trance. Wie lang hatte ich vor mich hingestarrt? Julius legte sein Buch neben den Teller auf dem Tablett und stand auf.

Ich sah auf die Uhr über der Mensatür. Für mich wurde es auch Zeit.

»Mach's gut! Man sieht sich«, sagte Julius und schob sein Tablett auf den Geschirrwagen. Ich sah ihm nach. War sein letzter Satz nur eine Floskel oder eine Drohung?

7.
Kapitel

Nach Julius' Worten war ich beinahe enttäuscht, als er und Basti sich am Freitag nicht in Friedhelms Kneipe blicken ließen. Vor neun Uhr hatte ich nicht mit ihnen gerechnet, doch als es auf halb zehn zuging, sah ich immer wieder zur Tür.

Neugierig reckte ich meinen Hals, als wieder jemand die Schankstube betrat. »Erwartest du jemanden?«, fragte Fabi.

Enttäuscht ließ ich den Kopf hängen. Es war nur eine Gruppe Studentinnen. »Nein, nein. Niemanden.« Sofort machte ich mich wieder an die Arbeit, um weiteren Nachfragen zu entkommen. Fabi konnte ich damit zwar aus dem Weg gehen, in meinem Kopf arbeitete es jedoch weiter. Warum wartete ich auf die beiden? Was hatte ich mit ihnen schon groß zu tun? Nach ein paar Dutzend Rundgängen, mindestens so vielen Bestellungen und einer annehmbaren Punkteanzahl beim Bierkniffel kam ich zu der Einsicht, dass ich mich wohl daran gewöhnt hatte, Basti und Julius hier zu sehen. Sie waren zu einer Art Konstante in meinem Alltag geworden. Ein Bild, das blieb, während alles andere sich veränderte. Und wenn ich ehrlich war, fand ich es auch spannend, sie zu beobachten. Sie waren so vertraut miteinander, verstanden sich ohne Worte, jedenfalls kam es mir so vor. Wie lange sie wohl schon zusammen waren?

Schluss jetzt! Das ist überhaupt nicht meine Baustelle!

Mit meinem Notizblock bewaffnet ging ich zu einem Tisch, dessen Gäste nach mir gewunken hatten, und schrieb die Wünsche auf. Ein fulminantes *Full House*. Fabi würde Augen machen.

Scheinbar hatten auch Wilma und Leonie fest damit gerechnet, dass Julius und Basti ins *Ring* kämen. Jedenfalls sah Leonie mich mit großen, erwartungsvollen Augen an, als wir am nächsten Tag gemeinsam frühstückten.

»Uuuund? War das Traumpärchen wieder da?«

Ich schüttelte den Kopf und kippte Müsli in ein Schälchen. Leonie ließ den Kopf hängen und seufzte. »Wie schade, er sieht so unverschämt gut aus.«

»Das klingt fast so, als hättest du selbst Interesse an ihm. Aber da wärt ihr ja beide an der jeweils falschen Adresse. Außerdem bin ich nicht zum Leute angucken auf der Arbeit.«

Dass ich genau das gestern den halben Abend getan hatte, verschwieg ich lieber.

»Aber wenn es zwischendurch was Schönes zu gucken gibt, ist das doch nicht verboten. Na ja, vielleicht hat Wilma sich ja auch geirrt ...«

In genau diesem Moment betrat Wilma in ihrem langen Schlafshirt die Küche.

»Ich irre mich nie«, erklärte sie und griff gähnend nach ihrer Kaffeetasse. »In welcher Hinsicht überhaupt?«

»Julius war nicht im *Ring*«, erklärte Leonie.

Wilma ließ sich unbeeindruckt auf ihren Stuhl fallen. »Na und? Das muss doch gar nichts heißen. Vielleicht hat er auch einfach mal was lernen müssen, soll vorkommen bei Medizinstudenten.«

Oh, oh. Wilma war mit dem verkehrten Bein aufgestanden. Und obwohl mich brennend interessierte, wo meine beste Freundin sich geirrt haben könnte, hielt ich es für besser, nicht weiter darauf einzugehen. Leonie jedoch schien Wilmas schlechte Laune nicht bemerkt zu haben.

»Ach, Wilma. Du bist völlig unromantisch«, hielt sie unserer Mitbewohnerin vor.

Meine beste Freundin machte sich achselzuckend am Wasserkocher zu schaffen. »Tut mir leid. Ich hab demnächst Physikum, das ist nun einmal nicht romantisch. Ich versuche mich nur schon einmal mental darauf einzustellen.«

Nun war es auch bei Leonie angekommen, dass sie Wilma heute besser nicht ansprechen sollte. Schweigend trank sie ihren Pfefferminztee aus und verabschiedete sich kurz darauf zu einem Treffen ihrer Austauschorganisation, in der sie ehrenamtlich mitarbeitete. Auch Wilma zog sich rasch zum Lernen zurück und so blieb ich mit der Frage allein, was meine Mitbewohnerinnen über Julius und Basti besprochen hatten und welche These Wilma dazu aufgestellt hatte. Erst ein Anruf meiner Mutter lenkte mich von den Grübeleien ab, die nirgendwohin führten.

»Hast du schon weiter nach Masterprogrammen geschaut?«

Ich berichtete ihr vom Stand der Dinge. Kopenhagen war endgültig abgehakt. Zwar war ich mir nicht vollständig sicher, wie sehr Ulis Schwärmerei für die Hauptstadt Anteil an dieser Entscheidung hatte, aber Kopenhagen war von vornherein nur rein hypothetisch gewesen. Ich hörte meine Mutter am anderen Ende erleichtert seufzen und musste mir gleich darauf anhören, dass die Stadt sich seit ihrer Studienzeit ja so verändert habe und dass es ihr ganz recht sei, wenn ich nicht dort wohnen würde. Nun, den Gefallen würde ich ihr gern tun.

Wilma hatte sich ihren Kommilitoninnen angeschlossen und die intensive Lernphase eingeläutet, was bedeutete, dass sie hauptsächlich in der Uni und der Bib war und nur noch zum Schlafen nach Hause kam. Eine entspannte Mittagspause war im Programm nicht vorgesehen, weshalb Leo und ich am Montag allein zur Mensa fuhren. Frühlingsluft wehte uns um die Nase und die Sonne schickte warme Strahlen durch die lockere Wolkendecke. Leonie reckte ihr Gesicht gen Himmel.

»Ah, ist das schön! Ich liebe den Frühling. Schade, dass Kopierer und Handapparate nicht draußen stehen.«

»Aber du kannst die Bücher doch draußen lesen.«

Leonie verzog den Mund. »Ich weiß nicht, ob Tamara sich darauf einlassen würde, den Reader für das nächste Semester im Schlossgarten zusammenzustellen.«

Daher wehte der Frühlingswind. Das hätte ich mir auch denken können.

»Vielleicht könnt ihr zwischendurch eine kleine Pause machen«, schlug ich vor. »Du könntest ein Eis mitbringen, dann müsst ihr raus, weil ihr in der Bib nicht essen dürft.«

Leonie nickte nachdenklich. »Gar nicht so blöd ...«

Wir stiegen die Treppe zum Speisesaal hinauf und reihten uns in der Schlange ein. Unschlüssig darüber, was ich essen wollte, lief ich Leonie einfach blind hinterher und reihte mich irgendwo ein. Als mir ein Mitarbeiter einen Teller mit Kroketten, Erbsen und Rostbratwürsten in die Hand drückte, bereute ich es, keine eigene Entscheidung gefällt zu haben. Ich schenkte dem Mitarbeiter ein gequältes Lächeln.

»Nicht zufrieden?«, drang eine mittlerweile bekannte Stimme von der Seite an mein Ohr.

Mir entfuhr ein Aufschrei und in letzter Sekunde konnte ich den Teller noch auf meinem Tablett abstellen, ohne dass die Erbsen durch die Mensa kullerten.

»Hast du mich erschreckt.« Ich keuchte und sah vorwurfsvoll zu Julius, der mit seinem Tablett neben mir stand.

»Entschuldige bitte, das war nicht meine Absicht«, beteuerte er, doch sein amüsiertes Grinsen strafte seine Worte Lügen. Auch Basti, der hinter Julius auftauchte, machte ein belustigtes Gesicht.

»Servus«, grüßte er.

»Hej.« Krampfhaft hielt ich mein Tablett fest. Wo war eigentlich Leonie? Eben hatte sie doch noch neben mir gestanden. Die Stille zwischen uns wurde peinlich. Irgendetwas hätte ich jetzt sinnvollerweise sagen sollen, aber mein Kopf war wie leergefegt. Ich stand nur da und sah die beiden an.

»Wie lief das Bierkniffel am Freitag?«

Erleichtert darüber, dass Basti das Schweigen brach, atmete ich aus und brachte sogar ein kleines Lächeln zustande. »Sehr gut, ich habe gewonnen. Obwohl ihr mich hängen lassen habt.«

Nanu? Woher kam denn plötzlich diese Selbstsicherheit? Basti und Julius hatten schließlich jedes Recht, in die Kneipe zu gehen, wann immer sie wollten – oder eben nicht wollten. Durch das Gewusel der Studierenden sah ich Leonie von einem Tisch aus winken. Drei Plätze waren noch unbesetzt, was auch Julius und Bastian bemerkt zu haben schienen, jedenfalls folgten sie mir ohne Weiteres zu dem Tisch.

Ich setzte mich neben Leonie.

»Okay, wenn wir uns dazusetzen?«, fragte Basti in einem Tonfall, der suggerierte, dass er von einer positiven Antwort ausging. Es war auch schwer abzulehnen, denn um uns herum war es brechend voll. Wenn wir nicht schuld daran sein wollten, dass die beiden ihr Mittagessen getrennt oder im Stehen einnehmen mussten, blieb uns nichts anderes übrig, als sie bei uns zu beherbergen. Leonie sah mich für den Bruchteil einer Sekunde irritiert an. Dann aber flog ein Lachen über ihr Gesicht und sie nickte.

»A Gud'n«, sagte Basti und machte sich gleich über seine Rostbratwürste her.

»Wo habt ihr Freitag gesteckt?«, nahm ich das Thema von vorhin wieder auf.

»Daheim. Wir hatten eine kleine Familienfeier«, erzählte Julius. Mit welcher Selbstverständlichkeit er *wir* sagte. So, als ob es keine Zweifel gäbe, dass er und Basti zusammengehörten.

Wie von selbst begann in meinem Kopf ein Film zu laufen. Julius und Basti, umgeben von Eltern, Großeltern, Geschwistern. Es wurde gelacht, man saß zusammen. Unwillkürlich stiegen Erinnerungen an unsere Familienfeiern in mir auf. Mein älterer Bruder Sören, früher noch Oma und Opa, manchmal sogar Mormor und Morfar, Mama und Papa. Selbst nach der Scheidung hatten sich meine Eltern bemüht, uns schöne und unbeschwerte Familienfeiern an den Geburtstagen zu bieten. Meistens hatte das gut geklappt. Aber spätestens, seit meine Mutter zurück nach Dänemark gezogen und unser altes Haus in Lüneburg verkauft war, hatte es solche Feiern nicht mehr gegeben. *Daheim* hatte Julius gesagt. Für ihn und Basti schien dieses Wort einen konkreten Ort zu bedeuten. Den Ort, den ich früher Zuhause genannt hatte, gab es nicht mehr. Mein Vater hatte noch eine Wohnung in der Nähe unseres alten Hauses. Aber auch das waren nicht mehr die vier Wände, zwischen denen mein Bruder und ich früher an den Besuchswochenenden gespielt hatten. Ich wünschte, ich könnte ebenso wie Julius einfach sagen, wo ich daheim war.

»Und du, Malene?«

Ich zuckte zusammen und fand mich in der Mensa wieder. Julius sah mich erwartungsvoll an. Vergeblich versuchte ich aus seiner Miene herauszulesen, was er von mir wissen wollte.

»Entschuldige, ich war in Gedanken. Was hast du gefragt?«

Julius lachte. »Willkommen zurück in der Wirklichkeit.«

Ich kniff die Augen zusammen. Was sollte dieser Spott? Hatte er sich letzte Woche nicht auch in Gedanken verloren, als er seine Studie las?

»Was hast du diese Woche bei dem schönen Wetter noch vor?«

Kurz überlegte ich, die Frage zu ignorieren, aber es kam mir noch im selben Augenblick albern vor. Ich griff also auf die erstbeste Antwort zurück, die mir in den Sinn kam.

»Ich denke, ich werde joggen gehen.« Das war wahrscheinlich die beste Option, um den Kopf wieder freizubekommen.

»Klingt gut. Das habe ich mir schon so lange vorgenommen.«

»Dann komm doch einfach mit.«

Ich hielt die Luft an. War ich denn des Teufels? Hatte ich Julius gerade ernsthaft angeboten, mit mir joggen zu gehen? Wie sollte ich denn den Kopf frei bekommen, wenn er neben mir herlief? Und was sollte Basti davon halten?

Julius schien sich diese Frage nicht zu stellen. Er nickte.

»Warum eigentlich nicht? Was hältst du von Mittwochnachmittag?«

»Ja, das passt.« Zwischen Uni und Arbeit blieb genug Zeit für eine Joggingtour. Woher hatte Julius gewusst, dass ich Mittwoch selbst schon anvisiert hatte? Oder hatte er einen Zufallstreffer gelandet?

»Was ist mit dir, magst du auch mitkommen?«, wandte ich mich an Basti. Ich wollte keinesfalls den Verdacht aufkommen lassen, dass die Verabredung mit Julius eine hilflose – und, wie ich mir in Erinnerung rief – hoffnungslose Baggernummer war. Basti schüttelte jedoch den Kopf.

»Ich kann leider nicht. Aber ihr schafft das auch ohne mich.«

Damit war für Basti das Thema scheinbar vom Tisch und ich staunte einmal mehr über das Vertrauen zwischen den beiden. Sie waren sich einander so sicher. Hoffentlich trog der Schein nicht. Nicht so wie bei mir. Ich war in meinem Vertrauen zu Uli zu naiv gewesen. Ich kniff mich hastig in den Handrücken und der Schmerz riss mich aus meinen Gedanken.

Kaum dass Julius und ich Zeit und Ort für Mittwoch vereinbart hatten, erhoben er und Basti sich auch schon wieder von ihren Plätzen und verabschiedeten sich in ihre nächsten Seminare. Ich blieb mit einer breit grinsenden Leonie zurück und stocherte mit der Gabel auf dem Teller herum. Mein Essen war mal wieder kalt geworden. Ich musste entweder an meinem Multitasking arbeiten oder meinen Stream of Consciousness in den Griff bekommen.

Wilma mutierte zunehmend zum Geist. Meist nahm ich sie nur als Geräusch wahr. Die Haustür, die sie frühmorgens und spätabends öffnete. Das Rauschen des Wasserkochers und das Klappern des Löffels in der Kaffeetasse. Wenn ich meine beste Freundin doch einmal zu Gesicht bekam, verstärkte sich der Geistereindruck. Ihre Augen blickten dauermüde und ihre Haut setzte sich gegen ihre bunten Schals und die braunen Locken fast weiß ab. Wohin sollte das noch führen? Es war gerade Anfang Mai. Das schriftliche Physikum fand im August statt, für die mündliche Prüfung hatte Wilma noch nicht einmal einen konkreten Termin! Am liebsten hätte ich sie gezwungen, mich auf meine Joggingtour mit Julius zu begleiten, damit sie ein bisschen Sonne zu sehen bekam. Aber Wilma war schon zu normalen Zeiten nicht fürs Joggen zu begeistern. Und so, wie sie seit dem Wochenende drauf war, bestand für mich bei einem Vorschlag in diese Richtung die erhöhte Wahrscheinlichkeit einer Nahtoderfahrung. Also ließ ich Wilma, wenn auch schweren Herzens, mit ihrer Lerngruppe in die Unibibliothek ziehen, und machte mich am Mittwochnachmittag auf den Weg zum Schlossgarten. An der Schlossmauer stand Julius in Shorts und Sportshirt und machte Dehnübungen. Der Anblick war ungewohnt. Bislang hatte ich ihn nur in Jeans oder Chinohosen, Hemd und Pullover gesehen. Trotzdem schossen mir augenblicklich Leonies Worte durch den Kopf. *Er sieht verdammt gut aus.*

Ach Lene, du bist nicht zum Gucken hier, ermahnte ich mich. Außerdem spielte es überhaupt keine Rolle. Ich ging auf ihn zu.

»Hej! Wartest du schon lange?«

»Hallo Malene. Ich war mir nicht sicher, wie lange ich brauchen würde und bin daher schon ein bisschen früher losgelaufen.«

Eine konkrete Antwort auf meine Frage war das zwar nicht, aber sie beruhigte zumindest mein kurz aufgeflammtes schlechtes Gewissen.

»Hast du eine bestimmte Laufstrecke?«

»Nicht direkt. Ich würde jetzt einfach durch den Schlossgarten, hinten am Klinikum lang und durch die Grünanlage.« Mit dem Arm deutete ich auf das Parktor und beschrieb einen Kreis, als ob das meine grob umrissene Strecke illustrieren könnte.

»Klingt gut.« Julius ging auf das Tor zu. »Also dann, geht's los?«

Ich nickte und setzte mich in Bewegung. Unsere Schritte knirschten auf den Schotterwegen des Parks. Die Sonne leuchtete grüngelb auf den frischen

Trieben der Büsche. Um uns herum gingen Eltern mit Kindern spazieren, Studierende fuhren – verbotenerweise – mit Fahrrädern über die Wege und ältere Leute saßen auf den Bänken und unterhielten sich. Es lag eine friedliche Stimmung über allem und es wäre verlockend gewesen, hier zu verweilen. Leider war der Schlossgarten für eine ausgiebige Joggingtour nicht groß genug, zumindest nicht, wenn man nicht dauernd im Kreis laufen wollte. Ich lenkte meine Schritte auf den Ausgang zu, der zum Klinikgelände führte, und Julius folgte. Mir war schon aufgefallen, dass er ein Stück hinter mir zurückblieb.

»Bin ich zu schnell?«

»Es geht. Ich muss mich halt ein bisschen anstrengen.«

Ich drosselte dennoch das Tempo, ließ Julius zu mir aufschließen. Es war bestimmt nicht motivierend für ihn, wenn ich die ganze Zeit vor ihm herlief.

»Wie geht es dir eigentlich?«

Beinahe wäre ich über meine Füße gestolpert, so plötzlich kam diese Frage. Sie klang nicht nach einem einfachen *Wie geht's,* auf das man nichts anderes als *Ganz gut* erwartet.

»Gut, wieso?«, antwortete ich dennoch ausweichend.

Julius umrundete einen Ast, der auf dem Weg lag, und sah mich von der Seite an. »Du siehst ein bisschen abgespannt aus. Und von dem, was ich mitbekommen habe, waren die letzten Wochen bei dir etwas aufregend.«

Bämm! Ein Tritt in die Magengrube hätte kaum heftiger ausfallen können. Mit dieser Direktheit hatte ich nicht gerechnet. Wie viel von dem, was ich ihm im Hinterhof des *Rings* auf Dänisch versehentlich an den Kopf geworfen hatte, hatte er verstanden? Vielleicht konnte er einfach gut kombinieren? Oder sah ich wirklich so abgespannt aus, wie er behauptete? Ich versuchte mich zu erinnern, ob und was ich heute Morgen beim Blick in den Spiegel gedacht hatte, mir fiel jedoch nichts Besonderes ein. Dennoch konnte ich nicht leugnen, dass Julius in gewisser Weise recht hatte. Ich war über die Sache mit Uli noch nicht hinweg. Erst gestern wieder war mein Blick nach der Chorprobe wie automatisch zu jenem Fenster gewandert, an dem ich Uli und Molly das erste Mal gesehen hatte. Mir fiel unsere Begegnung in der Bib wieder ein. Auch dort hatte er mich schon gefragt, wie es mir geht, und mir dämmerte, dass er es auch da schon genauso gemeint hatte wie jetzt.

»Aufregend ist gut! Was würdest du denn sagen, wenn dein Freund sich hinter deinem Rücken eine andere angelt und es noch nicht einmal für nötig hält, anständig Schluss zu machen, sondern dir stattdessen seine neue Flamme auf der Arbeit buchstäblich auf dem Präsentierteller unter die Nase hält?«

Ich war beim Reden unabsichtlich lauter geworden. Der letzte Halbsatz hallte von der Krankenhausfassade wider. Julius hob abwehrend die Hände.

»Wow ... das musste wohl raus.«

»Entschuldige, ich wollte dich nicht anschreien. Du kannst ja nichts dafür.«

»Warst du lange mit deinem Freund zusammen?«

»Etwas über fünf Monate.« Fünf Monate vergeudete Zeit. Fünf Monate für eine Lüge. Wie lang wäre das wohl noch so weiter gegangen, wenn ich Uli und Molly nicht zufällig gesehen hätte? Ich schluckte und konzentrierte mich darauf, die frische Frühlingsluft auch in die hintersten Winkel meiner Lunge zu pumpen.

»Vermisst du ihn?«

Schon wieder so eine seltsam tiefgehende Frage. War ich hier bei der Gesprächstherapie oder einer lockeren Laufrunde? In einem ersten Impuls wollte ich der Frage ausweichen und ein anderes Thema aufmachen. Aber Julius sah mich so ruhig an, mit Augen, die mir sagten, dass ich mich ihm anvertrauen konnte. Keine zweifelhaften Hintergedanken, nur ein ehrliches Interesse daran, wie es mir ging.

»Ehrlich gesagt, nein«, gab ich zu. Meine Antwort überraschte mich selbst. »Ich vermisse das Gefühl von Nähe, dass jemand da ist, der sich anders als meine Mitbewohnerinnen für mich interessiert. Der sein Leben mit mir teilen möchte und für den ich da sein darf. Aber mir wird immer klarer, dass Uli das nicht ist und eigentlich auch nie war.«

»Es tut mir leid, dass du so enttäuscht wurdest.«

Ich erwiderte nichts, lächelte ihn nur dankbar an. Es hatte gutgetan darüber zu reden. Mit Wilma und Leonie über Uli zu schimpfen, mit Liebeskummer und Schokolade im Bett zu liegen und zu heulen, war das Eine. Aber hier mit Julius zu reden, war eine ganz neue Erfahrung. Wärme breitete sich in mir aus, die nichts mit der körperlichen Anstrengung zu tun hatte.

Wir liefen an der Kinderklinik vorbei und bogen rechts ab. Julius grüßte einen Mann, der uns auf dem Rad entgegenkam.

»Ein Dozent von dir?«

»Nein, einer der Kardiologen hier in der Kinderklinik. Ich kenne ihn durch meine Doktorarbeit.«

»Was untersuchst du eigentlich genau?«

»Ich arbeite anhand von Einzelfällen Therapieansätze und Behandlungsmethoden heraus, die bei Begleit- und Folgeerkrankungen bei angeborenen Herzfehlern angewandt werden.«

Das mit den Herzfehlern kam mir von unserer Unterhaltung in der Mensa noch dunkel bekannt vor. Allerdings konnte ich mir immer noch nicht besonders viel darunter vorstellen.

»Ein krankes Herz hat Auswirkungen auf den Körper und der Einsatz von Medikamenten natürlich auch«, erklärte Julius auf meine Nachfrage. »Ich habe das Glück, dass ich hier an der Kinderkardiologie einen Mentor gefunden habe, der mir den Kontakt zu Patienten vermittelt hat, deren Krankheitsbild ich untersuchen darf.«

»Das heißt, du bist regelmäßig hier in der Klinik unterwegs?«

»Ja, ziemlich oft. Gestern war ich den ganzen Nachmittag hier und bei der Untersuchung einer Patientin dabei.«

»Was sind das für Untersuchungen?«

»Ganz unterschiedlich. Rika hat gestern beispielsweise ein Langzeit-EKG bekommen.«

Schon wieder etwas, worunter ich mir nur wenig vorstellen konnte, obwohl ich schon einmal davon gehört hatte. Vielleicht sollte ich häufiger mit Wilma Arztserien schauen, dann wäre ich besser im Thema. Allerdings klang das, was Julius erzählte, zu speziell, als dass es in eine Serie Eingang finden würde.

Ich warf einen Blick zurück auf die Klinikgebäude, die nun schon ein Stück hinter uns lagen. Für mich strahlten Krankenhauswände seit dem Tod meiner Großeltern nichts anderes aus. Zuerst war mein Opa gestorben, ein paar Jahre später meine Oma. Sie beide waren in die Klinik eingeliefert worden und nicht mehr herausgekommen. Natürlich war mir klar, dass viele Menschen geheilt wurden und nicht im Krankenhaus verstarben. Doch die Skepsis und Abneigung hatte sich tief in mir eingenistet.

»Ist es nicht furchtbar, den ganzen Tag mit Krankheit und Tod konfrontiert zu werden?«, fragte ich.

»Manchmal ist es hart, da hast du recht. Aber ich sehe es von der anderen Seite. Ich bin viel mit Heilung und Genesung konfrontiert. Es stimmt hoffnungsvoll, wenn eine Behandlung erfolgreich ist. Oder dass es heute

Möglichkeiten gibt, von denen man vor ein paar Jahren oder Jahrzehnten nur träumen konnte.«

Julius wandte kurz den Blick ab und für einen Moment hatte ich den Eindruck, als zittere seine Stimme. War das die Anstrengung oder bekümmerte ihn etwas? Ehe ich fragen konnte, sah er mich wieder an und lächelte verschmitzt.

»Es wird übrigens auch im Krankenhaus gelacht. Besonders mit Patientinnen wie Rika.«

In den nächsten Minuten erzählte er mir von der Vierzehnjährigen, die um keinen Spruch verlegen war und schon das eine oder andere Mal die Station aufgemischt hatte. Mit ihrer Herzerkrankung ging sie offen um und bloggte sogar darüber auf Instagram.

»Vielleicht solltest du dich mal mit ihr unterhalten. Dann bist du bestimmt nicht mehr der Meinung, dass Krankenhäuser nur schrecklich sind.«

»Ja, vielleicht sollte ich mal mitkommen.«

»Warum nicht? Rika hätte bestimmt nichts dagegen.«

Wo hatte ich mich da nur hineinmanövriert? Erst das gemeinsame Joggen, bei dem ich ihm schon mein Herz ausgeschüttet hatte. Jetzt bot ich ihm auch noch an, ihn in die Klinik zu begleiten. Hatte ich völlig den Verstand verloren?

Richtig schnell waren wir schon seit einiger Zeit nicht mehr unterwegs. Wir trabten mehr gemütlich vor uns hin. Den Bürgermeistersteg hatten wir hinter uns gelassen und so langsam wurde es Zeit umzukehren. Bis zur WG waren es von hier aus knapp drei Kilometer und mittlerweile hatte ich ziemlichen Durst. Warum hatte ich Blitzbirne nichts zu trinken mitgenommen?

Julius nickte und wischte sich etwas Schweiß von der Stirn, als ich vorschlug, unsere Tour zu beenden.

»Ich hoffe, ich habe dich nicht zu sehr aufgehalten. Ich bin echt nicht mehr in Form.«

Ich winkte ab. »Quatsch, alles okay. Seid ihr heute Abend wieder im *Ring?*«

»Heute klappt es nicht. Ich muss noch etwas für die Uni vorbereiten und Basti muss arbeiten.«

»Was arbeitet er?«

»Basti ist Rettungssanitäter. Heute Abend hat er Bereitschaft.«

Julius sah mich kurz irritiert an, als ich ihm Grüße an Basti ausrichtete, nickte aber. »Vielen Dank für die Begleitung. Hab einen schönen Abend. Lass dich nicht stressen.«

Er zwinkerte, was mir ein Lachen entlockte. »Danke. Dir viel Erfolg beim Lernen.«

Nach einem kurzen Winken lief er die Straße weiter hinunter. Ich sah ihm nach. In meinem Bauch kribbelte es und elektrische Impulse drangen in meine Glieder. Ich gab ihnen nach und legte einen Sprint bis zum Schlossgarten hin. Dort klopfte mein Herz so wild, dass ich erst einmal die Hände auf die Knie stützen und zu Atem kommen musste. Meine ursprüngliche Idee, beim Joggen den Kopf freizubekommen, war gründlich nach hinten losgegangen. Julius stellte viel zu viele Fragen, die ich ihm viel zu gern beantwortete. Es fühlte sich zu gut an. Wenn das so weiterging, steuerte ich unweigerlich auf die nächste Katastrophe zu.

8.
Kapitel

W *ir hatten nach unserem gemütlichen Samstagsfrühstück*
eine Lernzeit mit gegenseitigen Motivationsboostern eingescho-
ben. Wilma musste zugeben, dass es auch etwas für sich hatte, mal mit uns
zu lernen statt nur in der Medizinergruppe, in der sich alle gegenseitig verrückt machten. Am Abend schlugen wir unsere Bücher zu und Leonie ent-
zog Wilma mit energischer Geste die Biochemie-Lernkarten.

»So, und jetzt werden wir uns entspannen und das Leben genießen«, sagte sie und klatschte in die Hände. Gemeinsam machten wir uns auf den Weg
zum Schlossgarten, wo an diesem Wochenende ein paar Konzerte stattfan-
den. Wilma protestierte zunächst, aber Leonie kannte kein Pardon und zog
sie an der Kapuze ihres Hoodies aus der Wohnung. Direkt vor der Orangerie
spielte eine Folkband auf der Bühne, vor der sich schon einige Menschen versammelt hatten. Wir mischten uns unters Volk und Leonie und ich bewegten
uns bald im Takt hin und her. Wilma hingegen trippelte von einem Fuß auf
den anderen und kaute auf ihrem rechten Daumennagel. Immer wieder sah
sie sich nach links und rechts um.

»Was mach ich hier eigentlich?«, fragte sie in den Applaus der Leute
hinein. »Ich schreib im Sommer Physikum, ich sollte zuhause sein und
lernen.«

»Ach, Sommer ist erst in zwei Monaten.« Leonie zog einen Schokoriegel aus ihrer Handtasche, den sie Wilma in die Hand drückte. »Zuhause würdest du jetzt eh nur eine halbe Staffel *Scrubs* anschauen.«

»Das hätte immerhin was mit Medizin zu tun«, murmelte Wilma. Im Licht des Scheinwerfers rollten Leonie und ich mit den Augen und sahen unsere Mitbewohnerin mitleidig an.

»Als ob!«, sagte ich spöttisch.

Meine beste Freundin vergrub ihr Gesicht in ihrem Schal und zog beleidigt ihre Kapuze über die Locken. Ich hielt es für das Beste, nicht weiter auf ihr herumzuhacken. Wenn Leo und ich Spaß hatten und Wilma ganz in Ruhe akklimatisieren ließen, würde sie sich schon noch amüsieren.

Ich wandte mich also wieder der Bühne zu und tanzte ausgelassen zur Musik. Die Geigerin spielte wie der Teufel und der Schlagzeuger heizte der Band und uns mächtig ein. Tosender Beifall war der Dank. Ich klatschte, bis meine Hände brannten, und jubelte, bis ich fast heiser war. Unter meiner Jacke war ich nassgeschwitzt. Um nicht zu dehydrieren, sollte ich besser meinen Wasserhaushalt auffüllen.

»Ich hole mir etwas zu trinken.« Mit einem Kopfnicken deutete ich in die Ferne, wo auf der Wiese mehrere Getränkestände aufgebaut waren. »Soll ich euch etwas mitbringen?«

Leonie und Wilma, die nun doch zugeben musste, dass sie möglicherweise ein bisschen Spaß hatte, orderten beide eine Flasche Wasser und ich schlängelte mich zwischen den Konzertbesuchern bis zum Getränkestand hindurch. Gerade hatte ich drei Halbliterflaschen Wasser erstanden und wandte mich um, als ich von der Seite angesprochen wurde.

»Hallo Malene!«

Harrr! Warum sah er mich eigentlich immer zuerst? Und warum konnte er sich nicht dezent räuspern oder sonst irgendwie ankündigen, dass er mich ansprechen würde? Ich umklammerte die Wasserflaschen, die nass vom Kondenswasser waren und mir beinahe durch die Finger rutschten.

»Hej Julius.«

»Du bist so blass, ist alles in Ordnung mit dir?«

Blass? Mein Gesicht fühlte sich an, als würde es in Flammen stehen.

»Alles klar. Bin nur k.o. vom Tanzen. Und du hast mich mal wieder erschreckt.« Ich lächelte, um ihm zu verstehen zu geben, dass ich den Vorwurf nicht ernst meinte. – Wobei …

Julius seufzte. »Entschuldige bitte, das wollte ich nicht.«

»Das hast du beim letzten Mal auch gesagt. And here we are …«

Immerhin grinste er diesmal nicht. Er schien ehrlich betroffen. »Tut mir wirklich leid. Ich werde daran arbeiten.«

Jetzt erst sah ich, dass auch er drei Flaschen in den Händen hielt. Er war also nicht allein hier.

»Bist du mit Basti hier?«

»Nicht direkt. Basti schwirrt hier zwar irgendwo herum, ist aber im Einsatz. Ich habe mich mit ein paar Kommilitonen verabredet. Und du?«

»Kleiner WG-Ausflug. Wilma und Leo warten drüben vor der Orangerie.«

Irgendetwas flackerte in seinen Augen und ich hielt die Luft an. War das unhöflich gewesen? Suggerierte meine Aussage, dass ich ihn möglichst schnell wieder loswerden wollte? Das war nicht meine Absicht gewesen.

»Dann …« Er führte den Satz nicht weiter.

Ich nickte langsam und deutete mit der Flasche in einer Hand ein Winken an. »Viel Spaß euch noch! Man sieht sich.«

Ich hatte erst zwei Meter hinter mich gebracht, als er nach mir rief.

»Malene, warte!«

»Ja?«

Er folgte mir mit zwei schnellen Schritten und sah mich aus seinen dunklen Augen so verunsichert an, dass ich mir ernsthaft Sorgen machte. Vielleicht hätte ich ihn fragen sollen, ob es ihm gut ging.

»Entschuldige, ich wollte dich noch etwas fragen.«

Warum entschuldigte er sich dafür? Seine Finger umklammerten die Bier- und Colaflaschen in seinen Händen, sodass die Knöchel weiß hervortraten.

»Hast du Lust, demnächst mal etwas zu unternehmen?«

Ich starrte ihn perplex an. Hatte er das wirklich gefragt? Hatte er das mich gefragt? Und war das Furcht, die in seinen Augen schimmerte? Wovor, um Himmels Willen, hatte er Angst? Er wirkte doch sonst immer so absolut selbstsicher und beherrscht.

Mir war jede Selbstsicherheit mit seiner Frage abhandengekommen. Ich fühlte mich der Realität des Schlossgartens völlig entrückt. Mein Herz schlug mir bis zum Hals und das Blut rauschte in meinen Ohren. Wieso wollte er mit mir etwas unternehmen? Und wieso fragte er das mit dieser Angst in der Stimme? Das ergab doch überhaupt keinen Sinn.

»Malene?«

Der Schlossgarten, die Schlange am Getränkestand, Julius – das alles nahm langsam wieder Konturen an. Julius musterte mich noch immer mit nervös gespannter Miene.

»Ich … ähm …« Was sollte ich nur sagen? Wie konnte ich die richtige Antwort finden, wenn ich nicht wusste, wie die Frage gemeint war? Es klang verdächtig nach einem Date, aber wieso …

»Was sagt denn Basti dazu?«, schoss es aus meinem Mund heraus, ehe ich es verhindern, geschweige denn begreifen konnte, was ich da sagte.

Julius sah mich verständnislos an. »Basti? Wie kommst du denn jetzt auf ihn?«

Anstelle einer schlauen Antwort fiel mir eine der Wasserflaschen aus der Hand und landete unsanft auf meinem Fuß. Autsch! Wie, zum Teufel, war dieser verdammte Satz aus meinem Mund gekommen?

Julius wartete eine etwaige Antwort jedoch nicht ab. »Es hat ihn streng genommen überhaupt nicht zu interessieren, mit wem ich meine Zeit verbringe.«

Ich schluckte. Eigentlich hätte damit alles klar sein müssen, doch Julius sah mich so eindringlich an, dass mein Hirn machte, was es wollte, und mir auch der nächste Satz gegen meinen Willen über die Lippen kam.

»Auch nicht nach 20 Jahren Freundschaft?«, fragte ich und wischte zwei Grashalme von dem Flaschenhals.

»Auch nicht nach 20 Jahren …«, fing Julius an, verstummte und fixierte mich mit seinem Blick. Ich konnte ihm nicht länger ausweichen, musste ihn ansehen. Er hatte seine Lippen aufeinandergepresst, aber in seinen Mundwinkeln zuckte es verdächtig.

»Malene, hast du etwa ernsthaft geglaubt, Basti und ich wären zusammen?«, fragte er schließlich mit ernster Stimme, aber doch mit hörbar mitschwingendem Amüsement.

Nun musste ich doch wieder wegschauen. Himmel, war das peinlich! Ich wünschte, Erlangen und insbesondere der Schlossgarten lägen auf der Grenze zweier tektonischer Platten, die just in diesem Moment in Bewegung gerieten.

»Keine Ahnung …«, murmelte ich. »Ihr seid immer zusammen im *Ring* gewesen, ihr seid so vertraut miteinander, eure Berührungen … und … Es ist doch immer so: Die zuvorkommenden, netten Männer sind entweder schon vergeben oder schwul oder entpuppen sich früher oder später als Arschlöcher.«

Was für ein armseliges Verteidigungsgestammel! Und hatte ich ihn gerade wirklich zuvorkommend und nett genannt? Spätestens jetzt musste er mich für völlig durchgeknallt halten.

Aber Julius lachte nur. »Da kann ich ja froh sein, dass du mich für schwul und nicht für ein Arschloch gehalten hast.«

Ja, vielleicht. Das war aber auch das Einzige, das er mir zugutehalten konnte. Nach meiner Reaktion würde er es sich bestimmt noch einmal überlegen, ob er wirklich Zeit mit mir verbringen wollte. Aber ich täuschte mich erneut.

»Also, was meinst du?«

»Ja, warum nicht?«, hörte ich mich sagen. Wie schön, mein Hirn wandelte also gerade auf eigenen Pfaden, ohne mein Bauchgefühl oder mein Herz in die Entscheidung mit einzubeziehen. Während ich versuchte, wieder Herrin meiner Gedanken zu werden, kletterte das Lächeln von Julius' Lippen bis in seine Augen.

»Sehr schön. Was hältst du von nächstem Samstag?«

»Ja, klar, super.«

In diesem Moment hätte ich beinahe allem zugestimmt, nur um der Situation zu entkommen. Mein Verhalten war mir unsagbar peinlich und ich wollte mich am liebsten irgendwo verkriechen, bis ich meine Würde wiedergefunden hatte. Dabei machte Julius keine Anstalten, sich über mich lustig zu machen. Ich hob die Wasserflaschen ein Stück höher und nickte in Richtung Bühne.

»Ich muss dann mal.«

Julius sah ebenfalls auf die Getränke in seinen Händen und zuckte mit den Schultern. »Ja, ich auch. Na dann, viel Spaß noch!«

»Euch auch!«

»Mensch, Lene, wo warst du denn so lange?«

»Wir haben schon gedacht, du hättest dich verlaufen«, sagte Wilma und nahm mir eine der Wasserflaschen ab.

»Sorry, war voll«, murmelte ich und trank hastig, damit meine Freundinnen gar nicht erst auf die Idee kamen, weitere Fragen zu stellen. Ich musste jetzt erstmal wieder klarkommen. Von der Musik bekam ich kaum etwas mit.

»Du hast was?«, fragte Leonie.

»Er hat was?«, schrie Wilma im gleichen Augenblick hysterisch.

Mit großen Augen und offenen Mündern sahen mich meine Mitbewohnerinnen an, als ich ihnen am nächsten Morgen offenbarte, was am Getränkestand wirklich passiert war.

»Er hat mich gefragt, ob ich mit ihm etwas unternehmen mag«, wiederholte ich.

»Ha, wir hatten recht«, rief Leo triumphierend aus und gab Wilma ein High five.

Mein Verdacht von neulich, dass die beiden irgendeine geheime Absprache hatten, bekam neue Nahrung. Jetzt wollte ich es wissen.

»Wir haben von Anfang an nicht geglaubt, dass Julius schwul ist. Im Gegenteil, ich war mir ziemlich sicher, dass er sich für dich interessiert«, sagte Wilma.

Na toll! Und warum hatten sie mir das nicht gesagt? Vielleicht hätte ich mich dann gestern Abend nicht vollständig zum Obst gemacht.

»Ach, komm schon. Die sexuelle Orientierung steht doch niemandem auf die Stirn geschrieben.« Leonie legte mir tröstend den Arm auf die Schulter. »Peinlich müsste es dir nur sein, wenn du denken würdest, Homosexualität sei etwas Schlimmes.«

Die Sorge konnte ich ihr und mir getrost nehmen. Im Gegenteil. Irgendwie fand ich nach wie vor, dass Basti und Julius ein schönes Paar abgaben.

»Wo trefft ihr euch eigentlich?«, wollte Wilma wissen.

Abrupt hielt ich inne und sah meine beste Freundin erschrocken an. Julius und ich hatten lediglich einen Tag, aber weder Zeit noch Ort bestimmt.

»Keine Ahnung.« So ein Mist!

»Optimale Startbedingungen, würde ich sagen.« Wilma rieb sich mit sarkastischer Miene die Hände. Diese Reaktion meiner besten Freundin gab meinem Herzen jedoch die Chance, wieder überhand über meinen Verstand zu gewinnen. Ich hatte zugesagt. Ich wollte Julius treffen. Ganz gleich, wie unangenehm die Situation gestern gewesen war. In meinem Hirn rotierte es. Wie konnte ich herausfinden, wo ich mich mit Julius treffen sollte? Ich hatte von ihm schließlich weder eine Handynummer noch wusste ich seinen Nachnamen.

»Wilma!«

Meine beste Freundin fuhr erschrocken zusammen, setzte sich kerzengerade auf ihrem Stuhl auf und sah mich mit aufgerissenen Augen an.

»Hast du nicht gesagt, Julius sei dein Tutor? Könntest du ihn nicht …?«

Ich sprach den Satz nicht zu Ende, aber Wilma ahnte auch so, woher der Wind wehte, und schüttelte unerbittlich den Kopf.

»Ist das mein Date oder deins?«

»Wenn du mir nicht hilfst, wird das überhaupt kein Date.«

Wilma hob bedauernd die Hände. »Tja … tragisch. Aber wo ein Wille ist, ist auch ein Weg.«

»Du willst ja nicht.«

»Ich will mich ja auch nicht mit Julius treffen.« Sie war echt unerbittlich.

»Weißt du wenigstens seinen Nachnamen oder seine E-Mail-Adresse?«

Irritiert sah meine beste Freundin mich an. »Nein, warum sollte ich?«

»Weil er dein Tutor ist«, mischte sich Leonie wieder in unsere Unterhaltung ein.

»Ich weiß aber nichts über ihn, außer dass er Julius heißt.«

Das klang leider zu überzeugt, um gelogen zu sein. Ich sank in mich zusammen. Das war ja zum Verzweifeln. Aber vielleicht war das Schicksal auch ausnahmsweise einmal auf meiner Seite und gerade auf dem besten Wege, mich vor einer weiteren Enttäuschung zu bewahren. Wer konnte schon sagen, was passierte, wenn ich mich Julius weiter öffnete als bislang?

Leider fühlte ich mich kein bisschen von meinem Schicksal gerettet, sondern eher im Stich gelassen. Es bestand schließlich ein Hauch einer Chance, dass Julius mich gar nicht verarschen wollte.

»Mann … Jetzt hab ich eine Verabredung und weiß nicht wo und nicht wann.«

Leonie legte mir erneut tröstend den Arm um die Schultern und schenkte Wilma einen flehenden Blick.

»Wilma, willst du dieses Elend wirklich mit ansehen?«

Meine beste Freundin erhob sich seufzend von ihrem Platz. »Nein, deshalb geh ich jetzt lernen«, verkündete sie mit einem sadistischen Lächeln.

»Wilma!«, rief Leonie empört und unsere Mitbewohnerin drehte sich in der Küchentür noch einmal um.

»Na gut, ich will nicht so sein. Wenn Julius mir am Dienstag in Histo was dazu sagen sollte, leite ich es an dich weiter. Aber nur unter Protest!«

Mit diesen Worten verschwand sie und ließ Leonie und mich in der Küche zurück.

»Meine Güte, war die stur!«

»Das war vermutlich die späte Rache dafür, dass ich in der fünften Klasse, als sie einen Liebesbrief an meinen Bruder geschrieben hat, in seinem Namen geantwortet habe«, seufzte ich.

»Du hast was?«

Den Rest des Sonntags verbrachte ich damit, mir die bisherigen Begegnungen mit Julius durch den Kopf gehen zu lassen. Unser erstes Zusammentreffen an Bastis Geburtstag. Sein besorgtes Nachfragen nach der Sache mit Uli. Unser Zusammenstoß in der Bibliothek, die Begegnungen in der Mensa und schließlich unsere Joggingrunde. Wenn ich es recht überlegte, hatte er vom ersten Tag an etwas Beruhigendes ausgestrahlt. Er war da, beobachtete, aber nicht auf die unangenehme Art. Keine lüsternen Blicke, wie ich es von anderen Kneipengästen mitunter kannte. Das einzig Gruselige an ihm war sein unverhofftes Auftauchen. Aber daran hatte er versprochen zu arbeiten. Was ihn außer seinem Studium wohl antrieb? Liveact-Rollenspiele waren es vermutlich nicht. Ich war gespannt, was er mir von sich erzählen würde, und fragte mich im nächsten Augenblick, was er von mir würde wissen wollen.

Mach dir nicht zu viele Hoffnungen. Warum sollte er sich für dich interessieren?

Die Stimme in meinem Kopf war kaum mehr als ein Flüstern. Doch sie klang so schneidend, dass ich sie nicht überhören konnte. Ich versuchte sie zu übertönen. Julius hatte mich nach einem Date gefragt. Also musste er sich wohl für mich interessieren. *Ach, komm schon, so hat es mit Uli doch auch angefangen.* Aber Julius war nicht Uli. Er hatte wirklich wissen wollen, wie es mir ging. *Und warum hat er dann für dieses Date keine konkrete Zeit oder einen Ort vereinbart?* Die Stimme in meinem Kopf wurde lauter. Er hat es einfach vergessen, so wie ich auch. Er war nervös gewesen, das hatte ich genau gesehen. *Mach dir lieber nicht zu viele Hoffnungen. Am Ende wird dein Herz nur wieder zerbrechen.*

Ich sprang auf, schüttelte den Kopf. Doch die vergifteten Sätze hatten sich bereits in mir eingenistet. Meine Kehle schnürte sich zu und Tränen schossen mir in die Augen. Woher kamen nur diese Zweifel? Bislang hatte es doch keinen Grund gegeben, Angst vor Julius zu haben. Wieso spie mir mein Unterbewusstsein jetzt so viel Gift ins Herz?

Ich taumelte in die Küche, wo ich mit zittrigen Fingern einen Teebeutel aus der Schublade kramte und den Wasserkocher anstellte. Das Blubbern des siedenden Wassers mischte sich mit meinem Schluchzen.

»Lene? Was ist los?«

Wilma umarmte mich von hinten und ihre Locken wischten die Tränen von meinem Gesicht, als sie mich zu sich umdrehte.

»Ich hab so Angst, dass es wieder schiefgeht. Ich will das nicht nochmal erleben.«

»Ich habe keine Ahnung, was du da redest.«

»Was, wenn Julius mich genauso verarscht wie Uli?«

»Malene, bitte sprich Deutsch mit mir.«

Ich fuhr zusammen. So weit war es also schon gekommen. Immer wenn mich etwas sehr beschäftigte, redete ich in meiner Muttersprache, ohne es zu merken. Die Erkenntnis, dass ich meiner besten Freundin auf Dänisch mein Leid geklagt hatte, beruhigte mich keineswegs. Es bestätigte mir nur, dass mich die ganze Situation mehr aufwühlte, als gut für mich war. Leise wiederholte ich meine Zweifel auf Deutsch.

»Du bist gut, wie du bist«, sagte Wilma. »Ich glaube nicht, dass er dich verarscht.«

Sie goss meinen Tee und sich selbst einen Instantkaffee auf und schenkte mir ein aufmunterndes Lächeln.

»Denk an etwas Schönes. Er hat dich um ein Date gebeten, das ist doch toll!«

»Ja, aber leider hat er keinen Ort vereinbart.«

Wilma sah mich mit erhobenem Zeigefinger tadelnd an. »Na, na, na. Denk an das Schöne. Er hat dich um ein Date gebeten. – Und wenn ich dabei helfen kann, dass es auch wirklich stattfindet, dann mach ich das natürlich.«

Ich lachte in meinen Tee. Sie war wieder zurück, meine gute alte Will. Auf sie war einfach Verlass!

Nachdem ich am Montag vergeblich in der Mensa nach Julius Ausschau gehalten hatte, hoffte ich insgeheim, er würde mich anderweitig kontaktieren. Ich selbst hatte schon durch die diversen sozialen Medien gescrollt und Freundeslisten durchforstet, ihn aber nicht aufspüren können.

Die einzige Nachricht, die an diesem Tag an mich adressiert war, kam in Form eines Pakets aus Dänemark. Meine Mutter schickte mir Infomaterial von zwei Unis und einige Tüten meiner liebsten dänischen Süßigkeiten. Das salzige Lakritz versöhnte mich für einen Moment mit der Situation. Die Broschüren lenkten mich von meiner Gedankenspirale ab. Natürlich hätte ich das alles auch online nachlesen können, aber manchmal war es eben doch schöner, etwas in der Hand zu haben. Darüber hinaus war es der dezente Hinweis, dass ich mich weiterhin kümmern musste, wenn ich das Ziel, meinen Master in Dänemark zu machen, wirklich weiterverfolgen wollte. In den vergangenen Tagen hatte ich meine Recherche sträflich vernachlässigt. Doch sobald ich die schön gestalteten Broschüren mit Bildern von gut gelaunten Studierenden durchgeblättert hatte, kehrten die Gedanken an Julius mit voller Wucht zurück. Hatte er seine Frage wirklich ernst gemeint? Wie sollten wir Zeit und Ort vereinbaren, wenn wir uns nicht zufällig trafen? Wo konnte ich noch nach ihm suchen?

Am Dienstag konnte ich es kaum erwarten, dass Wilma am späten Nachmittag von der Uni zurückkam. Ich lauerte hinter der Wohnungstür und sah sie erwartungsvoll an, während sie sich die Schuhe von den Füßen streifte und ihren Rucksack ins Zimmer warf.

»Und?«, fragte ich ungeduldig.

Wilma sah mich verständnislos an. »Was?«

»Histo!?!«

»Ach so«, rief Wilma aus und strich sich ihre Locken aus der Stirn. Sie sah müde aus. »Sorry, Julius war heute an einem ganz anderen Tisch und nach dem Kurs auch sofort weg.«

Enttäuscht lehnte ich mich an die Wohnungstür. »Pis!«

Mittwoch rief mich meine Mutter um Viertel vor sieben an. Sie war mal wieder besorgt, weil ich mich schon seit einer Woche nicht mehr gemeldet hatte, und wollte wissen, ob ihr Päckchen angekommen sei und ob es mir gut ging.

Mir ging es beschissen. Mein Puls bewegte sich in Höchstgeschwindigkeiten, sobald mir Julius in den Sinn kam, was ungefähr alle zweieinhalb Minuten der Fall war, und meine Nervosität wuchs mit jeder Stunde, die verging, ohne dass ich etwas von ihm gehört hatte. Mein Date rückte immer näher und ich hatte immer noch keine Ahnung, wann und wo es stattfinden sollte.

Es gab also genug Gründe, um nicht in bester Verfassung zu sein.

»Mir geht's gut«, sagte ich trotzdem. »Ich hab nur viel zu tun.«

Für die Uni lernen. An Julius denken. Nervös werden. An Julius denken. Noch nervöser werden. An Julius denken ...

»Bist du noch dran?«, fragte Mor plötzlich. Mist, ich hatte ihren nostalgischen Bericht über ihre eigene Studienzeit nur an mir vorbeirauschen lassen, ohne irgendetwas zu sagen.

»Ja ... Mor, ich muss jetzt wirklich los. Es ist fünf vor sieben.«

Zum Glück hatte ich mich schon für die Arbeit umgezogen. So schlüpfte ich nur in Windeseile in Schuhe und Jacke und raste aus der Wohnung.

Nicht einmal die Hälfte des Weges hatte ich geschafft, als es von einer nahen Kirchturmuhr sieben schlug, und ich trat noch heftiger in die Pedale. In meinem halsbrecherischen Tempo glich es einem Wunder, dass ich unbeschadet durch den Verkehr kam. Dafür erwischte es mich in der Hofeinfahrt zum *Ring*.

Ich bog ab und sah nur noch eine dunkle Gestalt auf mich zukommen. Reflexartig zog ich die Bremsen an und sprang vom Rad, wobei ich stolperte und mitsamt meinem Fahrrad auf dem Boden landete. Ein scharfer Schmerz schoss durch meine Hände, mit denen ich mich abgefangen hatte.

»Verdammt! – Tut mir leid«, sagte ich hastig und klopfte mir den Staub von der Hose, die zum Glück heil geblieben war.

»Schon okay. Ich lebe noch.«

Als ich die Stimme hörte, blickte ich auf. Im Halbdunkel der Hofeinfahrt stand Julius und musterte mich von Kopf bis Fuß. Wie immer, wenn ich ihn sah, stand ihm ein Lächeln im Gesicht, während seine Augen mich gleichzeitig besorgt ansahen. Mein Sturz war mir nun noch viel unangenehmer. Ausgerechnet vor Julius hatte ich so einen Stunt vollführen müssen! Am liebsten wäre ich vor Scham im Boden versunken. Gleichzeitig fühlte ich eine unbändige Freude darüber, dass er hier war, mich ansah, und nun mein Fahrrad, das noch immer am Boden lag, aufhob und an die Mauer lehnte.

»Bist du in Ordnung?«, fragte er.

Ich begutachtete meine Hände. Sie waren etwas gerötet, aber zum Glück nicht aufgeschürft. »Geht schon.«

»Ich hoffe, das ist nicht dein gewöhnlicher Fahrstil?«, fragte Julius mit hochgezogenen Augenbrauen.

»Nein. Das war der Turbo.« Ich senkte den Blick. »Bist du okay?«

»Ich konnte gerade noch ausweichen.«

»Was machst du eigentlich hier?« Wie oft war ich jetzt schon in ihn reingelaufen oder gefahren?

»Um ehrlich zu sein, habe ich auf dich gewartet.« Julius vergrub die Hände in den Hosentaschen.

Nun, da der Schock über mein missglücktes Ausweichmanöver langsam verflog, hatte mein Körper wieder Kapazitäten, um in Julius' Gegenwart völlig außer Kontrolle zu geraten. Mein Herz schlug wie verrückt und mir blieb die Luft weg.

»Mir ist eingefallen, dass wir gar keine Zeit für Samstag vereinbart haben«, gestand er lachend.

»Stimmt«, brachte ich trotz Atemnot hervor und fühlte einen Hauch von Erleichterung durch meinen Körper ziehen.

»Würde dir sieben Uhr passen?«

»Ja, das ist super.«

Eigentlich hätte ich gern mehr gesagt als kurze Phrasen, aber ich war zu sehr damit beschäftigt, wieder zu Atem zu kommen und nicht das Gleichgewicht zu verlieren.

»Wo?« Schon wieder nur ein einzelnes Wort. *Reiß dich zusammen, Malene!*

»Vor dem Schloss?«

Begeistert stimmte ich auch diesem Vorschlag zu und hätte ihn gern einfach noch eine Weile angesehen, wie er dastand und mich musterte. Doch da trat auf einmal Jessy in die Hofeinfahrt und sah abwechselnd Julius und mich verblüfft an.

»Da bist du ja. Ich dachte schon, du kommst nicht mehr!«

»Ich hatte eine kleine Panne mit meinem Rad«, erwiderte ich und ergriff rasch den Lenker, um meine Aussage glaubwürdiger zu gestalten und ihr mehr Nachdruck zu verleihen.

»Ach so. Na dann, beeil dich. Wir haben ordentlich zu tun«, sagte sie und verschwand wieder im Innern.

Julius und ich warteten, bis sie verschwunden war, dann bewegte ich mein Rad endgültig von der Mauer weg.

»Willst du nicht mit reinkommen?«

Julius verzog den Mund zu einem bedauernden Lächeln. »Ich muss leider dringend wieder an den Schreibtisch und lernen.«

»Hm, schade. Na dann …«

»Aber wir sehen uns am Samstag«, sagte Julius und nahm seine Hände wieder aus den Hosentaschen. Er deutete ein Winken an. »Bis dann. Ich freu mich!«

Mit diesen Worten drehte er sich um und verschwand um die Hausecke. Ich sah ihm nach, bis er aus meinem Blickfeld verschwunden war, und wünschte mir, alles wäre wirklich so, wie es schien. Er freute sich auf Samstag, hatte er gesagt. Und während ich mein Rad anschloss und meine Tasche vom Gepäckträger nahm, spürte ich der Wärme nach, die sich von meinem Herzen aus im ganzen Körper verbreitete. Lächelnd betrat ich die Kneipe.

9.
Kapitel

*A*bwechselnd zog ich meinen *Anorak* an und wieder aus und tauschte ihn gegen die Jeansjacke. Leonie, die aus ihrem Zimmer kam und in die Küche ging, runzelte die Stirn.

»Was wird denn das, wenn's fertig ist?«

Ich seufzte. »Ich weiß einfach nicht, was ich heute Abend anziehen soll.«

Die Falte auf der Stirn meiner Mitbewohnerin wurde noch tiefer. Doch ehe sie etwas sagen konnte, öffnete sich die Wohnungstür und Wilma betrat den Flur.

»Oh, ist WG-Versammlung? Hab ich was verpasst?«

»Nein, nur Lenes Überlegung, welche Jacke sie zum Date mit Julius nachher anzieht.«

Wilma stöhnte, während sie ihrerseits ihren Parker ablegte und schief auf einen Garderobenbügel hängte.

»Geht das schon wieder los.«

»Was?«

Wilma zupfte an dem Ärmelaufschlag meiner Jeansjacke herum und umschloss dann meine Hand mit ihrer. Ich erschauderte. Mit so kalten Fingern hatte ich nicht gerechnet.

»Lene, mach nicht gleich zu Anfang den gleichen Fehler wie bei Uli. Du musst dich wohlfühlen in dem, was du trägst. Wenn es Julius nicht gefallen sollte, ist das sein Problem.«

Leonie lehnte sich an den Rahmen der Küchentür und faltete die Hände vor der Brust. »Danke, Will, das hätte ich nicht besser sagen können.«

Ich senkte den Kopf und sah auf die Knöpfe der Jacke. Sie blitzten silbern im Flurlicht. Das sah beinahe etwas kitschig aus. Ich zuckte zusammen. Ich bewertete schon wieder, redete etwas aufgrund meiner Erfahrungen klein. Uli hätte die Augen verdreht, wenn ich ihn auf das Funkeln der Knöpfe aufmerksam gemacht hätte. Dabei sah es ziemlich cool aus. Wilma und Leonie hatten recht. Ich sollte mehr auf das hören, was ich wollte. Doch es war gar nicht so leicht, diese innere Stimme unter all den angeeigneten Beurteilungen herauszuhören. Ich seufzte.

»Dir steht beides gut«, sagte Leonie.

»Aber wenn du einen Tipp magst«, sagte Wilma und zwinkerte mir zu, »draußen ist es kälter als gedacht. Heute Abend wird es vermutlich nicht wärmer.«

Lachend nahm ich sie in den Arm. Wie konnte sie nur so herrlich pragmatisch sein? Ich zog die Jeansjacke aus und hängte sie an die Garderobe. Nachher würde ich den Anorak anziehen und für den Notfall vielleicht sogar noch die Handschuhe bereitlegen.

Letzteres war übertrieben, wie ich schnell feststellte, als ich mich zwei Stunden später auf mein Rad schwang und zum Schloss fuhr. Doch ich wollte nicht absteigen, um die Handschuhe wieder auszuziehen. Ohne dass ich genau sagen konnte, warum, schlug mein Herz wie verrückt und mein Atem geriet immer wieder ins Stocken. Ich konnte jetzt nicht anhalten, musste in Bewegung bleiben. Tatsächlich gelang es mir, bis zum Schloss zu einer regelmäßigeren Atmung zurückzufinden. Doch mein Puls war noch immer schneller als normal. Warum war ich so aufgeregt? Ich hatte mich doch schon vorher mit Julius unterhalten, wir waren zusammen joggen gewesen. Vor ein paar Tagen noch hatte ich Angst gehabt, er könnte mich vorführen und sich nur einen Scherz mit mir erlauben. Doch diese Sorge hatte sich beinahe verflüchtigt, seit er am *Ring* auf mich gewartet und unsere Verabredung bestätigt hatte. Konnte es Hoffnung sein, die mich so bewegte?

Ich war viel zu früh am Treffpunkt und lief ein wenig auf und ab. Ein kleines Mädchen jagte dicke graue Stadttauben über den Schlossplatz. Die Tauben flatterten hysterisch auf, setzten sich wenige Meter weiter wieder aufs Pflaster und stoben auf die neuen Attacken des Mädchens hin wieder auseinander. Ich lehnte mich an die Schlossfassade und ließ meinen Blick über den Platz und die anliegenden Geschäfte wandern. Vor dem Supermarkt gegenüber bellte ein angeleinter Hund. Vor den umliegenden Cafés und Restaurants saßen ein paar Gäste und tranken Bier oder aßen Pizza. Julius und ich hatten noch gar nicht vereinbart, wo wir hingehen wollten. Ob er eine Idee hatte?

Mir ging auf, dass ich, obwohl ich schon seit fast zwei Jahren hier in Erlangen wohnte, die Kneipenlandschaft nicht besonders gut kannte. Durch meinen Job im *Ring* war ich praktisch verpflichtet und auch mit Wilma und Leonie nur selten woanders gewesen. Selbst in dem Café hier am Schlossplatz war ich bislang nur einmal gewesen. Mit Uli ... Ich spannte meine Muskeln an und schloss die Augen. *Nicht an Uli denken!* Er war Geschichte. Ich atmete tief durch.

Als ich die Augen wieder öffnete, sah ich Julius von Norden her kommen. Mit zügigen Schritten näherte er sich dem Schloss, wirkte dabei aber nicht gehetzt.

»Hallo Malene.« Er strahlte über das ganze Gesicht und blieb einen halben Meter vor mir stehen.

Ich konnte nicht anders als sein Lächeln zu erwidern, so erleichtert war ich. Bis zuletzt hatte ich noch gezweifelt, ob er nicht doch einen Scherz gemacht hatte. Aber jetzt war er hier. Mein erster Gedanke war, ihn zur Begrüßung kurz zu umarmen. Doch als er so vor mir stand und seinerseits keine Anstalten in diese Richtung unternahm, verharrte ich auf der Stelle.

»Wartest du schon lange?«

»Nein, nein. Keine Sorge. Ich war nur etwas früh hier«, versicherte ich.

»Aber dir ist kalt.«

Erst jetzt, da er seinen Blick senkte und in Richtung meiner Hände nickte, fiel mir auf, dass ich noch immer meine Handschuhe trug. Hastig zog ich sie von den Fingern.

»Ganz vergessen ...«, murmelte ich und stopfte sie in meine Jackentasche.

Julius verzog das Gesicht. In seinen Augen blitzte der Schalk und ein Grinsen zog sich beinahe von einem Ohr zum anderen.

Ich sah zur Seite, ließ meinen Blick über den Platz wandern, was er offenbar missverstand.

»Suchst du nach Basti? Der ist nicht hier.«

Mein Atem setzte wieder kurz aus und mein Herz rutschte mir in die Hose. Die Anspielung war eindeutig.

»Nein, ich …«

Julius legte mir kurz eine Hand auf den linken Oberarm. »Malene, das war ein Scherz.« Er runzelte die Stirn. »Ein nicht sehr gelungener Scherz – tut mir leid.«

Ich sah ihm wieder in die Augen und erkannte, dass er es ehrlich meinte. »Du hast es mir nicht übelgenommen, was ich letzte Woche gesagt habe?«, fragte ich vorsichtshalber.

Lachend winkte er ab. »Ach was. Wie könnte ich? Aber wie sieht es aus, hast du Hunger?«

»Ein bisschen.«

Ich schloss mein Rad an und folgte Julius von der Hauptstraße weg in die schmalen Gassen des Theaterviertels, wo er eine Bar vorgeschlagen hatte.

Leider fiel mir nichts Sinnvolles ein, was ich Julius hätte fragen können. Es war schön, neben ihm durch die Gassen zu schlendern, aber ich wollte nicht irgendeinen Mist von mir geben, nur um ein Gespräch mit ihm zu beginnen.

»Wie geht es dir denn? Wie war dein Wochenende bislang?« Julius hatte offenbar keine Schwierigkeiten damit, ein Gespräch in Gang zu bringen.

»Ich hab ein Referat vorbereitet, das ich nächste Woche halten muss«, berichtete ich.

»Worüber wirst du sprechen?«

»Über Kompromissschließungen in multikulturellen Partnerschaften.«

Julius sah mich überrascht an. »Wow! Tolles Thema. Bist du durch den Aufsatz von neulich darauf gekommen?«

»Nicht nur. Hauptsächlich wegen meiner Eltern«, erklärte ich kurz.

»Stimmt, du bist Halb-Dänin, das hast du erzählt.«

Ich war überrascht, dass er sich das gemerkt hatte, und nickte. »Ja, meine Mutter ist Dänin. Ich bin aber in Deutschland aufgewachsen. Nur in den Ferien bin ich ziemlich oft in Dänemark und besuche meine Familie.«

»Ich war noch nie dort.«

»Dann hast du etwas verpasst. Es ist richtig schön.«

Er schmunzelte und seine Augenbrauen legten sich in Wellen. »Glaubst du nicht, dass du voreingenommen bist?«

»Möglich«, gab ich zu. »Aber da du noch nicht dort warst, kannst du schlecht das Gegenteil behaupten.«

Er lachte. »Der Punkt geht an dich.«

Wir schwiegen eine Weile. Bislang hatte er nur mich ausgefragt, selbst aber noch nichts erzählt. »Und du? Warst du wieder in der Klinik?«

»Nein, ich musste ein paar Unterlagen für meine Famulatur im Sommer vorbereiten.«

Julius steuerte nun auf ein Lokal zu, dessen Fachwerkfassade efeubehangen war. Ich war schon ein paar Mal mit dem Fahrrad durch die Gasse gefahren, hatte aber nie genauer auf dieses Haus geachtet. Es reihte sich ein in die urige Umgebung und fiel daher nicht weiter auf. Doch jetzt besah ich es mir genauer und es gefiel mir direkt. *Loge* stand auf dem Schild über dem Eingang, der aus einer Glastür hinter einem geöffneten geschwungenen Holzportal bestand. Der Name ergab in der Nähe des Theaters durchaus Sinn. Die Einrichtung wirkte nicht übermäßig edel, machte dem Namen des Lokals aber alle Ehre. Die Tische standen jeweils in kleinen Bereichen, die mit Balustraden voneinander abgetrennt waren, und so wie Logen wirkten. In den Ecken waren Vorhänge angebracht, die an die eines Theaters erinnerten. An den Wänden hingen gerahmte und teilweise signierte Plakate verschiedener Theaterproduktionen.

»Wow, cool!«

»Bist du noch nie hier gewesen?«

Ich schaffte es nur, den Kopf zu schütteln, denn ein Kellner kam auf uns zu und begrüßte uns.

»Guten Abend, Lauburg, ich hatte reserviert.«

Überrascht sah ich von Julius zu dem Kellner, der uns zu einem Zweiertisch in einer Ecke führte. Dass Julius sich die Mühe gemacht hatte, ein Lokal auszusuchen und sogar zu reservieren, war mir fast unangenehm. Er hatte sich offenbar Gedanken gemacht, wie es schön werden könnte. Meine Überlegungen von vorhin, welche Jacke ich anziehen sollte, kam mir nun lächerlich und irgendwie egoistisch vor.

Julius blieb neben mir stehen, während ich den Reißverschluss meiner Jacke aufzog. Wollte er sich setzen? Oder stand ich ihm etwa im Weg? Erst als er mir seine Hand entgegenstreckte, begriff ich, dass er mir meine Jacke abnehmen wollte. Solche Zuvorkommenheit hatte ich noch nie erlebt und ich lächelte verlegen. Julius hängte unsere Jacken an einen Garderobenständer nahe unserem Tisch, setzte sich mir gegenüber und schob die Ärmel seines Pullovers ein Stück über das Handgelenk. Der Kellner brachte uns unterdessen die Speisekarten und zündete die Kerze in der Tischmitte an.

»Heute kann ich Ihnen besonders unseren Schafskäse mediterraner Art empfehlen und dazu einen trockenen Riesling.«

Ich fing Julius' Blick über den Rand der Speisekarte hinweg ein.

»Möchtest du einen Wein trinken?«

»Ich muss nachher noch fahren. Nicht, dass mir wieder so ein Malheur passiert«, überlegte ich laut.

Julius schmunzelte. »Das wäre schade.«.

Ich musste ebenfalls lächeln. Unser Zusammenstoß in der Hofeinfahrt vom *Ring* war mir nur zu gut in Erinnerung. Ihm offenbar auch. Aber bis ich wieder aufs Fahrrad stieg, würde sicher noch etwas Zeit vergehen und ein Glas Wein würde wohl keinen großen Schaden anrichten.

»Einen Wein trinke ich mit«, sagte ich also.

Julius bestellte für uns beide Weißwein und eine Flasche Wasser dazu und schließlich gaben wir auch unsere Bestellungen fürs Essen auf. Ich entschied mich für den empfohlenen Schafskäse, Julius bevorzugte einen mediterranen Salat. Als Hauptspeise würde es für uns beide Fisch geben. Mit einem kurzen, festen Blick gab Julius dem Kellner die Speisekarte zurück und zog seine Pulloverärmel wieder zurück über die Knöchel seines Handgelenks. Ihm war doch nicht etwa kalt geworden? Nein, das konnte nicht sein. Er faltete seine Hände und legte sie vor sich auf dem Tisch ab, genau mittig zwischen Kerze und Tischkante. Es wirkte beherrscht, aber nicht steif, und es faszinierte mich. Unwillkürlich fiel mir Uli wieder ein. Er war zwar auch immer locker gewesen, aber nie so kontrolliert wie Julius. Auch seine Art, mich anzusprechen und zu behandeln, war so ganz anders als alles, was mir je begegnet war. Mir war durchaus aufgefallen, dass er mich gerade nicht gefragt hatte, auf welche Art von Essen ich Lust hätte. Aber an seiner Seite fühlte ich mich hier wohl. Julius hatte instinktiv das richtige Restaurant ausgesucht und ich freute mich, dass ich dank ihm nun ein neues Lokal kennenlernte.

»Eigentlich ist das schon verrückt«, sagte ich, nachdem wir den ersten Schluck Wein probiert hatten. »Wir haben uns verabredet, obwohl wir bislang hauptsächlich aneinandergeraten sind. Entweder hab ich dich umgerannt oder du mich erschreckt.«

Julius lächelte amüsiert. »Das haben wir ja heute bislang ganz gut vermieden. Offenbar bist du nicht ständig auf Kollisionskurs und ich bin nicht komplett furchteinflößend.«

Kollisionskurs, na großartig! Aber ich musste zugeben, dass er nicht ganz unrecht hatte. Wirklich kontrolliert war ich bei unseren diversen Zusammenstößen nicht gewesen.

»Wolltest du eigentlich immer schon Medizin studieren?«, fragte ich ihn, um das Thema zu wechseln.

»Ja«, antwortete Julius. »Etwas anderes stand für mich nie zur Diskussion.«

Verwundert registrierte ich, wie sich seine Gesichtsmuskeln anspannten und sein Blick fester wurde. Ob er mit meiner Frage nicht einverstanden war? Ich hatte ihn nicht angreifen wollen. Hatte ich während unseres Gesprächs beim Joggen nicht schon deutlich gezeigt, dass es mich interessierte, was er machte? »Entschuldige, das sollte kein Vorwurf sein.«

Julius öffnete die Hände und seine Gesichtszüge wurden wieder weicher. Er wirkte beinahe betroffen.

»Das habe ich auch nicht so verstanden. Ich finde es nur merkwürdig, dass ich das gefragt werde. Für mich war es immer klar und ich vergesse dabei, dass andere Leute länger darüber nachdenken, ob und was sie studieren wollen.«

So wie ich. Meine Studienwahl konnte ich bis heute nicht mit einem ausdrücklichen Berufswunsch begründen. Mich hatten einfach die Inhalte angesprochen, was später kam, würde ich dann sehen.

Plötzlich kam mir ein Gedanke. Ich erinnerte mich an Julius' erstes Auftreten im *Ring* an Bastis Geburtstag und an vorige Woche, als er wieder mit seinen Freunden im *Ring* gewesen war.

»Warum nennen deine Freunde dich Prinz Poldi?«

Julius stützte stöhnend den Kopf in die Hände. »Ich hatte gehofft, diese Frage bliebe mir erspart.«

Ich biss mir auf die Lippe. Da hatte ich wohl unwissentlich einen wunden Punkt erwischt. »Na ja, du musst nicht drüber sprechen, wenn du nicht willst.«

Julius aber schüttelte den Kopf und wirkte fast gelangweilt.

»Ach, was soll's? Warum solltest du es nicht wissen? Im Grunde genommen nennt mich nur Basti so. Er hat manchmal Spaß daran, auf meinem adeligen Namen herumzureiten.«

»Auf deinem adeligen Namen?«

Julius zuckte gleichgültig die Schultern. »Ja. Wenn du es genau wissen möchtest: Mein vollständiger Name lautet Leopold-Heinrich Julius Maximilian Prinz von Lauburg zu Hohenstein.«

Verblüfft starrte ich ihn an. Meinte er das ernst?

»Das ist ein Scherz, oder?«

Julius schüttelte den Kopf. »Ich fürchte nicht. Eher eine Art Geburtsfehler.«

»Auch das mit dem Prinzen?«, hakte ich nach.

Seufzend zog Julius seine Brieftasche hervor und hielt mir ein paar Sekunden später seinen Ausweis unter die Nase. Wort für Wort las ich den langen Namen. Das war ein Beweis. Glauben konnte ich es trotzdem nicht.

»Und warum hast du dann hier nur auf den Namen Lauburg reserviert?«, wollte ich wissen.

»Weil lange Namen furchtbar sind. Außerdem verfallen die meisten normalen Menschen immer in eine Art Schockstarre, wenn man sich als Prinz von und zu vorstellt.«

Julius senkte den Blick und steckte eine Tomate auf seine Gabel. Er nahm das Messer zur Hand und schob etwas Feta dazu. Aber anstatt zu essen, ließ er die Gabel wieder auf den Tellerrand sinken und sah mich ruhig an. Das Lächeln war aus seinem Gesicht verschwunden. Dafür flackerte wieder eine Spur von Unsicherheit in seinem Blick.

Tausend Fragen schossen durch meinen Kopf, aber ich war mir nicht sicher, ob ich sie Julius wirklich stellen sollte, da ihm dieses Thema offenbar unangenehm war. Und das beschäftigte mich eigentlich noch viel mehr. Warum mochte er seinen Namen nicht?

»Siehst du?«, durchbrach Julius schließlich mein Schweigen, »das meine ich. Entweder fangen die Leute an, ganz aufgeregt über den deutschen und europäischen Adel zu sprechen, oder sie verstummen. Du gehörst wohl zur zweiten Kategorie.«

»Tut mir leid, ich bin gerade nur so überrascht«, gab ich zu, während ich verzweifelt überlegte, wie ich geschickt das Thema wechseln könnte. Ich wollte, dass Julius wieder lächelte. Seine stille Miene machte mich nervös.

»Bist du denn nicht stolz auf deine Familie und deine Herkunft?« Zu spät bemerkte ich, dass ich damit keineswegs die Richtung des Gesprächs geändert hatte.

Julius lachte spöttisch. »Für meine Herkunft kann ich nichts, das haben meine Eltern zu verantworten. Natürlich bin ich stolz auf meine Familie, keine Frage. Aber das wäre ich auch, wenn ich Arbeiterkind wäre oder einen Migrationshintergrund hätte.«

Ich kaute verlegen auf meiner Unterlippe. Er hatte mit ruhiger Stimme gesprochen, auch wenn ihm anzusehen war, dass er ein wenig verärgert war. Doch auch jetzt war mir seine gewählte Ausdrucksweise nicht entgangen. Julius hatte eindeutig eine diplomatische Ader. Die, die er bei mir bemängelt hatte, als ich im Hof über Uli schimpfte.

»Aber dein Verhalten ist auf jeden Fall sehr prinzenmäßig«, sagte ich in einem hilflosen Versuch, ihn wieder versöhnlich zu stimmen.

Das amüsierte Lächeln machte sich wieder auf seinem Gesicht breit. »Mehr Prinz oder eher mäßig?«, wollte er wissen.

»Enttäuscht es dich, wenn ich mehr Prinz sage?«, fragte ich vorsichtig.

Julius lachte leise und sah auf seine Hände. »Wenn es ein Kompliment ist, dann nicht.«

»Dann nimm es als solches«, erwiderte ich und trank den letzten Schluck Wein aus meinem Glas.

»Vielen Dank«, meinte Julius. »Ich hoffe nur, dass es nicht dabei bleibt. Normalerweise spricht man heutzutage bei Verabredungen nicht unbedingt über veraltete Titel, sondern über andere Dinge.«

Das war ein überdeutlicher Wink mit der Bahnschranke. Ein Themenwechsel war angesagt. Zum Glück brachte der Kellner in diesem Moment auch die Hauptspeise.

»Okay, also, was machst du sonst so, wenn du nicht studierst?«, fragte ich, sobald wir den ersten Bissen probiert hatten.

Julius sah mich ein wenig überrascht an. Offensichtlich hatte er nicht mit einer solch raschen Wendung gerechnet.

»Wenn ich nicht studiere, sprich Hobbys?«, fragte er.

Ich öffnete meine Hände zu einer einladenden Geste. Er verstand, räusperte sich, faltete seine Serviette zusammen und legte sie neben seinen Teller.

»Ich spiele gern Klavier«, verriet er mir. »Zurzeit komme ich leider nicht so oft dazu wie früher.«

»Seit wann spielst du schon?«

»Ich habe in der Grundschule angefangen und täglich gespielt. Jetzt bin ich froh, wenn ich es am Wochenende hin und wieder schaffe, ein paar Fingerübungen zu machen.«

Ich wusste nicht, was ich sagen sollte. Klavier spielten ja irgendwie alle irgendwann einmal in ihrem Leben. Ich hatte selbst einige Jahre Klavierunterricht genommen, aber einfach kein Talent dafür gehabt. Vielleicht war mir damals mein Sport zu wichtig gewesen. Aber Julius schien auch hier einen besonderen Anspruch an sich selbst zu haben. Fingerübungen und Etüden hatte ich damals gehasst. Julius schien sie zu mögen.

»Und du?«

»Ich spiel kein Klavier mehr. Irgendwie hat es mit uns nie so richtig funktioniert. Ich hab mich aufs Singen verlegt.«

Julius sah mich bedauernd an. »Dabei ist Klavier ein schönes Instrument.«

»Es klingt auch schön, aber nicht, wenn ich darauf spiele«, griff ich Julius' Kommentar wieder auf.

»Singen ist auch wunderschön. Bist du im Chor?«

Ich nickte. Er fragte mich nach meinen anderen Hobbys und ich erzählte ihm von meiner Leidenschaft fürs Klettern.

»Das stelle ich mir etwas unheimlich vor, mich nur auf dieses Seil zu verlassen.«

»Nicht nur auf das Seil«, widersprach ich, »vor allem auch auf deine Seilschaft. Und du musst dir selbst vertrauen können, deinen Körper gut kennen.«

Julius sah mich aufmerksam an und nickte langsam. »Klingt nach einem sehr fordernden Sport.«

»Ist es.«

Der Kellner trug zwei Dessertteller an den Tisch neben uns. Julius warf mir einen fragenden Blick zu. »Magst du noch einen Nachtisch?«

Wir bestellten jeder eine kleine Portion Eis mit Sahne, und während der Kellner davonging, um die Bestellung in der Küche aufzugeben, sah ich Julius fragend an.

»Hast du Geschwister?«

Vielleicht ein etwas abrupter Themenwechsel, aber über das Klettern hätte ich nun nur noch fachsimpeln können. Der Kellner brachte unser Eis und ging nach einer kurzen Verbeugung wieder davon.

Julius senkte den Kopf und als er wieder aufsah, tanzte der Schein der Kerze in seinem Blick. Dieses Lichtspiel ließ ihn verletzlich wirken, doch seine

Stimme klang ruhig wie zuvor, als er mir antwortete.

»Ja, eine ältere Schwester. Katharina ist Landschaftsarchitektin.«

Ich bestätigte seine Frage, ob auch ich Geschwister habe, und erzählte von meinem älteren Bruder Sören, der letztes Jahr mal wieder sein Studienfach gewechselt hatte und nun davon überzeugt war, mit Materialwissenschaften das richtige Fach gefunden zu haben. Aufmerksam hörte Julius mir zu. Er hatte sein Eis rasch aufgegessen, während ich gegen eine Kugel Erdbeer und die Enge in meinem Magen ankämpfte.

»Ich fürchte, ich kann nicht mehr«, gestand ich bedauernd und schob den Eisbecher ein Stück von mir weg. »Ich brauch entweder eine Pause bis morgen oder einen Verdauungsspaziergang.«

»Vermutlich wird das Eis das Ende beider Optionen nicht in seinem jetzigen Zustand überstehen.«

»Dann muss ich wohl darauf verzichten. Aber jetzt geht wirklich nichts mehr.«

Als der Kellner das nächste Mal an unserem Tisch vorbeiging, nickte er Julius kurz verständig zu und brachte kurz darauf ein dunkles Rechnungsbuch, ohne dass Julius ihm etwas gesagt oder ihm zugewinkt hätte. Mir jedenfalls war nichts aufgefallen, obwohl doch ich durch meinen Job eigentlich darauf geeicht war, winzige Gesten zu sehen.

Ich machte Anstalten, mein Portemonnaie hervorzuziehen, aber Julius warf mir einen leicht strengen Blick zu und schüttelte bestimmend den Kopf.

»Der Gentleman zahlt«, sagte er sanft.

Ich fuhr zusammen. Seine Worte erinnerten mich an meine letzte Verabredung mit Uli. Auch er hatte sich nach unserem Brunch als Gentleman bezeichnet und die Rechnung gezahlt, nur um wenige Tage später zu beweisen, dass er alles andere als ein Gentleman war. Obwohl mir Julius an diesem Abend bislang keinen Grund zur Sorge gegeben hatte, meldete sich nun doch wieder diese beunruhigende Stimme in meinem Hinterkopf, die mir eindringlich zuflüsterte, auf der Hut zu sein.

»Kannst du das nicht anders formulieren?«, bat ich.

Julius schmunzelte. »Wie hättest du es denn gern? Die Dame zahlt nicht oder du bist eingeladen?«

»Letzteres gefällt mir besser«, antwortete ich einigermaßen erleichtert. »Danke.«

Julius schob ein paar Geldscheine in das Rechnungsbuch, klappte es zu und legte es auf die Tischkante. Dann stand er auf, zog sich sein Jackett wieder an und nahm meinen Anorak von der naheliegenden Garderobe. Geduldig wartete ich darauf, dass er zurück an den Tisch kam und mir die Jacke hielt, damit ich sie problemlos anziehen konnte. Nicht, dass ich das nicht auch selbst gekonnt hätte, aber ich wollte ihm ungern in seinem Gentleman-Spiel dazwischenfunken. Als er mir beim Hinausgehen jedoch wieder die Glastür aufhielt und dann direkt an mir vorbeiging, um das Holzportal, das bereits geschlossen war, zu öffnen und mir ebenfalls aufzuhalten, ging mir auf, dass er den Gentleman nicht spielte, sondern dieses Verhalten die größte Selbstverständlichkeit für ihn war. Im Gegensatz zu Uli wirkte es bei Julius echt und keineswegs aufgesetzt.

Wir schlenderten durch die dunklen Gassen zurück zum Schloss und machten einige Umwege durch Nebenstraßen, sahen in Schaufenster und tauschten uns dabei über unsere Studienfächer, Lernpläne und Freizeitaktivitäten aus. Julius gestand mir, dass er öfter joggen gehen wollte, aber seinen inneren Schweinehund nicht überwinden konnte.

»Du musst einfach loslaufen«, sagte ich lachend. Mir war es mittlerweile zur Gewohnheit geworden, mir einen Wecker zu stellen und die Unisachen zur Seite zu legen.

»Ich finde leider immer etwas, das ich für die Uni machen muss. Oder für meine Doktorarbeit«, entgegnete Julius. »Meistens denke ich, dass ich ja immer noch laufen gehen kann, und dann ist es plötzlich dunkel und ich bin müde vom Lernen.«

»Das heißt, du brauchst jemanden, der dich abholt und mitnimmt?«

»Sozusagen ...«

Die Straßen waren mittlerweile verlassen und hinter den wenigsten Fenstern brannte noch Licht. Wir kamen an einem Schaufenster vorbei, in dem eine große Digitaluhr leuchtete, es war bereits nach Mitternacht. Mir war nicht aufgefallen, wie die Zeit vergangen war, und ich verspürte noch nicht die geringste Lust, unseren Spaziergang zu beenden. Mich durchfuhr es jedoch eiskalt, als ich aufsah und erkannte, wo wir uns befanden. Ohne dass ich es bemerkt hatte, waren wir zum botanischen Garten gegangen und standen nun im Dunkeln vor einem der Gewächshäuser. Ich wollte es nicht, aber ich erinnerte mich an das letzte Mal, als ich hier gewesen war. Mit Uli.

Er hatte mich in den Arm genommen und geküsst und ich hatte in dem Moment wirklich geglaubt, dass wir eine gemeinsame Zukunft haben könnten, selbst wenn ich nach Dänemark ging. Dass er mitkommen würde. Meine Kehle schnürte sich zu und meine Augen brannten. Es war zum Verzweifeln. Ich konnte nicht einmal einen entspannten Abend mit Julius verbringen, ohne dass Uli sich in mein Denken schlich und mir alles versaute. Diese Stadt war ein Minenfeld. Überall würde ich gemeinsame Erinnerungen mit Uli finden. Es war höchste Zeit, dass ich ihn vergaß, oder noch besser andere Erinnerungen schuf.

Ich bohrte meine Fäuste tief in meine Jackentaschen und streckte den Rücken durch, wobei ich Julius' Arm streifte.

»Malene, ist alles in Ordnung?«

Was sollte ich ihm darauf antworten? Ich konnte Julius bei unserem ersten Date schlecht von Uli vorjammern. Außerdem wollte ich nicht über ihn reden. Ich wollte nicht mehr an ihn denken. Ich wollte einfach den Abend genießen.

»Schon gut.«

Julius musterte mich, im Dunkeln konnte ich seinen Blick jedoch schlecht deuten. Er sagte nichts, sondern setzte sich langsam wieder in Bewegung und lenkte unseren Weg wieder aus dem botanischen Garten hinaus. Schließlich standen wir wieder vor dem Schloss, wo ich mein Rad zurückgelassen hatte.

»Wo musst du jetzt lang?«, fragte Julius mich, als ich den Fahrradschlüssel aus meiner Handtasche zog.

»Richtung Süden, zur Gebbertstraße. Und du?«

»Zum Albertus-Magnus-Wohnheim.«

»Du wohnst im Studentenwohnheim?«, entfuhr es mir. Mist, damit spielte ich schon wieder auf seinen adeligen Namen an!

»Ja. Eigentlich wollte ich meinen Herrensitz hier aufbauen, aber es waren leider keine Grundstücke mehr in Uninähe frei.«

»Sorry«, murmelte ich zerknirscht.

»Vergiss es«, wehrte er ab. »Ich bringe dich noch heim.«

»Ich hab doch ein Rad.«

»Es ist zwei Uhr, da lasse ich dich nicht allein nach Hause gehen«, widersprach Julius. Von meinen Einwänden, meine WG und sein Wohnheim lägen in völlig entgegengesetzter Richtung, wollte er nichts hören.

»Mich klaut schon keiner«, sagte er, nachdem ich dennoch besorgt angemerkt hatte, dass er dann schließlich den ganzen Weg zu Fuß zurückgehen müsste.

»Aber mich?«, fragte ich gespielt gekränkt. »Wer mich klaut, bringt mich ganz schnell wieder freiwillig zurück.«

»Ich würde dich nicht zurückgeben.«

»Ha, das sagst du jetzt. Du kennst mich noch nicht lang genug.«

»Das würde ich gern ändern«, sagte Julius und nahm mir mein Fahrrad aus den Händen, sodass ich keine Gelegenheit hatte, auf diese Aussage einzugehen.

»Du weißt schon, dass das mein Rad ist?«

Julius nickte. »Bleibt es auch. Ich wollte es auch bloß für dich schieben.«

Es war wunderschön, neben Julius durch die nächtliche Stadt zu gehen. Auf dem größten Teil des Weges begegneten wir keiner Menschenseele, was zu dieser Zeit auch nicht weiter verwunderlich war. So hatten wir genug Ruhe, unser Gespräch fortzusetzen. Wir gerieten ins Philosophieren über Glück, Zufall und Bestimmung und diskutierten darüber, in welche Kategorie unser Zusammentreffen einzusortieren war. Ich war von Bestimmung nicht richtig überzeugt, Julius hingegen weigerte sich an Zufall zu glauben.

»Dann bleibt ja nur noch Glück«, schlussfolgerte ich.

»Da hätte ich nichts dagegen«, sagte Julius. Und obwohl ich sein Gesicht nicht sah, wusste ich, dass er wieder lächelte.

»Oder anders gesagt: Es war bestimmt ein ziemlich glücklicher Zufall.«

Julius lachte. »Auch nicht schlecht.« Sein Grinsen konnte ich dieses Mal gut sehen, da wir genau unter einer Straßenlaterne standen.

Mehrere Male versicherte ich ihm, ich könne mein Fahrrad durchaus selbst schieben, zumal es nun doch recht kalt war und Julius im Gegensatz zu mir keine Handschuhe dabeihatte. »Ich weiß, dass du das kannst. Aber du musst nicht«, erwiderte er. Erst, als wir vor der Hofeinfahrt meiner WG ankamen, überließ er mir mein Rad wieder und folgte mir in den Hof.

»Das war ein wunderschöner Abend«, sagte ich, als ich mein Fahrrad angeschlossen hatte.

»Fand ich auch. Danke.«

Ein wenig verlegen darüber, dass er sich bei mir bedankte, strich ich mir eine Haarsträhne hinters Ohr. »Ich habe zu danken.«

»Es war mir ein Vergnügen«, erwiderte Julius. »Das können wir gern wiederholen.«

»Ja, das wäre schön. Sehen wir uns Donnerstag in der Mensa?«

»Warum nicht? Um eins?«

»Schön. Dann schlaf gut.«

Ich machte einen Schritt auf ihn zu und nahm ihn zum Abschied in den Arm. Es war nur eine kurze Umarmung, die er auch erwiderte, doch es wirkte seltsam steif. Kaum hatten seine Arme mich umschlossen, zog Julius sich auch schon wieder zurück und brachte einen halben Meter Abstand zwischen uns. Er senkte den Blick und ließ die Schultern hängen. Hatte ich ihn überrumpelt? Wollte er nicht umarmt werden? Ich hatte mir nichts weiter dabei gedacht und war nur meiner Gewohnheit gefolgt. Von Kommilitoninnen und Kommilitonen verabschiedete ich mich oft mit einer kurzen Umarmung, wenn wir ein paar Stunden miteinander verbracht hatten. Ich hätte nicht damit gerechnet, dass es für Julius problematisch sein könnte. Oder interpretierte ich sein Verhalten falsch?

»Ich …«, fing ich an, ohne zu wissen, was ich eigentlich sagen wollte. Ob ich überhaupt etwas sagen wollte oder sollte.

Julius sah auf. »Du auch.«

Es dauerte ein paar Sekunden, bis ich begriff, dass er damit auf meinen letzten Satz Bezug nahm. Gut, damit war der Moment wohl vorbei.

»Komm gut nach Hause.« Ich flüsterte, weil ich ihn nicht noch mehr erschrecken wollte. Er lächelte und sah nicht so aus, als würde er mir die Umarmung übelnehmen.

»Gute Nacht.«

Ich nickte nur zur Antwort und ging die drei Treppenstufen zur Haustür hinauf. Während ich den Schlüssel herumdrehte, sah ich mich noch einmal nach Julius um. Er stand regungslos da, lächelte mich an und wartete, bis ich die Tür aufgeschlossen hatte. Ich lächelte zurück, winkte noch einmal kurz und hastete die Treppe hinauf zu unserer WG. Ich lief direkt in mein Zimmer, dessen Fenster zur Straße hinausging. Julius kam aus der Hofeinfahrt und ging zügigen Schrittes die Straße hinunter. Nachdenklich sah ich ihm nach. Der Abend war wunderschön gewesen und ich freute mich ehrlich darauf, Julius am Donnerstag wiederzusehen. Doch seine Abwehrreaktion vorhin wusste ich nicht einzuordnen. Ob er genauso verletzt worden war wie ich?

10.
Kapitel

E *in Klopfen weckte mich am nächsten Morgen* und entriss mich einem entspannenden, traumlosen Schlaf. Ich blinzelte gegen das Sonnenlicht, das durchs Fenster auf meine Bettdecke fiel. Wilma steckte ihren Kopf durch den Türrahmen und sah ins Zimmer.

»Lene? Alles okay mit dir?«

Ich verschränkte die Arme hinter meinem Kopf. »Mir ging's noch nie besser.«

»Und warum liegst du dann um halb eins noch immer im Bett?«, fragte Wilma und setzte sich auf meine Bettkante.

»Muss man krank sein, um im Bett liegen zu dürfen?«

Meine beste Freundin ging nicht darauf ein, sondern ließ ihren Blick durch das Zimmer schweifen. Sie machte es sich am Fußende meines Bettes bequem und sah mich neugierig an.

»Erzähl, wie war's gestern?«

»Wunderschön. Wir waren essen und einen Wein trinken und hinterher noch spazieren.«

»Oh Mann, bitte nicht so viele Details!« Wilma verdrehte die Augen gen Zimmerdecke. »Was habt ihr euch erzählt? War es romantisch oder eher zum Abgewöhnen?«

Ich sah meine beste Freundin irritiert an. Wie kam sie auf die Idee, mein

Treffen mit Julius hätte schrecklich sein können? Trotz meiner Erinnerungs-fetzen an Uli und der seltsamen Verabschiedung hatte ich den Abend als wunderschön empfunden. Aber ob romantisch das richtige Wort war? Ich dachte an seine Blicke und Gesten zurück. Er war freundlich und zugewandt gewesen. Definitiv interessiert. Aber ich hatte nicht den Eindruck gehabt, als würde er eindeutige Interessen verfolgen, auch wenn er mir auf dem Heim-weg gesagt hatte, dass er mich nicht mehr hergeben würde.

»Es war einfach ein schöner, entspannter Abend.«

»Okay«, sagte Wilma und zog die zweite Silbe in die Länge. »Das ist ja schön.« Sie nickte in Richtung meines Kleiderschranks. »Und, was meinst du? Prinzenpotential?«

Erst jetzt, da sie es sagte und ich auf die Postkarte an meinem Schrank sah, fiel mir wieder ein, was Julius mir gestern offenbart hatte. Ich war von einem richtigen Prinzen eingeladen worden. Irgendwie kam mir das jetzt noch viel abgefahrener vor als gestern Abend.

»Im wahrsten Sinne des Wortes, abgesehen vom Pferd«, antwortete ich auf Wilmas Frage.

»Wie bitte?«

Am liebsten hätte ich mir auf die Zunge gebissen und den letzten Satz wie-der gestrichen, aber meine beste Freundin sah mich erwartungsvoll an.

»Was meinst du damit: Im wahrsten Sinne des Wortes?«

Warum musste sie nur so verdammt gute Ohren haben?

»Hm?« Wilma gab nicht auf.

»Julius ist ein echter Prinz.«

Fassungslos sah Wilma mich an. »Nicht dein Ernst!«

»Doch«, murmelte ich. »Aber sag das bloß keinem, bitte. Julius hält das lieber geheim.«

»Du bist lustig! Wie kannst du glauben, dass ich so eine Nachricht für mich behalten kann? Ein echter Prinz, das ist doch Wahnsinn!«

»Ja, schon irgendwie. Aber du musst es trotzdem nicht herumposaunen. Tu einfach so, als wüsstest du von nichts.«

»Das wird mir nicht leichtfallen.«

»Das ist egal. Du musst dichthalten. Sonst muss ich dich fesseln und kne-beln und dich auf Entzug setzen, was Arztserien betrifft.«

Wilma riss die Augen auf. »Das ist eine harte Strafe. Dann weiß ich lieber von nichts. – Wobei, ich hab gerade eh keine Zeit für Serien. Erzählst du mir noch ein bisschen mehr?« Ihre erschrockene Miene wich einem treuen Rehblick.

»Ich dachte, du weißt von nichts? Ich übrigens auch nicht.« Lachend stand ich endlich auf und lief ins Bad, um zu duschen, bevor Wilma protestieren konnte.

Bis Donnerstag sah und hörte ich nichts von Julius. Er kam nicht ins *Ring* und auch in Wilmas Histologie-Kurs war er überraschenderweise nicht anwesend, wie sie mir erzählte. Mit Mühe widerstand ich der Versuchung, ihn erneut in den Social Media zu suchen. Dass er nicht in Friedhelms Kneipe gekommen war, konnte ich verstehen, aber dass er nicht im Histo-Kurs gewesen war, machte mir Sorgen. Er war doch wohl nicht krank geworden?

Warum hatten wir am Samstag nur unsere Nummern nicht ausgetauscht? Allerdings musste ich mir bei all meiner Frustration über dieses Versäumnis eingestehen, dass ich auch eine gewisse Hemmung verspürte, ihn anzurufen, selbst wenn ich seine Nummer gehabt hätte. Vielleicht wäre ihm das ja gar nicht recht gewesen. Genauso wenig wie die Umarmung zum Abschied. Ich war mir mittlerweile fast sicher, mit meiner Geste bei Julius versehentlich eine unausgesprochene Grenze überschritten zu haben. Diesen Fehler wollte ich nicht noch einmal begehen. Er hatte mir in keinem Moment das Gefühl gegeben, mir in seiner Gegenwart Sorgen machen zu müssen. Diese Sicherheit wollte ich ihm auch gern vermitteln. Ich wollte, dass er okay war.

Einigermaßen nervös stand ich am Donnerstag vor der Mensa und ließ meinen Blick über den Vorplatz schweifen, wo Studierende hin und her wuselten, Fahrräder abstellten, in der Sonne saßen und Gespräche führten. Es kam mir vor wie ein großer Ameisenhaufen. Hoffentlich würde ich Julius nicht übersehen. Leonie und Wilma hatten zunächst darauf spekuliert, mit Julius und mir gemeinsam zu essen. Zumindest für Leonie wäre es schließlich auch nicht das erste Mal gewesen. Doch als Julius um fünf vor eins noch nicht da war, siegte bei Wilma der Hunger und sie schleifte Leonie mit ins Innere des Gebäudes. Nun beobachteten sie mich von ihrem Fensterplatz aus, wie ich nach einem kurzen Blick in ihre Richtung feststellte. Besorgt sah ich auf meine Uhr. Es war bereits fünf nach eins. Vielleicht war Julius wirklich krank. Oder hatte er unsere Verabredung vergessen? Wollte er mich doch nicht noch einmal sehen? Mein Herz schlug unwillkürlich schneller, als mich diese Möglichkeit überfiel und sich brennende Enttäuschung in mir ausbreitete. Ich sah zu Leonie und Wilma. Vielleicht sollte ich ihnen Gesellschaft leisten. Gerade als ich mich zum Gehen wandte, hastete Julius über den Vorplatz der Mensa.

»Malene, warte!« Atemlos blieb er vor mir stehen.

Eine Welle der Erleichterung durchflutete mich und vertrieb Stück für Stück die Enttäuschung. Er hatte mich nicht vergessen und war auch nicht krank. Er stand hier vor mir und blickte mich aus seinen dunklen Augen an.

»Entschuldige, dass du warten musstest. Unser Professor hat maßlos überzogen.«

»Du hast Glück, ich wollte gerade zu Wilma und Leonie rein«, sagte ich.

»Tut mir wirklich leid.« Er hielt mir die Tür zur Mensa auf und ließ mich eintreten.

Wir reihten uns ein in die Schlange vor der Essensausgabe, jeder mit einem Tablett ausgestattet. Es gab indisches Curry, für das wir uns beide entschieden.

»Wie war deine Woche?«, wollte Julius wissen, während wir nach freien Plätzen suchten. Aus den Augenwinkeln sah ich wie meine Mitbewohnerinnen die Hälse reckten, und lenkte Julius sanft in die entgegengesetzte Richtung.

»Hast du dein Referat schon gehalten?«

Ich nickte. »Ja, gestern. Ist ganz gut gelaufen.«

Abgesehen davon, dass ich mir die ganze Zeit über vorgestellt hatte, Julius säße mit im Plenum und hörte mir zu. Dementsprechend konnte ich mir ein Lächeln nicht verkneifen. Dies wiederum hatte ein Kommilitone zum Anlass genommen, mir seine Handynummer auf einen Zettel zu kritzeln und zu fragen, ob wir mal zusammen was trinken gehen.

»Und bei dir?« Ich stellte mein Tablett auf einen freien Tisch und schob einige Flyer zur Seite. Julius nahm den Platz mir gegenüber ein.

»Sehr gut. Ich hatte am Dienstag ein Gespräch mit meinem Doktorvater.«

Ich verkniff mir ein Lachen. Dass das Studium bei ihm auch immer an erster Stelle kam! Allerdings hatte ich in den letzten Tagen auch nicht besonders viel Freizeit gehabt, über die ich hätte erzählen können.

»Und was hat er gesagt?«

»Zur Arbeit selbst noch nicht so viel, da bin ich auch noch nicht so weit. Aber er hat mir ein sehr gutes Fachbuch für die Hintergrundrecherche mitgegeben.«

Als ich das Leuchten in seinen Augen sah, musste ich doch lachen.

»Was ist los?«

»Es ist faszinierend, wie sehr du dich über Fachliteratur freust.«

»Du etwa nicht? Das Buch ist richtig gut, ich habe es schon fast komplett durchgearbeitet.«

Ob er deswegen nicht bei Wilmas Histo-Kurs gewesen war? Ich behielt diese Überlegung für mich. Julius sollte nicht den Eindruck bekommen, dass ich ihn kontrollierte. Er hatte sicherlich gute Gründe gehabt.

»Was machst du am Wochenende?« Ich wollte nicht direkt fragen, ob wir wieder etwas gemeinsam unternehmen sollten.

»Ich fahre heim zu meinen Eltern.«

Es überraschte mich, dass mich diese Antwort ein wenig enttäuschte. Ich hatte mir selbst noch keine Gedanken über das Wochenende gemacht, und vielleicht war es auch zu viel, wenn Julius und ich wieder gemeinsam Zeit verbrachten. Aber die nun nicht gegebene Option, etwas mit ihm unternehmen zu können, und wenn es nur eine kurze Joggingrunde war, nahm den nahenden freien Tagen einen gewissen Reiz.

»Meine Nachbarn im Wohnheim feiern am Wochenende Flurfest, das dauert erfahrungsgemäß bis spät in die Nacht. Aber ich muss dringend lernen. Dafür habe ich bei meinen Eltern viel mehr Ruhe.«

Es klang wie eine Entschuldigung. Hatte er meine Enttäuschung bemerkt? Ging es ihm ähnlich? Ich hätte ihn einfach fragen können. Doch es kam mir unpassend vor.

»Ich könnte auch langsam anfangen zu lernen. Lang ist es bei mir auch nicht mehr, bis zu den ersten Klausuren«, sagte ich stattdessen und ärgerte mich im gleichen Moment, dass mir nichts Besseres einfiel. Lag es an dem Ort, dass wir nur über Unikram sprachen?

»Hast du viele Klausuren?«

»Es geht«, antwortete ich einsilbig. »Waren schon mal mehr.«

Julius seufzte lächelnd. »Ich wünschte, ich könnte das auch behaupten. Aber was soll's. Was muss, das muss.«

Ich schob ein paar Gemüsestreifen auf meinem Teller hin und her. »So besonders schmeckt dieses indische Curry nicht. Der mediterrane Feta war besser.«

»Du solltest Mensaessen nicht mit À la carte-Speisen vergleichen. Aber du hast recht.« Julius lachte.

»Wie lang hast du gebraucht, bis du Samstag zuhause warst?«, fragte ich, froh darüber, dass wir doch noch die Kurve zu einem anderen Gesprächsthema gefunden hatten.

Julius zuckte die Achseln. »Keine Ahnung, nicht allzu lang. Aber wie du siehst, hat mich niemand gekidnappt.«

»Wie beruhigend. Hättest du sonst Bescheid gesagt?«

»Wenn ich deine Nummer gehabt hätte, bestimmt. Hättest du denn Lösegeld für mich bezahlt?«

»Unter Umständen. Aber vermutlich hätte ich bei den Entführern eher so lange Telefonterror gemacht, bis sie dich hätten gehen lassen.«

Amüsiert lauschte Julius meinen Ausführungen. »Ein gewagtes Unterfangen. Aber durchaus einen Versuch wert. Würdest du mir deine Nummer geben, damit ich im Fall des Falles auf dich zurückgreifen kann?«

Trotz des pappigen Essens war mir plötzlich ganz leicht zumute. Womöglich lag es an dem verschmitzten Lächeln, das seine Lippen umspielte. Mein Herz schlug jedenfalls ein bisschen schneller und ich schnappte nach Luft.

Julius zog sein Handy aus der Tasche und hielt es mir hin. Meine Finger zitterten, als ich Name und Nummer in seine Kontaktliste tippte. Warum war ich denn jetzt so nervös? Zum Glück schien Julius gerade mit den Resten seines Mittagessens beschäftigt zu sein und meine zitternden Bewegungen nicht zu bemerken.

»So, jetzt bist du gerüstet«, sagte ich und schob das Handy zurück über den Tisch.

Er nahm es und schickte mir gleich darauf eine kurze Nachricht. Ich grinste, als ich das Emoticon mit dem Pfannengericht sah. Genau mein Humor!

Über uns sprang der Zeiger der großen Industrieuhr auf Viertel vor zwei. Julius legte Messer und Gabel nebeneinander auf seinen leeren Teller und stand auf.

»Tut mir leid, Malene, ich muss los. Mein nächster Kurs fängt schon um zwei an.«

Ich erhob mich ebenfalls, hängte mir meine Tasche um die Schulter und nahm mein Tablett mit den Resten des indischen Currys auf.

Im Foyer der Mensa blieb Julius stehen und sah mich an. Wie bei unserem Treffen am Samstag legte er mir kurz eine Hand auf den Oberarm.

»Schade, dass wir jetzt nicht so viel Zeit hatten«, sagte er. »Aber es war trotzdem schön, dich wiederzusehen.«

Sein Mund war zu einer nach unten gewölbten Welle verzogen und zwischen seinen Augenbrauen grub sich eine Falte in seine Stirn. Sein Blick war gesenkt. Ich glaubte ihm jedes Wort und hätte ihm gern gesagt, dass er deswegen kein schlechtes Gewissen zu haben brauchte. Stattdessen widerstand ich dem Impuls, ihn zu umarmen, und wünschte ihm nur leise ein schönes Wochenende.

»Danke, dir auch. Bis bald.«

Er lächelte mir noch einmal zu, dann verschwand er in der Menge der Studierenden, die sich auf dem Mensavorplatz tummelten.

Was sollte ich von diesem Treffen halten? Es war definitiv schön gewesen, ihn wiederzusehen, aber nur halb so schön wie am Samstagabend. Kam es mir nur so vor oder war unser Gespräch wirklich krampfig gewesen? Irgendwie war mir Julius heute nicht so locker vorgekommen wie in der *Loge*. Allerdings musste ich fairerweise zugeben, dass ich auch nicht gerade die Königin des entspannten Smalltalks gewesen war. Was hatte ich erwartet? Eine Fortführung von unserem Date?

Ich blieb vor dem Spind in der Bib stehen und starrte in das dunkle Fach, in das ich gerade meine Tasche gestellt hatte. Wollte ich das überhaupt? Ein Date? Einen neuen Freund? Eine Beziehung? Jetzt, da die alte Wunde noch gar nicht richtig verheilt war? Und was wollte Julius? Hatte er ein Interesse an mir, das über gemeinsame Joggingtouren und Abendessen hinausging? Und wenn ja, wie passte seine körperliche Distanziertheit dazu? Mir entfuhr ein Seufzen und kopfschüttelnd schloss ich den Spind ab. Immerhin hatten wir Nummern ausgetauscht. *Das ist ein Anfang,* dachte ich, als ich die Treppe nach oben in den Lesesaal stieg.

Leonie verpflichtete mich am Wochenende zu einer ausgiebigen Lernsession in unserer WG-Küche. Zwar blieben uns noch ein paar Wochen Zeit bis zur ersten Klausur, allerdings hatten unsere Dozenten uns einmal mehr mit einem umfangreichen Lektürepaket beglückt, mit dem wir gut und gern die Wohnung hätten tapezieren können. Das hatte Wilma jedoch schon erledigt. Überall in unserer WG klebten Skizzen und andere Lernzettel in den verschiedensten Farben an den Wänden. An unserem Badezimmerschrank hing ein mit tausenden von lateinischen Bezeichnungen beschrifteter Querschnitt der Lunge, an der Kühlschranktür prangten biochemische Formeln. Mein

Blick blieb an den Elementbezeichnungen und Verstrebungen hängen. Ob Julius bei seinen Eltern wohl auch gerade Biochemie paukte? Oder genoss er einfach nur das Wochenende und ließ es sich gutgehen? Ich hätte ihm schreiben können. Doch zum einen hatte ich mein Handy in meinem Zimmer liegen lassen. Zum anderen hielt mich die Unsicherheit zurück, Julius nicht zu nah treten zu wollen. Trotz des witzigen Emojis, das er mir in der Mensa geschickt hatte, war ich mir sicher, dass er lieber redete, statt Kurznachrichten auszutauschen.

»Lene? Hörst du mir zu?«

Ich zuckte zusammen und wandte mich Leonie zu, die mit einem Textmarker vor meinem Gesicht herumfuchtelte.

»Entschuldige, was hast du gesagt?«

Leonie seufzte. »Wo bist du nur mit deinen Gedanken?«

Was sollte ich ihr sagen? Die Wahrheit? Ich war mir gar nicht sicher, ob ich darüber reden wollte. Also wich ich dem forschenden Blick meiner Mitbewohnerin aus und sah wieder zum Kühlschrank. Sie folgte meinem Blick und nickte.

»Unsere Wohnung gleicht einem Medizin-Lexikon. Wenn ich diese Dinger noch länger sehen muss, schreib ich demnächst auch Physikum statt Linguistik.«

»Pah«, erwiderte Wilma, die in die Küche geschlurft kam und den Wasserkocher füllte. »Du machst dir keine Vorstellungen von dem Stress, den ich habe. Zum Physikum gehört mehr als nur die drei Skizzen, die hier in der Wohnung hängen.«

»Drei? Es sind siebenundzwanzig!«

»Siehst du, die Tatsache, dass du sie gezählt hast, beweist schon, dass du im Gegensatz zu mir über zu viel Freizeit verfügst.«

»Es hat dich niemand gezwungen, Medizin zu studieren«, wandte ich ein.

»Ich weiß.« Wilma verrührte stöhnend das Instant-Kaffeepulver in ihrer Tasse und trottete aus der Küche. Wenige Sekunden später fiel ihre Zimmertür krachend ins Schloss.

Leonie verzog das Gesicht zu einer Grimasse. »Glaubst du, sie packt das?«

»Natürlich. Wilma saugt Wissen auf wie ein Schwamm. Ein zurzeit vielleicht etwas überforderter Schwamm ...«

»Dann stellt sich die Frage, ob wir das packen.« Sie deutete von Wilmas Skizzen zur Küchentür und ließ den Textmarker kreisen.

»Schon schwieriger«, gab ich zu.

Leonie seufzte und blätterte in den Seiten ihres Lektürepakets. »Okay, lass uns schauen, was Luhmann dazu sagt.«

Froh darüber, dass sie über Wilmas Auftritt meine Träumerei offenbar vergessen hatte, folgte ich ihrem Beispiel und schlug ebenfalls meine Notizen zur Systemtheorie auf.

Der blaue Griff war etwas mehr als einen halben Meter schräg über mir. Eigentlich nicht zu weit entfernt. Aber wenn ich nicht von meinem Pfad abweichen wollte, würde es doch schwierig werden, ihn zu erreichen. Für meinen linken Fuß gab es lediglich einen kleinen Knubbelgriff. Es war riskant, mein gesamtes Gewicht darauf zu verlegen. Ich warf nur einen kurzen Blick nach unten, doch es reichte, um Annika mit dem Kopf schütteln zu sehen. Sie ahnte wohl, was ich vorhatte, und hielt es für keine gute Idee. War es vermutlich auch nicht, aber ich wollte diese Route zu Ende bringen. Ich sah wieder an die Wand vor mir und peilte den blauen Griff an. Die Finger meiner rechten Hand krallte ich in die Mulde des Griffs, der sich ungefähr auf Schulterhöhe befand. Mein T-Shirt klebte an meinem Oberkörper und ein Schweißtropfen perlte von meiner Nasenspitze. Es war bereits die dritte Route, die ich kletterte, und auch die ersten beiden waren schon anspruchsvoll gewesen. Annika hatte mich für verrückt erklärt, als ich mir meine aktuelle Route ausgesucht hatte. Aber ich brauchte die Herausforderung. Sie lenkte mich ab.

Ich schloss die Augen und konzentrierte mich auf meinen Körper. Die Oberflächen der Griffe schmirgelten meine Hände und bohrten sich in meine Fußsohlen. Mein Atem ging schnell und mein Herz pumpte das Blut mit Hochdruck durch meine Adern. Die Muskeln meiner Oberarme und Oberschenkel schrien nach Entspannung, doch ich war nicht bereit, ihnen diese jetzt zu gewähren. Ich würde diese Route zu Ende bringen. Mit meiner rechten Hand packte ich noch einmal fester zu und stemmte mich zentimeterweise höher, während ich gleichzeitig meinen linken Fuß auf den kleinen Knubbelgriff setzte. Er war gerade groß genug für knappe zwei Zentimeter meiner Fußsohle und ich wölbte den Fuß, um mehr Auftrittsfläche zu bekommen. Mein Oberarm, auf dem nun ein Großteil meines Gewichts lastete, begann zu zittern. Zwei Zentimeter noch, spornte ich mich selbst an. Gleich würde ich den Griff oberhalb von mir mit meiner linken Hand greifen können.

Ich musste mich nur noch mit dem rechten Fuß abdrücken. Das Zittern im Oberarm wurde stärker und übertrug sich auf meine Beine. Ich versuchte, die Muskeln anzuspannen, doch sie entzogen sich meiner Kontrolle. Meine Finger waren taub und ich konnte kaum erahnen, geschweige denn fühlen, wie sicher ich stand. Noch ein Zentimeter bis zum nächsten Griff. Das musste doch zu schaffen sein! Ohne von meinem linken Fuß ein eindeutiges Signal zu bekommen, verlagerte ich etwas von meinem Gewicht auf ihn. Der Schmerz, der sich durch den neuen Druck in meine Fußsohle bohrte, schoss durch meinen Körper und aus einem Reflex drehte ich den Fuß, um dem Schmerz zu entgehen.

Ich rutschte ab, meine rechte Hand suchte vergeblich nach Halt und nur den Bruchteil einer Sekunde später drückte sich der Klettergurt in meine Oberschenkel und meine Hüfte. Das Seil vor mir war auf Höchstspannung. Adrenalin raste in alle Zellen meines Körpers, mein Herz schlug mir bis zum Hals und meine Gliedmaßen, die nun kein Gewicht mehr tragen mussten, zitterten wie Spaghetti. Es gelang mir nicht, die Beine auszustrecken und mich von der Kletterwand abzustoßen, als Annika mich nun langsam abseilte.

Sie atmete durch zusammengebissene Zähne und ihre Augen funkelten, als ich neben ihr auf der Matte ankam.

»Bist du eigentlich total durchgeknallt? Das konnte doch nicht gutgehen!«

Ich sah auf meine Füße und die grüne Gummimatte. Langsam kehrte das Gefühl in meine Zehen zurück und meine Beine hörten auf zu zittern. Vermutlich hatte es auch weniger mit meinem anfangs noch unsicheren Stand zu tun, dass Annika mich an den Schultern packte und mich zwang, ihr in die Augen zu sehen.

»Was wolltest du dir da oben eigentlich beweisen?«

Ihre Stimme bebte, allerdings nicht vor Wut. Das Funkeln in ihren Augen hatte nachgelassen und einem feuchten Glanz Platz gemacht. Sie musste sich furchtbar erschrocken haben, als ich abgerutscht war. Das war mir noch nie zuvor passiert.

»Tut mir leid«, murmelte ich statt einer Antwort. Wie hätte ich Annika auch erklären können, was mit mir los war? Ich verstand es ja selbst nicht. Normalerweise hatte ich mich an der Kletterwand völlig unter Kontrolle und konnte meine Kraft gut einschätzen. Aber irgendetwas warf mich gerade völlig aus der Bahn. Oder irgendjemand.

11.
Kapitel

>>***I**st alles in Ordnung mit dir?*<< Jessy blieb vor mir am Tresen stehen, als sich unsere Wege am Mittwoch bei unserer gemeinsamen Schicht kreuzten.

>>Klar, wieso?<<

>>Weil du gerade schon zum zweiten Mal die Gläser für meine Gäste auf dein Tablett gestellt hast.<<

Jessy deutete vielsagend auf die beiden Weizengläser vor mir. Sie hatte ihre Stirn in Falten gelegt, ihre Augen sahen mich jedoch eher belustigt an. Betroffen folgte ich Jessys Fingerzeig und stellte die beiden Gläser auf ihr Tablett, wo sie hingehörten.

>>Sorry. Hab' nicht aufgepasst.<<

Jessy lachte. >>Offensichtlich nicht. Sag schon, was ist los?<<

>>Ich hab tierischen Muskelkalter.<< Das war nicht einmal gelogen. Im Po, den Oberarmen und Beinen zog es nach der Kletterei vor zwei Tagen ganz gewaltig. Meine Kollegin glaubte mir trotzdem kein Wort.

>>Klar ...<<, sagte sie mit ironischem Tonfall, nahm ihr Tablett und verschwand damit zu einem der Tische. Ich kümmerte mich um die Bestellungen meiner Gäste und kontrollierte vorsichtshalber zweimal mit meinem Notizblock.

In der nächsten halben Stunde gaben sich die Gäste des *Rings* buchstäblich die Klinke in die Hand und hielten Jessy, Friedhelm und mich gut beschäftigt. Doch das brachte Jessy nicht vom Thema ab. Als ich aus der Pause kam, lauerte sie mir auf und sah mich eindringlich an.

»Jetzt sag schon, was ist los?«

»Nichts, was soll sein?« Hatte ich schon wieder etwas falsch gemacht? Konnte doch gar nicht sein, schließlich war ich in den letzten zehn Minuten im Hinterzimmer gewesen.

Jessy grinste. »Ich glaube, du bist verknallt.«

Ich machte einen Satz rückwärts und stieß mit dem Rücken gegen die holzgetäfelte Wand.

»Wie kommst du denn darauf?« Ich rieb mir den Rücken. Bravo, dort würde ich morgen unter Garantie einen blauen Fleck bekommen!

»Du bist zerstreut, gibst ausweichende Antworten und du wirst rot bei der Frage«, zählte Jessy auf.

Ohne dass ich es hätte verhindern können, wurden meine Wangen heiß. Jessy grinste noch breiter. Bevor sie jedoch etwas sagen konnte, rief Friedhelm uns mit scharfer Stimme zurück in die Schankstube. Auch wenn mir so weitere Fragen von Jessy erspart blieben, ließ mich ihr Verdacht nicht los. War ich verknallt? In Julius?

Ja, wir hatten ein Date gehabt. Ja, das war schön gewesen. Ja, ich dachte viel an ihn. Aber verknallt? Bei Uli hatte sich das anders angefühlt. Schmetterlinge, Herzrasen, Nervosität – das volle Programm. In Julius' Nähe fühlte ich mich einfach wohl. Punkt. Aus. Und so wie es schien, sah Julius das ähnlich. Schließlich war er nicht nur körperlich sehr zurückhaltend, sondern auch, was die Kommunikation betraf. Seit unserem Treffen in der Mensa hatte ich nichts mehr von ihm gehört. Konnten wir vielleicht einfach Freunde werden?

Seufzend sammelte ich ein paar leere Gläser ein und wischte über einen verlassenen Tisch. Ich machte mir schon wieder viel zu viele Gedanken.

Gegen elf leerte sich die Kneipe zusehends. Bei vielen Studierenden machte sich erster Klausurenstress bemerkbar, sodass sie nicht mehr bis in den frühen Morgen feiern gingen. Als um kurz nach elf zwei Studenten das *Ring* verließen, betrat jedoch ein neuer Gast die Kneipe. Meine Mundwinkel wanderten automatisch Richtung Ohren, als Julius sich kurz umsah und dann auf einen freien Platz am Tresen setzte. Ich hätte nicht gedacht, dass er allein kommen würde und vor allem so spät. Gefühlt war ich schon halb im

Feierabend und freute mich, ehrlich gesagt, schon seit der Pause darauf, nach Hause zu fahren und mich ins Bett zu kuscheln. Aber jetzt erschien mir die letzte Stunde meiner Schicht in einem ganz anderen Licht. Julius lächelte mir entgegen, als ich aus der hinteren Ecke der Schankstube mit einem Tablett mit leeren Gläsern auf den Tresen zusteuerte.

»Hej, was machst du denn hier?«

Er deutete auf das Bierglas, das Friedhelm ihm gerade über den Tresen reichte. »Den Feierabend genießen.«

»Ganz allein?«

Julius runzelte die Stirn und sah sich kurz im Raum um. »Wieso? Es sind doch noch ein paar Leute hier.«

Haha! Ich verdrehte die Augen gen Decke und schüttelte den Kopf. Okay, das war jetzt nicht der beste aller Witze gewesen, aber irgendwie bekam ich trotzdem gute Laune. Ich stellte die leeren Gläser ab und als ich wieder zu Julius aufsah, konnte ich mir ein Grinsen nicht verkneifen. Auch Jessy grinste von einem Ohr zum anderen, was aber kaum an Julius' Bemerkung liegen konnte.

»Von wegen, nicht verknallt«, raunte sie mir im Vorbeigehen zu.

»Quatsch«, wehrte ich ab, was wiederum Jessy zu einem Augenrollen verleitete. Na gut, sollte sie doch glauben, was sie wollte. Ich würde das mit ihr heute Abend nicht mehr diskutieren. Schon gar nicht vor Julius!

Während ich bei den übrigen Gästen letzte Bestellungen aufnahm und abkassierte, bemerkte ich immer wieder, wie Julius mir kurze, manchmal auch längere Blicke zuwarf. Aber er fing kein Gespräch an, sondern ließ mich in aller Ruhe meine Arbeit tun. Er saß in gerader Haltung auf dem Hocker, hatte die Hände vor seinem Glas gefaltet, wenn er nicht trank, und schob hin und wieder seine Pulloverärmel übers Handgelenk und wieder zurück. Die Geste war mir schon bei unserem Treffen in der *Loge* aufgefallen und sie brachte mich zum Lächeln. Obwohl seine Haltung ansonsten kontrolliert und selbstsicher wirkte, ließ diese Bewegung ihn nervös erscheinen. Ich musste mir Mühe geben, dem Drang zu widerstehen, ihn in den Arm zu nehmen. Zum einen, weil ich natürlich immer noch im Dienst war, zum anderen, weil ich wusste, wie Julius auf Berührung reagierte. Letzteres überwog. Ich wollte ihm nicht zu nah treten und beschränkte mich daher auf ein leichtes Lächeln, wenn sich unsere Blicke trafen.

Um kurz nach zwölf nickte Friedhelm Jessy und mir zu und bedankte sich für unseren Einsatz. Julius saß noch immer am Tresen, als ich meine Schürze ablegte und mich von meinem Chef verabschiedete.

»Sehen wir uns morgen in der Mensa?«, fragte ich Julius.

»Gern. Wie letzte Woche?«

»Klingt gut. Bis dann!«

Ich deutete ein Winken an und folgte Jessy nach hinten, wo wir unsere Taschen und Jacken holten. Meine Kollegin grinste noch breiter als zuvor.

»Gute Wahl, das muss ich schon sagen!«

»Jessy! Du siehst Gespenster!« Schnell wickelte ich mein Tuch um den Hals und fixierte es unter dem Reißverschluss meiner Jacke.

Wir traten gemeinsam auf den Hof – und ich erstarrte. Dort in der Einfahrt stand Julius, mit Händen in den Hosentaschen und erwartungsvollem Blick Richtung Tür.

»Meinst du dieses Gespenst?«, flüsterte Jessy.

Mir fiel kein passender Kommentar ein. Während ich noch zu begreifen versuchte, was ich sah, stellte mein Hirn sich schon die Frage, was Julius hier wollte. Wartete er auf mich? Wir hatten uns doch gerade voneinander verabschiedet. Mechanisch ging ich hinter Jessy auf mein Fahrrad zu. Julius bewegte sich keinen Millimeter. Vielleicht war es doch ein Gespenst? Nein, dazu wirkte er viel zu plastisch. Jessy warf ihr Fahrradschloss in den Korb und schwang sich auf ihr Rad.

»Ich lass euch dann mal allein. Gute Nacht!«

Schon war sie winkend vom Hof geradelt. Und ich stand immer noch da und sah verdattert von der Stelle, wo sie verschwunden war, zu Julius und wieder zurück.

»Ich hoffe, ich habe dich jetzt nicht schon wieder erschreckt.«

Ich schüttelte den Kopf, wusste aber auch jetzt nicht, was ich sagen sollte.

»Dann ist ja gut. Ich dachte, wir könnten ein Stück zusammen gehen.«

»Klar, warum nicht.«

Puh, endlich hatte ich meine Sprache wiedergefunden. Ich beugte mich rasch zu meinem Fahrradschloss hinunter, schulterte meine Tasche und schob das Rad zur Hofeinfahrt. Diesmal machte Julius keine Anstalten, mein Rad schieben zu wollen, wofür ich recht dankbar war. Ich brauchte etwas, an dem ich mich festhalten konnte.

»Wie geht es dir?«, fragte er sanft.

»Gut ... Gut.« Ich umklammerte den Lenker. Warum wurde mir denn jetzt so warm? Und woher kam dieser leichte Schwindel? *Ganz ruhig, Malene, einatmen, ausatmen. Tief Luft holen!* Das half und mir fiel die passende Anschlussfrage ein.

»Und dir? Wie war dein Tag?«

»Produktiv, ich habe viel gelernt und gearbeitet. Aber jetzt brauchte ich eine Pause und ein bisschen frische Luft.«

»Hast du etwa bis um kurz vor elf gelernt?«

Julius lachte kurz. »Ja. Das war eigentlich nicht so geplant, aber dann habe ich mich an dem Thema festgebissen und auf einmal war es so spät.«

Ich wollte etwas erwidern, doch in diesem Moment fiel mir auf, dass wir an der Kreuzung angelangt waren, die mich langfristig zur WG führen würde. Julius schlug den gleichen Weg ein. Irritiert blieb ich stehen.

»Liegt dein Wohnheim nicht in der anderen Richtung?«

»Schon. Aber wenn es dir nichts ausmacht, komme ich noch ein Stück mit.«

Es klang wie eine Frage. Nicht rhetorisch, sondern aufrichtig. Als ob ich wirklich widersprechen könnte. Ich hatte nichts dagegen. Im Gegenteil. Minuten neben ihm herzulaufen hatte meinen Kreislauf beruhigt und ich genoss seine Nähe. Die Ruhe, die er ausstrahlte, übertrug sich auf mich und tat nach der ständigen Geräuschkulisse in der Kneipe gut.

Letztlich ging Julius den ganzen Weg mit mir, bis wir um Viertel vor eins vor meiner Haustür standen. Wir hatten uns in einem Gespräch über Kneipengäste und Rollenspiele verloren, wobei wir zu Letzterem beide nur externe Beobachtungen beitragen konnten. Immerhin wusste ich jetzt, dass Julius kein großer Freund von Fantasy war und deshalb Bastis Rollenspielwelt nicht viel abgewinnen konnte.

»An diese Art Begleitservice könnte ich mich gewöhnen«, sagte ich, schloss rasch mein Rad an und richtete mich wieder auf.

Er zog die Augenbrauen in die Höhe. »Okay«, erwiderte er gedehnt. »War das jetzt ein konkreter Auftrag? Möchtest du diesen Service buchen?«

»Bietest du diesen Service regelmäßig an?«, erwiderte ich lachend, schüttelte aber gleich darauf den Kopf. »Mach dir keinen Stress. Es war einfach schön, nicht allein gehen zu müssen.«

»Das finde ich auch.«

»Das heißt, ich soll dich jetzt auch zu dir begleiten?«

Er lachte ein warmes Lachen, das auch seine Augen zum Leuchten brachte.

»Und dann gehen wir für den Rest der Nacht die Straßen auf und ab?«

Für einen kurzen Moment stellte ich mir diese Szene vor und bemerkte, dass es mir überhaupt nicht komisch vorkam. Ich war mir sicher, dass wir genug Gesprächsstoff finden würden. Und selbst wenn nicht. Schweigend nebeneinander herzugehen war mit Julius auch kein Problem.

Er aber schüttelte den Kopf. »Geh ruhig schlafen. Du musst doch morgen sicher auch früh zur Uni.«

»Nicht so früh. Mein erstes Seminar ist erst um zehn. Aber da fällt mir ein, dass ich vorher noch einkaufen muss. Ich hab Wilma versprochen, am Samstag dänisch zu kochen.«

»Was ist denn typisch dänische Küche?«

»In unserem Fall gibt es Kartoffelpüree mit gebratenem Speck und Zwiebeln. Ist eigentlich nichts Besonderes, aber Wilma fährt voll drauf ab.«

»Das klingt auf jeden Fall besser als mein Essensplan. Bei mir gibt es am Wochenende meistens nur Müsli und eine Brotzeit.«

Ich sah ihn mit großen Augen an. »Lernst du etwa auch am Wochenende so viel, dass du keine Zeit zum Kochen hast?«

Julius senkte den Blick. »Ja, das zwar auch. Die Wahrheit ist aber, dass ich nicht gerne koche. Dosenravioli sind auf Dauer allerdings auch nicht das Wahre.«

Er sah noch immer auf den Bürgersteig. Seine Antwort war ihm wohl peinlich. Dabei war es doch völlig in Ordnung, nicht gern zu kochen, auch wenn ich mir schwer vorstellen konnte, es deshalb nicht zu tun.

»Wenn du magst, kannst du gern zum Essen kommen. Dann kaufe ich ein paar Kartoffeln mehr ein.«

Erst als er mich überrascht ansah, wurde mir klar, was ich da gerade gesagt hatte. War die Einladung übereilt gewesen? Schließlich kannten wir uns weder besonders lange noch gut. Aber es fühlte sich richtig an. Die Entscheidung hatte ich aus dem Bauch heraus getroffen, was ein gutes Zeichen war. Auf mein Bauchgefühl konnte ich mich immer verlassen – auch wenn ich es in letzter Zeit oft genug ignoriert hatte. Ich hegte weder Hintergedanken, noch fielen mir Gründe ein, warum Julius nicht zum Essen kommen sollte.

»Ehrlich? Meinst du das ernst?«

»Klar, warum nicht? Ich werde es wohl schaffen, drei Kartoffeln zusätzlich zu kochen.«

Julius schmunzelte. »Wenn das so ist, komme ich gern. Danke.«

»Gern.« Ich spielte mit dem Schlüssel zwischen meinen Fingern. »Na dann. Vielen Dank für die Begleitung und gute Nacht«, sagte ich.

Julius' Blick ruhte auf mir. »Schlaf gut.«

»Du auch. Komm gut nach Hause.«

Er lächelte mich an. »Werde ich schon. Wenn ich entführt werde, rufe ich an.«

Es klingelte an der Tür, als ich gerade dabei war, die Kartoffeln zu stampfen. »Wer stört?«, tönte es aus Wilmas Zimmer.

Ich hatte Wilma und Leonie nicht erzählt, dass ich Julius zum Essen eingeladen hatte, weil ich geglaubt hatte, es würde für sie keine große Rolle spielen. Jetzt, da ich Wilmas genervte Stimme hörte, kamen mir plötzlich Zweifel. Sie war heute nicht in bester Verfassung und hatte schon beim Frühstück gejammert, dass sie ihr heutiges Lernpensum eigentlich nur schaffen könnte, wenn sie auf Essen, Schlafen und Pinkelpausen verzichtete. Aber deswegen konnte ich Julius ja nun schlecht vor der Tür stehen lassen. Leonie war ohnehin unterwegs und Wilma würde schon klarkommen, hoffte ich und betätigte den Summer.

»Hej!« Ich winkte Julius von der Schwelle aus zu, als er die letzten Stufen zu unserer WG nahm.

»Hi Malene.« Er runzelte die Stirn und mir fiel auf, dass ich noch immer den Kartoffelstampfer in der Hand hielt. Warum hatte ich den nur mitgeschleppt?

Ich überging mein Accessoire und machte ihm Platz. »Schön, dass du da bist, komm rein.«

Er trat an mir vorbei und ich schob mit dem Fuß hastig ein paar von Wilmas Schuhen unter das Regal. Wieso flogen ihre Chucks eigentlich immer wild in der Gegend herum? Julius ging nicht darauf ein, sondern stellte seine Schuhe einfach daneben.

Neugierig sah er auf die Skizze, die über dem Schuhregal hing und einen Menschen zeigte, dessen Muskeln offengelegt waren.

»Das ist aber nicht von dir, oder?«

»Nein«, erwiderte ich lachend. »Das hat Wilma aufgehängt. Sie lernt gerade fürs Physikum. Unsere Wohnung ist praktisch zu einer medizinischen Ausstellung geworden. Die Küche ist unsere Biochemie, hier im Flur ist die Anatomie und im Bad ... keine Ahnung.«

Julius sah sich lachend um. »Da fühle ich mich doch direkt zuhause.«

»Herzlich willkommen. Du darfst dich aber auch unabhängig von Wilmas Lernkrams wie zuhause fühlen.«

Ich wies mit dem Kartoffelstampfer Richtung Küche. Dort stellte er seinen Rucksack auf einen Stuhl und zog kurz darauf eine Schale Erdbeeren hervor.

»Ich habe noch etwas Obst zum Nachtisch mitgebracht.«

»Oh, das ist toll. Ich habe in diesem Jahr noch gar keine Erdbeeren gegessen. Magst du sie in den Kühlschrank stellen?«

Julius tat wie ihm geheißen und musterte Wilmas Lernzettel, als er die Kühlschranktür wieder schloss. »Intramolekulare Säure-Base-Reaktion«, murmelte er.

Ich zerdrückte die Kartoffeln im Topf mit mehr Kraft, als unbedingt notwendig gewesen wäre. Würde das jetzt die nächste Stunde so weitergehen? Das konnte ja spaßig werden!

»Kann ich dir noch helfen?«

»Wenn du magst, kannst du den Tisch decken. Die Teller sind dort im Schrank.«

Er deutete mit fragendem Blick auf die Schranktür. »Hier hinter dem Glycin?«

»Wohinter?«

Er tippte auf einen von Wilmas Lernzetteln. »Das hier ist die Strukturformel für Glycin, der einfachsten α-Aminosäure ...«

Ich nickte ungeduldig. »Schon gut. Ja, dahinter.«

Zum Glück hatte Wilma nicht auch noch unsere Besteckschublade mit biochemischen Formeln versehen, sodass das Tischdecken ohne weitere medizinische Vorlesung vonstattenging.

»Essen ist fertig!«, rief ich und stellte den Topf mit dem Kartoffelpüree und die Pfanne mit Speck und Zwiebeln auf den Küchentisch.

Es dauerte nicht lang, bis Wilma in der Küche stand. Überrascht blieb sie auf der Schwelle stehen und sah Julius mit großen Augen an. »Hi, was machst du denn hier?«

»Ich hab Julius zum Essen eingeladen.« Mit diesen Worten grätschte ich dazwischen und sah meine beste Freundin tadelnd an. Sie hatte nicht gerade den höflichsten Ton getroffen.

Julius wirkte ebenso überrascht wie Wilma. »Ihr wohnt zusammen? Das wusste ich nicht.«

Ich sah zwischen den beiden hin und her. So wie sie sich anstarrten, wirkte es fast so, als hätten sie ein Problem miteinander.

»Wilma ist meine beste Freundin seit dem Kindergarten«, erklärte ich. »Und ihr kennt euch aus dem Präp-Kurs, habe ich gehört.«

Julius atmete hörbar ein und nickte, während er die Augenbrauen in die Höhe zog. »Ja, bei dem deine beste Freundin mich beinahe erstochen hätte.«

Wilma verschränkte die Arme vor der Brust und schnaubte. »Dass du mir das auch immer noch vorhalten musst. Das blöde Ding hat geklemmt.«

»Kein Grund, die Skalpellklinge in meine Richtung zu drehen.«

»Es tut mir leid, okay?«

Ich wedelte energisch mit den Topflappen zwischen den beiden auf und ab. Wenn sie sich noch länger stritten, würde das Essen kalt werden. Das war allerdings zweitrangig. Ich konnte es nicht haben, wenn Menschen, die ich gernhatte, nicht miteinander klarkamen. Als ich die Topflappen sinken ließ, sah ich Julius jedoch versöhnlich lächeln.

Nur Wilma konnte sich natürlich einen letzten Kommentar nicht verkneifen. »Es ist ja gutgegangen. Ich habe seitdem viel gelernt und wir können jetzt bei brennender Liebe die traute Dreisamkeit genießen.«

Julius riss so plötzlich die Augen auf, dass ich mir das Lachen nicht verkneifen konnte. Ob er wohl glaubte, Wilma strebe eine Dreierbeziehung mit ihm und mir an? Die Vorstellung war zu komisch. Er sah mich irritiert an.

Noch immer lachend deutete ich auf Topf und Pfanne. »Das Essen heißt so. Wilma hat es nur nicht so drauf mit der dänischen Aussprache, deshalb spricht sie in Übersetzung.«

Er schien über diese Information ehrlich erleichtert und ich füllte unsere Teller.

»Oh Mann, das ist jetzt genau das Richtige«, sagte Wilma zwischen zwei Bissen. »Mein Magen hat schon seit zwei Stunden geknurrt.«

»Dabei wolltest du doch eigentlich heute aufs Essen verzichten«, erinnerte ich sie scherzhaft.

»Im Hinblick aufs Zeitmanagement wäre das sinnvoller.«

Bildete ich mir das nur ein oder aß sie tatsächlich schneller?

»Was lernst du gerade?«, fragte Julius.

»Biochemie.« Wilma sprach den Namen des Fachs aus, als würde ihr schon allein dieser physische Schmerzen bereiten.

Julius nickte mit ernstem Gesicht. Er konnte Wilmas Gefühle in dieser Hinsicht vermutlich besser nachvollziehen als ich.

»Das muss man einfach nur blöd auswendig lernen«, erklärte er pragmatisch.

»*Nur* ist gut«, ereiferte Wilma sich.

»Du packst das schon.« Er schenkte ihr einen aufmunternden Blick und ich atmete erleichtert auf. Julius schien Wilma jenen Vorfall im Präp-Kurs verziehen zu haben, was auch immer damals genau passiert war.

Nachdem sie ihre Portion aufgegessen hatte, verabschiedete sich meine beste Freundin mit dem Hinweis auf ihren Lernstoff.

»Ich glaube, Biochemie kann keiner leiden«, sagte Julius darauf, doch da war Wilma bereits in ihrem Zimmer verschwunden und hatte uns allein in der Küche zurückgelassen.

»Du etwa auch nicht?«, fragte ich überrascht. Ich hätte geschworen, Julius würde jeden einzelnen Bestandteil seines Medizinstudiums lieben.

»Ich auch nicht«, bestätigte er. »Wenn später mal in anderen Zusammenhängen ein bisschen Biochemie vorkommt, ist das kein Problem. Aber sich in einem Fach ausschließlich mit isoelektrischen Punkten von Aminosäuren, dem Abbau von verzweigt-kettigen Aminosäuren und Reaktionen katalysierender Enzyme zu beschäftigen, grenzt wirklich an Wahnsinn.«

Die Fragezeichen in meinem Hirn hatten sich mit jedem weiteren Fachbegriff verdoppelt und verdreifacht. Ich schüttelte heftig den Kopf, um sie wieder loszuwerden, und bot Julius eine zweite Portion Kartoffelpüree an.

»Nutzt du das lange Wochenende, um zu deinen Eltern zu fahren?«, fragte er mich unvermittelt, als wir kurz darauf die Erdbeeren aus dem Kühlschrank holten. Seine Frage traf mich bis ins Mark und beinahe hätte ich den Joghurtbecher fallen lassen. Er konnte es nicht wissen. Schließlich hatte ich ihm bei unserer Verabredung neulich nur von meinem Bruder und meiner Mutter erzählt. Über konkrete Verhältnisse hatten wir nicht gesprochen. Warum auch? Nun ging Julius wie selbstverständlich davon aus, dass ich Fronleichnam und das folgende Wochenende mit meiner Familie verbringen würde. Aber die Zeiten waren vorbei. Normalerweise dachte ich nicht darüber nach und konnte mit der Situation, wie sie war, gut leben. Nur wenn mich jemand darauf stieß, dass es auch anders sein könnte, wünschte ich mich manchmal in die Zeit meiner frühen Kindheit zurück. Ein Tropfen kaltes Kondenswasser rann meinen Arm hinab und riss mich aus meinen Gedanken.

»Ne, ich bleibe hier. Mein Vater ist, glaube ich, sowieso nicht zuhause und in Dänemark ist kein Feiertag.«

Julius legte die Stirn in Falten und setzte die Erdbeeren langsam auf dem Küchentisch ab. »Deine Eltern leben gar nicht zusammen?«

Ich schüttelte den Kopf und zeigte mit beiden Zeigefingern auf mich. »Scheidungskind«, sagte ich schulterzuckend und um einen unbekümmerten Ton bemüht.

Julius fuhr sich mit der Hand über die Stirn und senkte den Blick. Als seine Augen wieder sichtbar wurden, erkannte ich den gequälten Ausdruck darin.

»Verdammt. Wie groß ist der Fettnapf, in den ich gerade getrampelt bin?«

Ich formte mit Daumen und Zeigefinger die ungefähre Größe einer Walnuss.

»Schon okay, es gibt viele Scheidungskinder. Wilma ist auch eins. Ich hatte keine schlechte Kindheit deswegen.«

Angesichts seiner bedröppelten Miene musste ich nun doch grinsen. In welcher Welt war er nur aufgewachsen? Er schien zu glauben, dass Scheidungskinder per se unglücklich sein mussten. Natürlich war ich traurig gewesen, als Papa damals ausgezogen war, und natürlich nervte es mich manchmal zu überlegen, welchen Weihnachtstag ich wo verbringen würde. Aber das mussten auch intakte Familien. Wenn ich mir meine Eltern heute ansah, fragte ich mich vielmehr, wie sie jemals auf die verrückte Idee hatten kommen können, zu heiraten.

»Sind sie schon lange geschieden?«, fragte Julius, schüttelte dann aber den Kopf, als schäme er sich, die Frage gestellt zu haben.

»Seit kurz vor meiner Einschulung«, antwortete ich und legte noch eine Spur Unbekümmertheit mehr in meine Stimme. Ich wollte Julius nicht das Gefühl vermitteln, als seien mir seine Fragen unangenehm. Andererseits war mir gerade auch nicht danach, noch länger über meine Eltern zu reden.

»Ich nehme an, du fährst heim?«

Julius zupfte den Stiel von einer Erdbeere und schüttelte den Kopf. »Nein, meine Eltern nutzen das Wochenende für einen Verwandtenbesuch. Ich bleibe auch hier.«

»Cool.« Ich hatte erwartet, dass er fragen würde, ob wir etwas unternehmen sollten. Warum sonst hatte er gefragt, ob ich wegfahren würde? Ich verrührte Joghurt über den Erdbeeren und wartete, ob er etwas sagen würde. Julius spielte mit dem Erdbeerblatt zwischen seinen Fingern, als ob er es entlang einer Symmetrieachse falten wollte. Was zur Hölle ...?

»Dann können wir ja nochmal joggen gehen oder so«, schlug ich vor, als er weiterhin schwieg. Er ließ das Blatt auf den Tisch sinken, wo er es wieder glattstrich, als wäre ihm jetzt erst aufgefallen, dass er es zerknickt hatte. Mit der linken Hand fuhr er sich über das rechte Handgelenk, wie er es immer tat, wenn er seine Ärmel hochschob. Dabei trug er heute nur ein T-Shirt. Diese Geste kannte ich mittlerweile gut genug. *Er ist nervös,* schoss es mir durch den Kopf. Endlich sah er auf. Und er nickte.

»Das klingt gut, gerne.« Sein Lächeln wirkte aufrichtig. Er bewegte die Lippen, atmete ein – und futterte eine weitere Erdbeere. Ich sah ihm zu. Wenn ich nur wüsste, was ihn beschäftigte. Wovor hatte er Angst? Konnte ich sie ihm irgendwie nehmen?

»Am Samstag grillen wir im Wohnheim. Hast du Lust, dazuzukommen?«

Hatte er sich in den letzten Minuten etwa mit dieser Frage beschäftigt? Warum hatte er gezögert, sie zu stellen?

»Du musst nicht, wenn du nicht willst. Ich dachte nur, du hast mich heute eingeladen, ich würde mich gerne revanchieren.«

Er sprach leise, sein Tonfall klang nach Verteidigung. Ich streckte meine Hand nach seiner aus, hielt aber einige Millimeter vor seinen Finger inne. Ich wollte ihn nicht noch mehr verunsichern.

»Du musst dich nicht revanchieren, aber ich komme trotzdem gern.«

Julius war die Erleichterung über meine Antwort ins Gesicht geschrieben. Die Sonnenstrahlen, die durchs Küchenfenster fielen, zogen leuchtende Streifen über seine rechte Schläfe. Er blinzelte. Ich beobachtete das Lichtspiel auf seinen Zügen. Noch nie hatte ich jemanden getroffen, der in meiner Gegenwart so unsicher und verletzlich wirkte. Es war merkwürdig, je näher wir uns kennenlernten, desto ausgeprägter schien Julius' Nervosität zu werden. Mir fiel der Abend ein, an dem er mir nach der Sache mit Uli in den Hof des *Rings* nachgelaufen war. Da war er mir zwar besorgt, aber überaus selbstsicher vorgekommen. Selbst bei unserem Date neulich war er noch sehr kontrolliert gewesen. Konnte es sein, dass ich ihm Angst machte? Aber wie? Und wenn es so war, wieso suchte er dann gleichzeitig so offensichtlich meine Nähe? Gern hätte ich ihn danach gefragt, wusste aber nicht, wie ich es formulieren sollte.

»Oh, ich dachte schon, ich wäre allein hier. Ihr seid so still.« Wilma kam wieder in der Küche und marschierte direkt zum Wasserkocher. »Wollt ihr auch Kaffee?«

Julius nickte erst, als Wilma allerdings die Dose mit dem Instantpulver hervorzog, lehnte er doch ab.

»Ich sollte auch langsam los, ich muss noch einkaufen.«

Für einen kurzen Moment überflutete mich Ärger über Wilmas Erscheinen. Hätte sie nicht etwas später ihren Kaffee trinken können? Als ich jedoch auf die Küchenuhr sah, fiel mir auf, dass es tatsächlich schon später Nachmittag war. Wilma verschwand mit einem stummen Winken und ihrer Kaffeetasse wieder in ihrem Zimmer und Julius erhob sich langsam von seinem Stuhl.

»Vielen Dank für das Essen. Es war sehr gut. Ich weiß gar nicht, ob ich das schon gesagt habe«, sagte er ein paar Minuten später im Flur.

Ich winkte ab. »Gern geschehen. Du bist herzlich willkommen, wenn du am Wochenende mal wieder Lust auf etwas anderes als Brot und Müsli haben solltest.«

Er lachte. »Akzeptierst du die Mensakarte?«

Ich stimmte in sein Lachen ein. Wie schön, dass nach seiner vorigen Nervosität nun sein Humor wieder durchkam.

»Keine Kartenzahlung möglich«, erwiderte ich. »Aber Erdbeeren würde ich als Zahlungsmittel akzeptieren.«

»Deal.«

Er umarmte mich. Nur ganz kurz. Es war mehr die Andeutung einer Umarmung. Dennoch blieb mir die Luft weg. Ich hätte nach unserer letzten Umarmung keinen weiteren Versuch unternommen, ihm so nahezukommen. Schon gar nicht nach dem, was ich heute bei ihm gesehen hatte. Kaum hatte ich die Geste erwidert, löste er sich auch schon wieder von mir. Hatte diese Umarmung überhaupt länger als eine Sekunde gedauert? Ich konnte es nicht sagen. Was ich aber wusste, war, dass ich seine Berührung noch spürte, als er schon längst die Treppe hinuntergegangen und die Haustür hinter ihm ins Schloss gefallen war.

12.
Kapitel

S chon von *Weitem stieg mir der Geruch von Holzkohle in die
Nase* und als ich in die Einfahrt des Wohnheimkomplexes einbog,
sah ich eine enorme Rauchwolke. Es sah fast so aus, als hätten Julius und
seine Mitbewohner nicht nur den Grill, sondern auch das Wohnheim an-
gezündet.

Ich suchte einen freien Platz für mein Rad und ging um das Gebäude
herum, wo auf der Wiese schon einige Leute versammelt waren. Um drei
Grills herum standen ein paar Studenten, fast alle mit einer Flasche Bier in
der Hand. Auf einem Tisch standen Schüsseln mit Salat und Körbe mit Brot.
Ich sah mich suchend um und entdeckte Julius neben ein paar Studenten auf
einer Bank. Ihm gegenüber saß – Basti!

»Oh, macht der Mitarbeiterstab vom *Ring* heute einen Betriebsausflug?«,
fragte er mich zur Begrüßung.

»Wie kommst du darauf?«

Basti deutete auf eine Picknickdecke am Rand der Wiese, wo zwischen einigen Studierenden mein Kollege Fabi hockte.

Ich lachte leise auf. »Scheint so.«

»Na, da bin ich ja bestens versorgt«, sagte Basti mit breitem Grinsen.

»Ach, Basti, halt doch die Klappe«, erwiderte Julius und stand auf. »Hallo
Malene, schön, dass du da bist.«

Er legte mir kurz die Hand auf den Oberarm zur Begrüßung, und obwohl das von einer Umarmung weit entfernt war, durchströmte mich doch ein Gefühl der Wärme.

»Magst du etwas trinken?«

Ich hatte Lust auf ein Bier und während Julius ging, um mir eine Flasche zu besorgen, setzte ich mich neben Basti auf die Bank.

»Und, wie läuft's?«, fragte er mich, als ob wir alte Bekannte wären. Zugegeben, ganz fremd waren wir uns durch seine Besuche im *Ring* nicht. Aber außer seinem Namen, seiner Leidenschaft für Rollenspiele und seiner Freundschaft zu Julius wusste ich praktisch nichts über ihn. Wollte er tatsächlich wissen, wie es mir ging, oder erhoffte er sich Infos zur Beziehung zwischen Julius und mir? Was das anging, konnte ich ihm auch nicht weiterhelfen. Es gab schlicht und ergreifend nichts zu erzählen. Jedenfalls nichts, was ich ihm hätte auf die Nase binden wollen. Dass mir Julius überhaupt nicht mehr aus dem Kopf ging, musste Basti nicht interessieren.

»Ganz gut«, sagte ich in unverbindlichem Tonfall. »Und bei dir? Was macht das Rollenspiel? Ihr wart schon lange nicht mehr zusammen im *Ring*.«

Basti trank einen Schluck Bier. »Ja, das hängt leider gerade. Ich habe jetzt zum ersten Mal seit anderthalb Monaten ein freies Wochenende. Sonst musste ich immer arbeiten.«

Ich kramte in meinem Gedächtnis. Was arbeitete er noch? Ich war mir sicher, dass Julius das erwähnt hatte.

»Aber so ist das im Sommer. Auf den ganzen Volksfesten hat man als Sani eben gut zu tun«, fuhr Basti fort.

»Du bist also genauso verrückt wie Julius: Immer in medizinischer Mission unterwegs«, stellte ich schmunzelnd fest.

Basti sah mich zweifelnd an. »Na ja, ich kann auch hin und wieder mal ohne Rettungseinsatz leben. Julius nicht.«

Er lachte, doch sein Blick verriet mir, dass er es ernster meinte, als er mir durch seinen lockeren Tonfall weismachen wollte. Mein Magen zog sich unwillkürlich zusammen und ein Schauer lief mir über den Rücken. Was wollte Basti damit andeuten? Steckte mehr hinter Julius' Einsatz für seine Doktorarbeit als bloßer Ehrgeiz?

Ehe ich mich entschließen konnte nachzufragen, kam Julius mit einer Flasche Bier zurück und stellte sie vor mich auf den Tisch. »Alles klar?«

»Natürlich.« Ich lächelte und öffnete die Bierflasche gekonnt an der Tischkante, was mir Bastis imponierten Blick einbrachte. Doch so unbekümmert, wie ich mich gab, war ich nicht. Musste ich mir Sorgen um Julius machen? Was steckte hinter seiner stillen Zurückhaltung? Jetzt war davon nichts zu sehen. Er lachte über einen Witz, den ich über meine Grübelei nicht mitbekommen hatte, und er prostete einem Studenten zu, der an unserem Tisch vorbeiging. Er sah so unbeschwert aus. Bildete ich mir die Zurückhaltung etwa nur ein? Konnte ich nicht damit umgehen, nur weil er nicht bei jeder Gelegenheit über mich herfiel – wie Uli es getan hatte?

Das Bier rann mir bitterer die Kehle hinunter, als notwendig gewesen wäre. Ich musste Uli endlich hinter mir lassen. Wenn ich alle immer mit ihm verglich, würde ich nie glücklich werden.

Ich bohrte meinen Fingernagel in eine Kerbe am Tisch. Es würde ein schöner Abend werden! Ich sollte einfach den Moment genießen. Uns gegenüber setzten sich zwei Studentinnen und begannen zu essen.

»Mist, ich habe vergessen, Teller mit runterzubringen«, sagte Julius und sprang auf.

»Oh Poldi, man könnte meinen, du wärst im Schloss großgeworden.«

Julius kräuselte die Lippen und sah seinen besten Freund finster an. »Zum Glück weiß ich es besser.«

Er stellte sein Bier auf dem Tisch ab und zog aus seiner Hosentasche einen Schlüssel hervor. »Ich bin gleich wieder da.«

»Da zieht der Prinz von dannen und lässt die Prinzessin zurück«, deklamierte Basti mit dramatischer Geste.

»Und er lässt sie in der Obhut seines Prügelknaben, dass er ein Auge auf sie habe.« Julius warf Basti einen stechenden Blick zu, von dem ich nicht sicher sagen konnte, wie verärgert Julius über die Anspielung seines besten Freundes tatsächlich war. Aber Basti grinste nur.

Ich sah Julius amüsiert hinterher, als er im Haus verschwand. Mir gefiel seine Art, mit Bastis Frotzeleien umzugehen. Weniger toll fand ich hingegen, dass Basti die Aufforderung seines besten Freunds wörtlich zu nehmen schien und mich nun angestrengt beobachtete. Keinesfalls lüstern. Aber ich hatte trotzdem keine Lust darauf. Also stand ich kurzerhand auf und ging zu Fabi hinüber.

»Hi, Lene. Cool, dass du auch hier bist.«

»Hej, ich wusste nicht, dass du hier wohnst.«

»Tu ich auch nicht, aber meine Freundin.« Er zeigte auf die blonde Studentin neben ihm. »Ihr habt euch, glaube ich, noch nicht kennengelernt. Das ist Miriam. Lene.«

Miriam rückte auf der Picknickdecke ein Stück zur Seite und bot mir einen Platz an. Ich setzte mich und kam schnell mit der Gruppe ins Gespräch. Die meisten wohnten auf dem gleichen Flur wie Miriam, eine studierte sogar wie sie und Fabi Lebensmittelchemie. Als Fabi mit ihr bei einer Tüte grellfarbiger Weingummis in eine Diskussion über Toxikologie geriet, sah ich zu dem Tisch hinüber, wo ich Basti zurückgelassen hatte. Julius war noch nicht zurück. Wo lag eigentlich sein Zimmer? Er hatte doch bloß Teller holen wollen. Ich fing Bastis Blick. Hatte er mich die ganze Zeit beobachtet? Rasch wandte ich mich wieder Miriam und Fabi zu.

»Wie ist denn eigentlich der aktuelle Stand beim Bierkniffel?«, erkundigte Miriam sich bei mir.

»Sehr gut. Letzte Woche habe ich Fabi haushoch geschlagen.«

»Aber auch nur, weil bei mir diese Mädels saßen, die Junggesellinnenabschied gefeiert und nur Cocktails getrunken haben«, entgegnete Fabi.

Ich grinste. Seine Niederlage hatte ihn letzte Woche ziemlich gewurmt – und tat es offenbar noch immer.

»Gewonnen ist gewonnen. Es kommen auch wieder bessere Zeiten für dich«, sagte ich und tätschelte ihm tröstend die Schulter.

Miriam schnappte sich eine Banane von der Mitte der Decke und hielt sie sich wie ein Mikro vors Gesicht.

»Das ist die Entscheidung des Jahrhunderts, meine Damen und Herren. Wer wird den Sieg um den Semesterpokal im Bierkniffel davontragen? Fabi, der Gewiefte, oder Lene, die Entschlossene? Noch ist alles offen, aber beide Kandidaten sind fest zum Sieg entschlossen.«

Ich lachte und bemerkte, dass Julius mittlerweile wieder zurück war und neben Basti am Tisch saß. Er hielt Teller und Besteck in die Höhe und warf mir einen fragenden Blick zu. Ich verabschiedete mich von Fabi, Miriam und den anderen und ging zu Julius und Basti zurück.

»Entschuldige, dass es so lang gedauert hat.«

Wir bedienten uns am Buffet und setzten uns mit gefüllten Tellern zurück an den Tisch. Irgendwann löste Julius seine Mitbewohner am Grill ab, und so blieb ich wieder mit Basti zurück.

»Tut mir übrigens leid, wenn das gerade falsch rüberkam«, sagte er plötzlich und sah mich beschämt an.

»Was meinst du?«

»Na ja, das mit dem ein Auge auf dich haben. Ich wollte dich nicht so anstarren, das war nicht okay.«

Ich war beeindruckt. Vom ersten Erleben her hätte ich nicht geglaubt, dass Basti einen Sensor dafür hätte. Offenbar hatte ich mich getäuscht.

»Okay, okay. Schon vergessen. Vielleicht solltest du nicht alles so ernst nehmen, was Julius dir sagt.«

Basti nickte. »Du hast recht. Sein Sarkasmus ist nicht immer zu durchschauen. Man sollte eher das ernst nehmen, was er nicht sagt.«

Irritiert sah ich Basti an. »Wie meinst du denn das jetzt?«

Doch bevor Basti antworten konnte, kam Julius zurück an den Tisch. In den Händen hielt er einen Teller mit frisch gebratenem Grillgut.

»Was meint Basti?«, fragte er.

»Dass dein Sarkasmus nicht leicht zu verstehen ist.«

»Nicht?«

»Siehst du, schon wieder.« Basti sah seien Freund fassungslos an.

»Das war Ironie.« Julius grinste und ging zurück zum Grill. Bastis Andeutung setzte sich jedoch in mir fest. Es war nun schon die zweite dieser Art an diesem Abend. Konnte ich ihn danach fragen? Vielleicht hatte Julius gute Gründe, warum er über manche Dinge nicht sprach. Vielleicht brauchte er einfach Zeit? Das war doch vollkommen in Ordnung. Und obwohl nirgendwo ein Wort darüber gefallen war, dass es nötig war, geschweige denn in meiner Verantwortung lag, hatte ich das Bedürfnis, ihn glücklich zu machen.

Irgendwann, als die Asche verglüht war, zogen einige der Bewohner noch los, um den Abend in einer Wirtschaft oder einem Club ausklingen zu lassen. Die Reihen an den Tischen und auf der Wiese lichteten sich und wir saßen in einzelnen kleinen Grüppchen zusammen.

Julius setzte sich neben mich, nachdem er mit einem Mitbewohner den Grill zur Seite gestellt hatte. Der Geruch nach verbrannter Holzkohle haftete an ihm und mischte sich mit dem Duft von Zitrusfrüchten, der ihn immer umgab. Seine Wärme strahlte auf meinen rechten Arm ab, so nah war er mir. Ein wohliges Kribbeln breitete sich in mir aus, als wir so mit Basti und zwei von Julius' Mitbewohnern zusammen am Tisch saßen und über Vorlesungen,

Nebenjobs und die anstehende Klausurenphase sprachen. Es war nichts Besonderes, aber gerade das genoss ich. Ich musste nichts leisten, nicht funktionieren, nicht irgendjemandes Wünsche erfüllen – einfach nur hier sitzen und den Moment auskosten.

»Wollt ihr noch etwas trinken?«, fragte einer der Mitbewohner, dessen Name ich nicht mitbekommen hatte. Basti und Julius lehnten ab und ich schüttelte den Kopf. Es knackte in meinem Nacken. Ich hatte mich zu lange nicht bewegt. Zudem war es recht kühl geworden. Hoffentlich würde ich morgen keinen steifen Hals haben.

»Ist dir kalt?« Julius sah mich besorgt an.

»Es geht«, antwortete ich, konnte mich gegen ein leichtes Zittern jedoch nicht wehren. Ohne ein weiteres Wort legte er mir seinen Arm um die Schultern und streichelte sanft meinen Oberarm. Mir wurde wärmer, als Julius vermutlich beabsichtigt hatte. Er hielt mich fest im Arm, ohne dass ich das Gefühl hatte, von ihm erdrückt zu werden. Die Gewissheit, mich jeden Moment ohne eine Erklärung oder schlechtes Gewissen aus der Umarmung lösen zu können, wenn ich es wollte, tat gut. Im Moment wollte ich allerdings gar nichts lösen. Im Gegenteil. Ich wollte noch ein Stück näher rücken, meinen Kopf auf seine Schulter legen, die Augen schließen und die Welt vergessen. Aber es ging nicht. Nicht hier vor den anderen. Nicht hier, wenn es das erste Mal war. Nur weil er hier neben mir saß und mich wärmte, bedeutete es nicht, dass es ihm recht war, wenn ich ihm noch näher kam. Während mein Verstand mir eindringliche Warnungen zurief, machte sich mein Kopf schon selbständig und kippte zur Seite. Ich fuhr zusammen. Julius stellte die Streicheleinheit ein, ließ seine Hand aber auf meinem Arm liegen.

»Oh ... sorry. Ich bin eingenickt«, stammelte ich eine Entschuldigung.

»Schon okay.« Er lächelte sanft. »Soll ich dich nach Hause bringen?«

Ich setzte mich auf und streckte den Rücken durch. »Danke, brauchst du nicht. Du musst ja den ganzen Weg auch wieder zurück«, wehrte ich ab.

Die Wahrheit war, dass ich nicht wusste, ob ich würde an mich halten können, wenn wir allein waren. Wenn mich keine Zuschauer davon abhielten, näher an Julius' Seite zu rücken, ihn in den Arm zu nehmen ... Noch nie hatte ich mich in jemandes Nähe so wohl gefühlt. Wie machte er das?

»Ich kann dir Geleitschutz geben«, bot Basti an und erhob sich von der Bank. Ich sah ihn spöttisch an. »Du mir?«

Basti mochte Rettungssanitäter sein, aber der Bodyguard-Typ war er nicht gerade. Aber wenn er in die gleiche Richtung musste wie ich, sollte es mir recht sein. Basti und Julius schlugen zum Abschied kurz mit den Händen ein. Wie sollte ich mich von Julius verabschieden? Seine und Bastis Geste zu imitieren, kam mir falsch vor. Das war so ein Männerding. Konnte ich ihn umarmen?

Julius sah mich an, zuckte kurz, blieb dann aber an Ort und Stelle stehen. Okay, also besser keine Umarmung. Ich deutete ein Winken an, das er erwiderte, und folgte Basti zu den Fahrrädern. Wir sprachen nicht, während wir nebeneinander Richtung Innenstadt fuhren. Zwar brannten mir all die Fragen des Abends auf der Zunge, aber es kam mir falsch vor, sie jetzt zu stellen. Sie Basti zu stellen. Wenn Julius wollte, dass ich mehr über ihn wusste, würde er mit mir darüber sprechen. Das hoffte ich wenigstens.

»Ich muss hier jetzt rechts abbiegen«, durchbrach Basti unser Schweigen, als wir über den Schlossplatz fuhren.

»Alles klar. Gute Nacht.«

»Dir auch. Und mach dir nicht so viele Gedanken.«

Er winkte kurz und fuhr in die Nebenstraße davon. Der hatte gut reden! Nach so einer Bemerkung spielte mein Hirn doch erst recht verrückt! Wusste er, worüber ich nachgedacht hatte? Was dachte er über Julius und mich?

Noch immer verwirrt stand ich kurz darauf in meinem Zimmer und zog mich um. Wo sollte das alles noch hinführen? Mein Handy blinkte. Wer rief denn jetzt noch an? Ich schnappte nach Luft, als ich Julius' Namen aufleuchten sah. Mit zitternden Fingern nahm ich das Gespräch entgegen.

»Hallo Malene.«

»Hej, ist das der Kontrollanruf, ob ich gut angekommen bin?«, fragte ich und bemühte mich um ein unbeschwertes Lachen. »Bin ich!«

»Nein, jedenfalls nicht direkt. Aber es freut mich natürlich zu hören.«

Schweigen. Ich lauschte meinem Herzschlag und seinem Atem.

»Ich hoffe, es war okay für dich heute Abend? Mit all den anderen Leuten, meine ich.«

Meinte er wirklich alle anderen oder nur Basti? »Klar. Es war toll!«

»Gut. Fand ich auch. Es war schön, dass du da warst.«

Wieder Schweigen. Mir fiel nicht ein, was ich darauf hätte sagen sollen. Zumindest nichts, was ich jetzt hier am Telefon hätte sagen können.

»Hmm.« *Wow, geistreich, Malene!*

»Na dann, gute Nacht. Ich hoffe, dein Bett ist bequemer als meine Schulter.«

Obwohl ich an seiner Stimme hören konnte, dass er lächelte, erstarrte ich.

Wusste er, dass ich am Wohnheim nicht wirklich eingenickt war?

»Tut mir leid, ich wollte nicht ...«

»Malene, das war kein Vorwurf! Es ist alles gut. Du darfst dich gern an mir anlehnen.«

Erleichterung durchströmte mich und am liebsten hätte ich diese Einladung sofort angenommen.

»Danke«, hauchte ich. »Du auch. Also, wenn du möchtest.«

Julius sagte nichts und kurz überfielen mich Zweifel, ob ich zu weit gegangen war. Doch als ich ihn leise und gleichmäßig atmen hörte, beruhigte ich mich wieder.

»Okay. Beim nächsten Mal dann. Schlaf gut, Malene.«

»Schlaf besser, Julius.«

Es dauerte einen Moment, bis er auflegte, und noch länger, bis mein Puls sich beruhigte und mein Herz wieder in einen geordneten Rhythmus fand. Beim nächsten Mal! Julius machte mich fertig!

Es war wohl gut gewesen, Julius zu versichern, dass es okay war, wenn er sich an mir anlehnte. Als wir uns ein paar Tage später wieder an der Mensa zum gemeinsamen Mittagessen trafen, umarmte er mich zur Begrüßung. Nur kurz und noch immer etwas angespannt, so als ob er sich bei der kleinsten Regung blitzschnell zurückziehen müsste. Trotzdem brachte es in meinem Bauch ganze Schwärme von Schmetterlingen zum Flattern. Es hatte keinen Zweck mehr, es zu leugnen. Julius bedeutete mir etwas. Während er sich in meiner Gegenwart heute jedoch zunehmend entspannte, wurde ich nervös, sobald er in meiner Nähe war. Ich wollte ihm nahe sein, ihn halten, mich an ihn lehnen, und gleichzeitig hielt mich die Angst zurück, ihn damit zu überfordern. Das zwischen uns kam mir noch so zerbrechlich vor. *Er* wirkte zerbrechlich. Wenn er mich hastig umarmte, wenn er mich leise ansprach, Pausen entstehen ließ, in denen er mich ansah und wie weggetreten schien. Julius forderte aktiv weder verbal noch physisch etwas von mir ein, was mich emotional an meine Grenzen trieb. Ich konnte nur ahnen, was er wollte. Sicher war ich mir keinesfalls. War es bislang nur Glück gewesen, dass ich ihm nicht zu nahegetreten war?

Während wir die Stufen nach oben zum Speisesaal emporstiegen, stieg mir sein zitroniger Duft in die Nase. Die Schmetterlinge in meinem Bauch mutierten zu Zitronenfaltern und schlugen wilde Kapriolen. Vorsichtshalber brachte ich ein paar zusätzliche Zentimeter Sicherheitsabstand zwischen uns und steuerte in der Mensa direkt die Salatbar an.

Als wir uns an einem freien Tisch wiedertrafen, lag Julius' Handy neben seinem Teller auf dem Tablett.

»Ich habe gerade eine Nachricht von Rika bekommen. Sie hat heute einen Termin in der Klinik und fragt, ob ich dabei bin.«

»Und natürlich hast du ja gesagt.«

»Noch nicht. Aber ja, ich fahre nachher rüber. Was ist mit dir, magst du mitkommen?«

Vor Überraschung kippte ich beinahe vom Stuhl. Mir fiel ein, dass Julius einmal angedeutet hatte, dass ich ihn begleiten könnte. Doch ich hatte das Angebot für rein hypothetisch gehalten.

»Meinst du das ernst? Ich kann doch nicht einfach da aufkreuzen.«

Ich sah Julius nicht an, sondern schob ein paar Möhrenraspel und Salatblätter in der Schüssel hin und her. Meine Hoffnung, er möge meine Ausrede nicht durchschauen, erfüllte sich jedoch nicht.

»Ich würde Rika einfach fragen. Aber du musst nicht, wenn du nicht willst.«

Nun sah ich ihn doch an. Er war nicht enttäuscht, er würde ein *Nein* voll und ganz akzeptieren. Aber irgendwie kam mir meine Zurückhaltung nun lächerlich vor.

»Doch, doch. Das war jetzt nur überraschend. Ich bin nicht so der Fan von Krankenhäusern ...«

»Ich weiß, das hast du erzählt. Du brauchst keine Angst zu haben, aber ich verstehe es, wenn du nicht mitkommen möchtest.«

Das war es. Diese Akzeptanz, mir die Entscheidung zu überlassen, brachte den Ausschlag.

Und so betrat ich drei Stunden später neben Julius die Klinik. Die Wärme und der sterile Geruch pressten die Luft aus meiner Lunge und mein Herz schlug unwillkürlich schneller, was diesmal leider nichts mit Julius zu tun hatte. Ich hätte nicht damit gerechnet, dass nach all den Jahren ein Krankenhaus noch diese Wirkung auf mich haben würde. Die Bilder meiner Großeltern, wie sie in ihren Krankenbetten lagen, tauchten wieder vor meinem inneren Auge auf. Ich hörte die gedämpften Stimmen meines Vaters und der Ärzte, das schwache Flüstern meiner Oma. Wie damals überkam mich auch jetzt wieder der Drang, wegzulaufen, nach draußen an die frische Luft.

Julius vor mir bewegte sich mit allergrößter Selbstverständlichkeit auf den Aufzug zu. Ich verlangsamte meinen Schritt. Es war doch eine bescheuerte Idee gewesen, Julius zu begleiten. Was sollte ich hier?

»Malene?« Julius hielt inne und sah mich besorgt an. »Möchtest du doch lieber draußen warten? Das ist in Ordnung.«

Er legte mir eine Hand auf die Schulter. Das gab mir neue Kraft. Ich schluckte und schüttelte entschlossen den Kopf.

»Nein, ich komme mit. Aber gibt es vielleicht eine Treppe?«

Julius lächelte, führte mich den Flur ein paar Meter weiter hinunter und öffnete die Tür zum Treppenhaus.

Als wir auf dem Flur der Kardiologie ankamen, öffnete sich zeitgleich die Tür des Aufzugs und ein Mädchen trat heraus. Ein Lachen flog über ihr schmales Gesicht, als sie uns sah.

»Jules! Hi!«

Jules?

»Ich hasse es, wenn sie mich so nennt«, murmelte Julius mir zu. Doch er schien sich nicht ernsthaft zu ärgern. Seine Züge wurden gleich wieder weich und er machte einen Schritt auf das Mädchen zu. »Hallo Rika.«

Das war sie also. Die Patientin, von der er mir nun schon öfters erzählt hatte. Sie sah nett aus und außerdem alles andere als schwerkrank. Die blonden Haare fielen ihr offen ins Gesicht und bis auf die Schultern. Um ihren Hals hatte sie enorme Kopfhörer gehängt, die auf und ab wippten, als sie sich zu mir umdrehte.

»Das ist Malene«, stellte Julius mich vor.

Rika streckte mir ihre Hand entgegen und schenkte mir ein offenes Lächeln.

»Hi, du bist also die, die Schuld daran ist, dass Jules mich beim letzten Mal beinahe falsch verkabelt hätte.«

Hatte er das? Kaum zu glauben.

Ich erwiderte das Grinsen, das sich nun auf ihrem Gesicht breitmachte. Ihre Schlagfertigkeit gefiel mir.

»Zum Glück entgeht dir nichts«, erwiderte Julius. Täuschte ich mich, oder war er tatsächlich rot geworden?

»Bist du bereit für die Spiroergometrie?«

»Klar, ich habe heute extra Sport geschwänzt, damit ich glänzen kann.«

Julius zog die Stirn in Falten. Irgendetwas schien ihm an ihrer Antwort nicht zu passen. Rika verdrehte die Augen und rückte die Träger ihres Jutebeutels zurecht.

»Jules, das war ein Scherz!« Sie wandte sich wieder mir zu. »Sport darf ich mit meinem Herz nicht machen. Würde mir auch nicht einfallen. Aber Jules hält mich offenbar für bekloppt.«

Julius verzog das Gesicht. »Bist du ja auch. Ich sage nur Energydrinks.«

Abermals verdrehte Rika die Augen und warf gleichzeitig die Hände in die Luft. »Jaaaaa, das war nicht klug. Aber ich habe erstens daraus gelernt und zweitens diesen Vortrag schon zehnmal gehört. Davon dreimal von dir.«

Ich kam nicht mehr mit. Eigentlich hatte ich zwischendurch fragen wollen, was für eine Untersuchung Rika bevorstand, aber über die Diskussion zwischen Julius und ihr konnte ich mich nicht einmal mehr an den Namen erinnern. Wir hielten vor einer Tür auf der Mitte des Flurs an und Rika klopfte. Ich blieb unschlüssig stehen, als Julius und sie eintraten. Sollte ich ihnen folgen? Eigentlich hatte ich hier nichts verloren. Doch als Rika mir zuwinkte, gab ich mir einen Ruck und betrat das Behandlungszimmer.

»Oh, du hast heute Besuch mitgebracht«, sagte der Arzt, nachdem er Rika und Julius begrüßt hatte, und gab auch mir die Hand. Er sah freundlich aus, trotzdem hatte ich das Gefühl, meine Anwesenheit rechtfertigen zu müssen.

»Aber nur, wenn das okay ist. Ich kann auch draußen warten.«

Der Arzt zuckte beinahe gleichgültig mit den Schultern. »Mir ist das recht, wenn Rika nichts dagegen hat ...«

Er führte den Satz nicht zu Ende. Rika legte ihren Jutebeutel ab, steckte die Kopfhörer hinein und setzte sich seitlich auf die Patientenliege. Julius machte sich derweil mit Kennermiene an einem Gerät zu schaffen, das sich mir nicht erschloss. Daneben standen eine Art Hometrainer-Fahrrad und ein weiteres Gerät, aus dem einige Kabel hingen. Ich saß am Rand auf einem Stuhl und kam mir überflüssig vor. Wie von fern hörte ich, wie der Arzt sich nach Rikas Befinden erkundigte, mit Julius etwas besprach und Rika schließlich bat, sich freizumachen. Rika ging hinter eine kleine Trennwand und kam kurz darauf mit nacktem Oberkörper wieder hervor. Der Arzt und Julius verzogen keine Miene, mir stockte jedoch der Atem. Rika hielt den Blick gesenkt und hatte die Arme um die Brust geschlungen. Der Arzt achtete nicht weiter auf sie, sondern war noch mit dem Computer beschäftigt. Auf Julius' Stirn legte sich eine Falte.

»Bist du so weit?«, fragte er Rika sanft.

Sie nickte, ging aber etwas steif auf das Fahrrad zu und setzte sich auf den Sattel, wozu sie zwangsläufig ihre schützende Haltung aufgeben musste. Ich schluckte. Wie unangenehm musste es sein, mit entblößter Brust hier vor zwei Männern zu sitzen? Und dann auch noch ich als völlig Fremde! Ich hätte nicht mit ihr tauschen wollen. Sollte ich lieber gehen? Doch in diesem Augenblick sah Rika zu mir herüber und lächelte tapfer. Ich lächelte zurück.

Julius nahm die Kabel von dem Gerät neben dem Rad und befestigte die Enden mit Saugnäpfen auf ihrer Haut. Dabei sah er nicht länger als notwendig auf Rikas Brust, sondern sah ihr immer wieder in die Augen und erkundigte sich, ob es ihr gut ging, wie es in der Schule gewesen war und welche Musik sie gerade gehört hatte. Rika antwortete ausführlich, bis Julius ihr schließlich eine riesige Plastikmaske aufsetzte, die über einen Schlauch mit dem anderen Gerät verbunden war. Der Arzt kam nun auch hinter seinem Schreibtisch hervor.

»So, dann wollen wir mal.«

Rika beugte sich nach vorn, umklammerte den Lenker und trat in die Pedale. Der Arzt sah auf den Monitor, wo, wie ich vermutete, bunte Linien Rikas Herzfrequenz veranschaulichten. Julius zeigte ihr hin und wieder einen Daumen hoch und lächelte ihr zu. Anfangs schien die Untersuchung nicht schlimm zu sein, doch nachdem Julius auf Anweisung des Arztes eine Einstellung am Rad verändert hatte, atmete Rika bald schwerer und Schweiß trat ihr auf die Stirn. Sie senkte den Kopf und ihre Arme zitterten. Was sollte das eigentlich werden? Wollten der Arzt und Julius warten, bis sie vom Rad kippte? In mir wuchs zunehmend Unwohlsein. Der Geruch nach Desinfektionsmittel stieg mir in die Nase und legte sich auf meine Zunge. Die Wärme drückte auf meine Augenlider und meine Hände waren eklig feucht. Ich versuchte vergeblich, den schlechten Geschmack im Mund herunterzuschlucken. Julius sagte etwas, Rika hielt an und hob langsam den Kopf. Sichtlich erschöpft streckte sie ihm die Hand entgegen und er schlug ein.

Leise stand ich auf und verließ das Zimmer. Ich lief den Flur hinunter auf der Suche nach einer Toilette, wo ich mir am Waschbecken den Mund ausspülte und kaltes Wasser über die Arme laufen ließ. Langsam kehrten die Lebensgeister wieder und ich schlenderte bis zum Ende des Flurs, wo ich mich an das Geländer lehnte und aus dem Fenster sah. Froh, dem Untersuchungszimmer entkommen zu sein. Gleichzeitig schämte ich mich, einfach gehen zu können, während Rika diese Möglichkeit nicht hatte. Dabei war es für sie sicherlich tausendmal schlimmer gewesen. Was hatte ich eigentlich erwartet? Dass Julius mir jeden Schritt erklären würde? Dass ich in die Untersuchung mit einbezogen würde? Nein, eigentlich war mir klar gewesen, dass ich nicht mehr als eine Zuschauerin sein konnte. Woher kamen dann diese Unzufriedenheit und Beklemmung?

Draußen fuhr ein Rettungswagen vorbei, medizinisches Personal betrat und verließ das Gebäude ebenso wie Leute in normaler Kleidung. Patienten oder Besucher? Alles schien einem bestimmten Plan zu folgen. Die Klinik war eine Welt für sich, wo alle ihren Platz oder ihre Aufgabe hatten. Ich gehörte nicht hierher.

»Hier bist du.«

Ich zuckte zusammen. Julius stand neben mir, hinter ihm kam Rika den Flur hinunter.

»Ist alles in Ordnung? Du warst so plötzlich verschwunden.«

»Ich musste nur mal zur Toilette und wollte dann nicht wieder reinplatzen.«

Warum log ich ihn an? Das hatte er nicht verdient. Seine dunklen Augen musterten mich besorgt.

»Ach so«, sagte er leise. »Ich muss noch einmal kurz rein, bin aber gleich wieder bei dir, okay?« Er strich mir über den Oberarm und lief wieder ins Behandlungszimmer. Rika war inzwischen bei mir angekommen und lehnte sich neben mich ans Geländer.

»Hej, wie geht's?«, fragte ich sie.

»Okay. Es ging schonmal besser.« Ihre Stimme klang belegt und leiser als bei unserer Begrüßung.

»Die Untersuchung war ganz schön heftig. Hast du die öfter?«

Rika nickte und steckte die Hände in die Bauchtasche ihres Hoodies. »Ja, immer mal wieder. Ist auch definitiv nicht schön. Aber, ganz ehrlich, wenn Julius dabei ist, geht's mir meistens besser.«

Sie sah mich an und lächelte beinahe entschuldigend. Als ob ich etwas dagegen haben könnte!

»Er strahlt so eine Ruhe aus. Das hilft sehr.«

»Ich weiß, was du meinst.«

Wir sahen uns an und mussten gleichzeitig grinsen.

Rika stützte die Unterarme aufs Geländer und sah mich von der Seite an.

»Wie lang seid ihr eigentlich schon zusammen?«

»Wir sind nicht zusammen«, erwiderte ich perplex.

Sie riss die Augen auf. »Was? No way!«

Ganz schön direkt, aber irgendwie auch sympathisch. Ich hob die Schultern und ließ sie langsam wieder sinken. Sollte ich ihr jetzt erklären, was zwischen Julius und mir war? Dazu hätte ich selbst erst einmal durchsteigen müssen.

Rika wartete eine Antwort meinerseits allerdings nicht ab. »Na ja, also, wenn du meine bescheidene Meinung hören willst, ist das nur eine Frage der Zeit. Ihr passt megagut zusammen.«

Ich konnte sie nur fassungslos anstarren. Woher wollte sie das wissen? Zumindest mich kannte sie doch gar nicht.

»Guck nicht so. Ich hab ein besonderes Herz, ich spür so etwas.«

Gerne hätte ich noch etwas erwidert, doch in diesem Augenblick kehrte Julius mit dem Arzt zurück.

»So, Rika, hier ist eine Kopie der Ergebnisse für deine Mutter. Sie kann mich gern jederzeit anrufen.«

Der Arzt gab Rika einen Briefumschlag und schüttelte ihr die Hand. Ihre Augenlider flatterten, als sie den Brief in den Beutel steckte, auch wenn sie sich ansonsten unbekümmert gab wie zuvor.

»Das macht sie auf jeden Fall, sobald sie von der Arbeit zurück ist.«

Der Arzt nickte und ging nach einem kurzen Gruß davon. Julius trat näher auf uns zu und Rika grinste verschmitzt.

»Was ist los?«, fragte Julius und sah prüfend an sich hinab.

»Nichts«, flötete Rika, hörte dabei aber nicht auf zu grinsen.

Julius runzelte die Stirn und schüttelte den Kopf. »Na gut, behalte dein Geheimnis für dich. Was haltet ihr davon, wenn wir uns etwas zu trinken besorgen und uns noch ein bisschen in den Park setzen?«

»Geht ihr mal allein, ich muss noch Hausaufgaben machen.«

»Hausaufgaben. Du?« Julius lachte spöttisch, aber Rika blieb bei ihrer Meinung. Sie blinzelte mir heimlich zu, während sie auf den Aufzugknopf drückte. Auf der Fahrt ins Erdgeschoss sah sie uns provozierend grinsend an. Aber weder Julius noch ich tat ihr den Gefallen, uns hier in ihrer Gegenwart näherzukommen.

Draußen vor dem Eingang winkte sie uns kurz zu.

»Danke für die Hilfe heute, Jules. Macht's gut!«

»Du auch, pass auf dich auf. Und vergiss nicht zu trinken, das war ernst gemeint!«

Rika zog eine Wasserflasche aus ihrem Beutel und tippte sich mit zwei Fingern an die Stirn. »Geht klar, Doc!«

Ich sah Rika nach und wäre beinahe in einen Patienten hineingelaufen, der mit Tropf und Mundschutz vor dem Krankenhaus stand. Mit heißen Ohren murmelte ich eine Entschuldigung und ging schweigend neben Julius den Weg hinunter. All die Eindrücke der vergangenen Stunde geisterten mir durch den Kopf. Die Wärme, der Geruch nach Desinfektionsmittel, die hektischen Schritte von Krankenschwestern und Pflegern, das Klingeln des Aufzugs in der sonst so sterilen drückenden Stille der Flure. Das alles hielt mich gefangen. Wie schaffte Julius es nur, nicht verrückt zu werden, wenn er sich dieser Atmosphäre beinah täglich aussetzte?

Rika hatte zwar deutlich gemacht, dass sie weder bedauert noch bemitleidet werden wollte, aber die Angst auf ihrem Gesicht, als sie den Brief an ihre Mutter entgegennahm, hatten auch ihre lockeren Sprüche nicht überspielen können.

»Malene? Ist alles in Ordnung? Du bist so still.«

Julius blieb stehen und sah mich an, ohne dabei zu blinzeln. In seinen Pupillen erkannte ich mein Spiegelbild.

»Ich brauch einfach noch, um das alles zu verarbeiten«, gab ich zu. »Ich war heute zum ersten Mal seit dem Tod meiner Oma wieder in einem Krankenhaus.«

»Das wusste ich nicht. Tut mir leid, ich wollte dich nicht überfordern.«
Julius legte mir seine Hand auf die Schulter. Er wirkte ernsthaft betroffen.

»Es ist nicht deine Schuld, ich hätte selbst nicht gedacht, dass all die Erinnerungen an damals so plötzlich wiederkommen.«

Langsam glitt seine Hand an meinem Arm hinunter und er nahm meine

Hand in seine. Als hätte er damit einen Schalter umgelegt, wich die Beklemmung von mir und machte einer prickelnden Leichtigkeit Platz. Wenn er mich jetzt losließ, würde ich garantiert wegfliegen. Ich schloss meine Finger eng um seine und spürte dem sanften Pulsschlag nach. War es seiner oder meiner? Spielte es eine Rolle? Dieses Pulsieren zwischen unserer Haut verband uns.

Er blinzelte mir zu und langsam setzten wir unseren Weg durch den Schlossgarten fort. Erst jetzt realisierte ich, dass es um uns herum keinesfalls so still war, wie ich angenommen hatte, seit wir die Klinik verlassen hatten. In den Bäumen zwitscherten Vögel, über die Wiesen drangen die Stimmen von spielenden Kindern und lachenden Studierenden. Von irgendwoher erklang Klaviermusik. – Nein, das bildete ich mir jetzt ein. Das war zu kitschig! Ich spitzte die Ohren. Doch, eindeutig. Irgendwo spielte jemand Klavier. Als wir dem Schloss und damit dem Ausgang des Schlossgartens näherkamen, erkannte ich auch die Melodie.

»Wie schön, da spielt jemand den Amélie-Soundtrack.«

Julius stöhnte. »Leider.«

»Was denn? Ich liebe das Stück. Das konnte ich sogar auch mal spielen.«

»Ja, das konnte jeder mal spielen. Das Schlimme ist, dass es auch jeder tut.«

Wir betraten den Schlossplatz, wo ein Klavier aufgebaut war, neben dem ein Schild mit der Aufschrift *Einfach spielen* stand. Richtig, ich hatte davon gehört, dass für eine Woche ein Klavier in der Innenstadt stehen sollte, auf dem jeder, der mochte, spielen durfte. Gerade saß eine junge Frau davor. Eine Studentin vermutlich. Soeben hatte sie den ersten Teil der Ballade beendet und ging in den zweiten über. Bei den schnellen Läufen konnten die Finger ihrer rechten Hand allerdings nicht mit dem Tempo der linken Hand mithalten und sie verhaspelte sich ein- oder zweimal. Mich störte es nicht, ich hatte früher mit den gleichen Schwierigkeiten gekämpft.

Julius hingegen schien ernsthaft zu leiden. »Oh bitte, warum hört sie nicht einfach auf? Das ist ja schrecklich.«

Ich stieß ihm sanft den Ellenbogen in die Seite. »Hör auf, lass ihr doch den Spaß.«

»Können wir dann woanders hingehen?«

Er wandte sich schon um, doch ich hielt ihn zurück. Was fiel ihm eigentlich ein, so sehr an dem Spiel der Studentin herumzumeckern? Natürlich hörte auch ich, dass hier keine Profipianistin am Werk war. Aber war das nicht der Witz an dieser Aktion? Jeder sollte spielen dürfen. Ansonsten hätte man wohl eine Bühne aufgebaut und nur studierte Musiker auftreten lassen.

»Dann mach es halt besser!«, forderte ich Julius auf.

Er kräuselte die Stirn. »Was?«

»Wer meckert, muss es selber besser machen.«

Einen Moment lang musterte er mich und seine dunklen Augen funkelten mich an. War es Ärger oder Spott? Die Studentin erhob sich schulterzuckend vom Klavierhocker, griff nach einer Tasche und ging davon. Der Platz am Klavier blieb leer.

Ich sah Julius herausfordernd an. »Also?«

Er atmete scharf aus und löste seine Hand aus meiner.

»Okay«, sagte er und setzte sich ans Klavier.

Ich blieb verblüfft stehen. Das hatte ich nicht erwartet. Julius streckte seine Finger, legte sie behutsam auf die Tasten – und spielte.

Er hatte mich nach zwei Takten. Zuerst kamen die Töne leise und langsam, doch schon bald zog er das Tempo an. Seine Hände flogen nur so über die Tasten. Er ließ die Töne von seinen Fingerspitzen fallen wie Glasperlen, die er durch sanftes Streicheln zum Klingen brachte. Die Melodie ging von einem Mezzoforte ins Forte über und wurde tiefer, klang energischer. Julius legte sich in die Akkorde, wiegte den Oberkörper vor und zurück, während sein Fuß bedächtig auf und ab wippte und das Pedal betätigte. Die Akkorde drangen weit über den Platz und er setzte ein paar hohe Töne darüber, bis sein Anschlag schließlich weicher wurde und er das Tempo wieder drosselte.

Julius streckte den Rücken durch und senkte den Kopf. Seine Augen waren geschlossen, als der letzte Ton verklang. Langsam hob er die Finger von den Tasten.

Ich fand nur allmählich in die Realität zurück. Ein paar Passanten waren stehen geblieben und applaudierten. Zu Recht! Selbst war ich noch zu überfordert von dem, was ich gerade gehört hatte, dass meine Hände es nicht schafften, in den Applaus der anderen einzufallen. Julius erhob sich vom Klavierhocker und kam mit raschen Schritten auf mich zu.

»Zufrieden?«

»Ich … das …«

Seine eben noch etwas verkniffene Miene verzog sich zu einem Grinsen.

»Ja, sorry, das war nicht der Amélie-Soundtrack …«

»Julius, das war genial!«

Er schüttelte den Kopf. »Quatsch, so gut spiele ich gar nicht mehr.«

»Jetzt mal im Ernst, du spielst nicht einfach nur ein bisschen Klavier, oder? Du hast es voll drauf.«

Er seufzte und wand sich, fuhr sich mit den Händen über die nackten Handgelenke.

»Na gut, womöglich habe ich vor zehn, zwölf Jahren das eine oder andere Mal bei *Jugend musiziert* gewonnen. Aber seitdem ist echt viel Zeit vergangen.«

Großartig! Nicht, dass ich ohnehin schon längst vermutet hatte, dass Julius ein Überflieger im Studium war. Jetzt entpuppte er sich auch noch als Preisträger. Das war ja kaum auszuhalten.

»Wie kann man nur in allem so gut sein?«

»Nicht in allem«, erwiderte Julius ernst. »Außer Klavierspielen habe ich kein Talent.«

Ich war geneigt, ihm zu widersprechen, als er wieder meine Hand nahm und meinen Körper in Aufruhr versetzte.

13.
Kapitel

*D*ie Kommunikation mit Wilma schrumpfte auf ein Minimum. Sie stand sehr früh auf, ging von ihren Vorlesungen direkt in die Bib und kam erst gegen Mitternacht nach Hause, wo sie sich immer direkt in ihrem Zimmer verkroch und wer weiß wie lange weiterlernte. Wenn wir uns doch einmal zufällig über den Weg liefen, murmelte sie ständig irgendwelche Fachbegriffe vor sich hin und war für äußere Einflüsse nicht zugänglich.

»Gibt es eigentlich ein Physikum-Syndrom?«, fragte Leonie mich, als wir in der Woche vor unserer ersten Klausur zu zweit in der Küche saßen und lernten und dabei Schokolade aßen, um uns zu motivieren.

»Keine Ahnung«, antwortete ich schulterzuckend, »aber wenn es das gibt, hat Wilma schon ein fortgeschrittenes Stadium erreicht.«

Leonie nahm ein Stück Schokolade aus dem Papier und blätterte durch ihre Aufzeichnungen. »Zu Luhmann kommt garantiert eine Aufgabe«, murmelte sie.

Ich zuckte zusammen, als Leonie den Namen fallen ließ. Mit Luhmann und seiner Systemtheorie war für mich seit dem Tag, an dem ich den Text darüber gelesen hatte (beziehungsweise hätte lesen sollen), untrennbar Julius verbunden. Unsere Dozentin hatte in den letzten Wochen immer wieder an Luhmann angeknüpft und immer, wenn sie ihn erwähnte, sprang in meinem Kopf ein Schalter um: PLING!!! *Julius.*

Natürlich brauchte ich keine Systemtheorie, um an ihn zu denken. In der vergangenen Woche hatten wir uns fast täglich gesehen und seine Berührungen, so kurz sie auch waren, wirkten noch lange nach.

Aber immerhin hatte ich die Systemtheorie, die eindeutig das Steckenpferd von Frau Dr. Grass war, mittlerweile verinnerlicht und stotterte nicht mehr unsicher herum, wenn ich danach gefragt wurde. So ratterte ich auch jetzt Leonie die Inhalte vor, bis sie abwehrend die Hände hob und mich unterbrach.

»Okay, okay, ist ja gut. Du kannst es, ich glaub's dir.«

»Dann würde ich sagen, sind wir bestens gerüstet für die Klausur.« Ich schlug energisch meinen Ordner zu.

»Ich denke auch. Und in drei Wochen heißt es: Frankreich, ich komme!«

Leonie freute sich schon seit Wochen auf die Sommerferien, die sie mit ihrer ehemaligen Pfadfindergruppe irgendwo in Südfrankreich verbringen würde. In Wilmas Gegenwart hatte sie in den letzten Wochen allerdings zu dem Thema Ferien geschwiegen. Unsere Mitbewohnerin empfand es ohnehin schon als Schmach, dass sie noch Wochen länger als wir lernen und Prüfungen schreiben musste, um überhaupt weiterstudieren zu dürfen.

»Schreibst du mal eine Karte?«, fragte ich Leonie.

Sie nickte. »Klar, aber du berichtest mir ausführlich, wie es mit deinem Prinzen weitergeht.«

Nachdem ich mich Wilma gegenüber schon verplappert hatte, was Julius' Adelstitel anbelangte, hatte ich es auch Leonie anvertraut, weil ich es unfair fand, sie außen vor zu lassen. Aber natürlich hatte ich auch ihr das Versprechen abgenommen, nichts zu sagen.

»Wenn er mich auf sein Schloss führt, sage ich Bescheid«, versprach ich lachend.

Zum gefühlt hundertsten Mal sah ich auf meine Handyuhr. Seit einer halben Stunde stand ich vor dem Kino und wartete. Julius und ich waren für halb acht verabredet, jetzt war es schon Viertel vor. Wäre ich mit Wilma verabredet gewesen, hätte ich mir keine Sorgen gemacht, doch dass Julius sich geschlagene 15 Minuten verspätete, beunruhigte mich. Bis auf das eine Mal, als er mich vor der Mensa hatte warten lassen müssen, war er immer die Pünktlichkeit in Person gewesen. Wo blieb er also?

Ich rief ihn an, doch nach dreimaligem Klingeln sprang nur die Mailbox an. Noch ehe die elektronische Stimme ihre Ansage beendet hatte, legte ich auf. Wenn Julius nicht ans Handy ging, würde er vermutlich auch nicht in den nächsten fünf Minuten seine Mailbox abhören. Ich ließ das Handy zurück in meine Jackentasche gleiten und fächelte mir mit den bereits gekauften Kinokarten Luft zu.

Aus beiden Richtungen der Einkaufszone kamen Leute auf das Kino zu, gingen an mir vorbei und verschwanden im Innern. Hin und wieder erkannte ich jemanden von der Uni und grüßte stumm. Julius ließ weiter auf sich warten. Missmutig sah ich einer Kommilitonin hinterher, die mit ein paar Freunden das Kino betrat. Hätte ich einfach mitgehen sollen? Erneut zog ich mein Handy aus der Tasche. Warum hatte ich es überhaupt weggesteckt? Ein schneller Blick genügte, um festzustellen, dass Julius sich nicht gemeldet hatte. Keine Nachricht, kein Anruf. Das konnte doch nicht wahr sein! 19:55 Uhr. Zwar war ich mir ziemlich sicher, dass um acht erst einmal die Werbung anlaufen würde, die bekanntlich mindestens 20 Minuten in Anspruch nahm. Julius hatte also theoretisch noch eine gute halbe Stunde bis zum Filmbeginn Zeit. Aber so lange wollte ich nicht mehr hier draußen rumstehen und warten. Außerdem war fast nichts peinlicher, als im dunklen Kinosaal über die Beine anderer Leute und Popcorntüten klettern zu müssen, um den richtigen Platz zu finden.

Sollte ich noch einmal anrufen? Mein Finger schwebte über dem Display. Nein, das war aussichtslos. Fluchend steckte ich das Handy wieder zurück.

Während der nächsten Minuten, die mir wie Stunden vorkamen, tigerte ich vor dem Kino auf und ab und ließ meinen Blick dabei die Einkaufszone hoch und runter wandern. Von Julius keine Spur. Um Viertel nach acht gab ich auf. Ich sprach zwei Teenies an, die auf das Kino zusteuerten und mir die Karten begeistert abnahmen. Wenigstens ihr Abend war gerettet. Sie hätten schon Sorge gehabt, es nicht mehr rechtzeitig zu Filmbeginn zu schaffen, erzählten sie mir, bevor sie fröhlich winkend davongingen.

Meine Laune war hingegen verhagelt. Ich hatte mich so darauf gefreut, vor dem anstehenden Klausurenstress noch einen entspannten Abend im Kino zu verbringen. Klar, ich hätte allein oder mit meiner Kommilitonin den Film anschauen können – aber das wäre nicht das Gleiche gewesen.

Weder Wilma noch Leonie waren zuhause, als ich wieder in der WG eintraf. Aber das war mir im Moment ganz recht. Ich warf meine Handtasche unachtsam über den Schreibtischstuhl und pfefferte das Handy aufs Bett. In der Küche goss ich mir einen frischen Pfefferminztee auf und stand mit der Tasse vor dem Fenster herum, bis der Tee durchgezogen war.

Warum war Julius nicht gekommen? Kurz flammte die Sorge in mir auf, ihm könnte etwas passiert sein. Fahrradunfall, Sommergrippe, Übelkeit wegen der anstehenden Klausuren, was auch immer. Aber an keine dieser Möglichkeiten wollte ich glauben. Julius fuhr überaus vorsichtig Rad. Als wir gestern Abend telefoniert hatten, war von einer Sommergrippe kein Anzeichen gewesen. Und nervöse Übelkeit – nein, nicht bei Julius.

Meine anfängliche Sorge verwandelte sich in Zweifel und unwillkürlich meldete sich wieder die Stimme in meinem Kopf, die ich in den letzten Wochen gut hatte verdrängen können, die mir aber direkt wieder vertraut war.

Was, wenn Julius etwas Besseres vorhatte? Wenn er sich gar nicht ernsthaft mit mir hatte treffen wollen? Kino, ein Roadmovie – das war doch wirklich nichts, was Julius interessierte.

Aber war er nicht begeistert gewesen, als ich den Film vorgeschlagen hatte? »Das klingt super«, hatte er gesagt.

Komm schon, Lene, sagen kann man viel. Uli hat auch gesagt, dass er dich liebt!

Ohne Vorwarnung schoss mir die Szene von Uli und Molly auf dem Marktplatz in den Kopf. Mein Kopfkino machte sich ganz ohne Popcorn und Werbung selbständig und tauschte Uli gegen Julius aus. Nein, Julius würde niemals mit Molly oder jemand anderem so in der Öffentlichkeit rumknutschen!

Trotzdem ließ mich das Bild nicht los. Ich konnte nicht anders, als vor mich hinzustarren und das Bild immer und immer wieder vor meinem inneren Auge zu reproduzieren. Erst als meine Hand so stark zitterte, dass der heiße Tee aus der Tasse auf mein Handgelenk schwappte, erwachte ich aus meiner Trance. Ich bückte mich, wischte den Tee vom Boden und meinem Handgelenk und kippte den Rest in die Spüle, ohne auch nur einen Schluck getrunken zu haben.

Mit in die Hand gestütztem Kopf brütete ich im Lesesaal der Bibliothek über meinen Büchern. Irgendwie musste ich dieses Zeug doch in meinen Schädel kriegen! Allerdings war es unmöglich, mich auf Medienforschung zu konzentrieren, während die Mittagssonne durchs Fenster brannte. Und wenn ich ehrlich war, ging es mir auch gar nicht darum, zu verstehen, was in meinen

Aufzeichnungen stand. Ich brauchte lediglich Ablenkung von den Zweifeln und Gedanken, die seit gestern Abend an mir nagten. Nur deshalb hatte ich zugestimmt, Wilma zu ihrer Lerneinheit zu begleiten. Meine beste Freundin saß neben mir und war im Gegensatz zu mir offenbar voll im Thema. Ich schielte auf einen Abschnitt in ihrem Anatomiebuch, hatte aber schon beim dritten Wort den Satzanfang vergessen. Mein Blick wanderte von links nach rechts. Überall um mich herum beugten sich Köpfe über dicke und dünne Bücher, Hefter und Ordner mit Notizen. Alle schienen zu 100 Prozent bei der Sache zu sein – und das lenkte mich nur noch mehr ab. Das war doch alles sinnlos!

Plötzlich vibrierte mein Handy. Ruckartig hoben sich die Köpfe der anderen Lernenden um mich herum und nicht nur Wilma schoss mit funkelnden Blicken nach mir. *Pis!* Peinlicher ging's echt nicht. Mit zusammengepressten Lippen und gesenktem Blick umklammerte ich das Handy und verließ fluchtartig den Lesesaal. Vor der Tür nahm ich das Gespräch entgegen.

»Hallo?«

»Malene? Hier ist Julius.«

Ich taumelte gegen die Wand. Mein Puls dröhnte in meinen Ohren und wenn ich meine Hand nicht fest ums Handy gekrallt hätte, wäre es mir durch die Finger gerutscht.

»Du hast gestern versucht, mich zu erreichen. Was war los?«

Für einen Moment war ich sprachlos. War das sein Ernst? Hatte er unsere Verabredung tatsächlich vergessen? All die Zweifel, die mich in den letzten Stunden gefangen gehalten hatten, wurden von einer unbändigen Woge der Wut weggeschwemmt.

»Was los war? Wir waren verabredet! Ich habe eine geschlagene Stunde vor dem Kino auf dich gewartet. Das war los!«

»Verdammt, das habe ich komplett vergessen! Es ist etwas dazwischengekommen.«

Das durfte doch nicht wahr sein! Ich fuhr mir mit der Hand durch den Haaransatz und presste den Hinterkopf gegen die kühle Wand.

»Und was war so wichtig, dass du nicht einmal Bescheid sagen konntest?«

Julius antwortete nicht. Nur sein Atem drang durch den Lautsprecher an mein Ohr. Es klang anders als sonst. Abgehackt, gepresst, als würde es ihm schwerfallen. Schließlich seufzte er leise.

»Hör zu, Malene, ich kann verstehen, dass du sauer bist, aber ich kann dir das nicht am Telefon erklären. Wo bist du gerade?«

»In der Bib. Beim Lernen.«

»Machst du gleich eine Mittagspause? Dann komme ich vorbei.«

Mein Bauch rumorte noch immer vor Ärger, doch ich stimmte zu und Julius versprach, in zwanzig Minuten in der Bibliothek zu sein. Ich kehrte zurück in den Lesesaal und startete einen weniger als halbherzigen Versuch, doch noch etwas zu lernen. Nach fünf Minuten gab ich auf, sammelte meine Siebensachen zusammen, verabschiedete mich leise von Wilma und verließ die Bib. Draußen atmete ich ein paarmal tief durch. Ich schloss die Augen. Sonnenstrahlen fielen warm auf meine Lider und langsam wurde ich ruhiger. Es würde sich alles klären.

Die zwanzig Minuten waren noch nicht um, als ich Julius kommen sah. Es fuhr mir eiskalt den Rücken hinunter und mit der Ruhe, die ich in den letzten Minuten gefühlt hatte, war es schlagartig vorbei. Auf seiner Stirn lag eine tiefe Falte, er hatte die Augenbrauen eng zusammengezogen und seine dunkel unterränderten Augen blinzelten müde gegen das Sonnenlicht. Er sah aus, als hätte er die ganze Nacht nicht geschlafen.

Ich sprang auf, eilte ihm entgegen. »Was ist los?«

Er versteifte sich, als ich ihn umarmte, wich meinem Blick aus. Sofort ließ ich ihn wieder los. Ein kleiner roter Schnitt zierte seinen Hals. Er musste ziemlich durch den Wind sein. Ich zog ihn mit mir auf die Bank neben der Bibliothek und hätte gern seine Hand gehalten, spürte aber deutlich seinen Widerstand. Julius stützte die Ellbogen auf die Oberschenkel und sah auf das Pflaster zu unseren Füßen.

Je länger er schwieg, desto nervöser wurde ich. Was, zur Hölle, war passiert? Er massierte seine Schläfen, schüttelte den Kopf, atmete schwer.

»Rika wurde gestern in die Klinik eingeliefert.«

Meine Wasserflasche, die ich ihm gerade hatte reichen wollen, glitt mir aus der Hand und fiel mit dumpfem Laut auf den Boden.

»Scheiße! Aber wieso? … Was ist passiert?«

»Sie ist beim Shoppen zusammengebrochen. Herzstillstand.«

Die Fassade des Gebäudes gegenüber versank im Nebel. Das Läuten der Fahrradklingeln vorbeifahrender Studierender verstummte und es fühlte sich an, als würde auch die Bank, auf der wir saßen, unter uns verschwinden.

Übrig blieb ein Rauschen zwischen meinen Ohren.

»Aber sie ... sie war vor ein paar Tagen noch so ...«

Ich suchte nach einem passenden Wort, das Rika so beschreiben würde, wie ich sie letzte Woche kennengelernt hatte. Ihr verschmitztes Grinsen, als sie mit mir über Julius gesprochen hatte, ihre ironischen Kommentare. Genau in dem Moment, in dem mir *lebensfroh* einfiel, ergriff Julius wieder das Wort.

»Ich weiß. Wir haben alle nicht damit gerechnet, nicht so.«

»Wie meinst du das?«

Julius presste die Hände zusammen, dass die Knöchel knackten. »Bei einer hypertrophen obstruktiven Kardiomyopathie, wie Rika sie hat, besteht immer das Risiko für Herzrhythmusstörungen, die zu Kammerflimmern und Ohnmachtsanfällen führen können. Aber deshalb wartet man nicht täglich auf den plötzlichen Herztod.«

Ich erschauderte. Herztod klang noch eine Nummer krasser als Herzstillstand. Alles in mir zog sich zusammen, als mir aufging, dass Julius noch nicht berichtet hatte, was in der Klinik passiert war.

»Und was ist mit ihr? Ist sie ...?«

Ich brachte das Wort nicht über die Lippen und mir wurde abwechselnd heiß und kalt, als Julius nicht sofort antwortete. Wollte ich die Antwort wirklich wissen?

»Sie lebt. Zum Glück war sie mit ihrer Freundin unterwegs, die sofort den Notruf gewählt und die Mitarbeiter im Laden richtig instruiert hat. Sie liegt auf der Intensiv und die nächsten Tage werden zeigen, wie es weitergehen kann.«

Obwohl das noch lange nicht nach vollständiger Entwarnung klang, atmete ich auf und löste meine Hände, die ich im Schoß verkrampft hatte. Die Umgebung nahm langsam wieder Konturen an. Julius fuhr sich mit beiden Händen durchs Haar und stieß geräuschvoll Luft aus.

»Warum haben wir nichts gemerkt?«

Ich legte eine Hand auf sein Knie und schlug den anderen Arm um seine Schulter. »Julius, es ist nicht deine Schuld. Du hast doch eben erst gesagt, dass es jeden Tag hätte passieren können. Und ihre Werte waren doch okay.«

»Im Vergleich zur letzten Untersuchung waren sie schon schlechter. Aber es war auch warm. Vielleicht war es zu viel Stress mit der Spiroergometrie.«

Er murmelte vor sich hin, als ob ich überhaupt nicht anwesend wäre. Seine Hände strichen fahrig über seine Handgelenke und sein Atem ging noch immer stoßweise. Ich konnte seine Unruhe förmlich riechen. Es war nicht mehr der zitronige Geruch, der ihm sonst immer anhaftete, sondern etwas Bitteres, das mir vage bekannt vorkam, ohne dass ich es in diesem Moment benennen konnte.

Ich bückte mich nach meiner Wasserflasche, die noch immer auf dem Pflaster vor mir lag, und reichte sie ihm.

»Hier, trink mal einen Schluck.«

Endlich sah er mich an. Seine Augen blickten müde, bekümmert und erschöpft. Langsam setzte er die Flasche an die Lippen und trank.

»Es tut mir leid, dass ich mich nicht gemeldet und dich versetzt habe.«

Beinahe hätte ich gelacht. Ich hatte tatsächlich vergessen, weshalb wir, gefühlt vor Stunden, telefoniert hatten. Im Vergleich zu dem, was Rika gestern hatte durchmachen müssen, war unser verpasster Kinoabend geradezu lächerlich.

»Schon okay. Ich verstehe, dass du andere Sorgen hattest. Was ist schon ein verpasster Kinoabend, wenn andere Menschen um ihr Leben kämpfen?«

»Das wertet deine Gefühle nicht ab«, erwiderte Julius, griff nach meiner Hand und drückte sie. »Danke, dass du da bist.«

14.
Kapitel

ie Tische im **Ring** waren nicht so stark frequentiert wie in den letzten Wochen. Semesterende und Klausurenphase machten sich deutlich bemerkbar. Trotzdem kam weder bei Fabi noch bei mir Langeweile auf. Meine Hoffnung, vielleicht ausnahmsweise vor Mitternacht Feierabend machen zu können, zerschlug sich, als um kurz nach elf ein paar neue Gäste die Kneipe betraten und sich mit einem Kartenspiel an einen meiner Tische setzten. Ich seufzte innerlich. Das konnte jetzt eine längere Geschichte werden. Dabei musste ich morgen früh raus. Für die anstehende Seminararbeit in Soziologie sollte ich im Einkaufszentrum eine Umfrage durchführen, auf die ich keine Lust hatte. Unausgeschlafen würde das Ganze erst richtig Spaß machen. Zähneknirschend ging ich zum Tresen und sammelte die Bestellungen der Skatrunde zusammen. Als sich die Tür der Kneipe ein weiteres Mal öffnete, besserte sich meine Laune jedoch schlagartig.

»Hallo Malene.«

Seine Stimme war leiser als sonst und er sah unheimlich müde aus, doch sein Lächeln ließ mein Herz schneller schlagen. Er war hier. Mit ihm in der Nähe würde ich den Rest der Schicht überstehen. Julius bestellte ein Bier und setzte sich an einen Tisch in der Ecke. Auf meinen Wegen zwischen den Gästen sah ich immer wieder zu ihm. Er hatte jedoch meist den Blick gesenkt und starrte in sein Glas.

»Was ist los, war die Klausur nicht gut?«, fragte ich, als ich zwei Minuten Zeit hatte, um mich zu ihm zu setzen.

Julius sah mich aus müden Augen an und stieß einen tiefen Seufzer aus. »Nee, ich habe zu viele blöde Fehler gemacht, denke ich. Wenn es gut läuft, wird das eine zwei Komma sieben.«

»Das ist doch nicht so schlecht.« Julius hatte in den letzten Tagen immer wieder erwähnt, wie schwer und umfangreich Neurochirurgie war. Konnte er mit dem Ergebnis, das ja noch nicht einmal feststand, nicht zufrieden sein?

»Nicht gut genug.«

Offenbar nicht!

Tröstend legte ich meine Hand auf seine. »Ärgere dich nicht. Jetzt ist es sowieso gelaufen. Mach dir nicht so viele Gedanken.«

Julius zuckte mit den Schultern und fixierte wieder sein Glas. War es wirklich nur die Klausur, die ihn beschäftigte? Die konnte ihm doch unmöglich so dermaßen die Laune verhageln.

Einmal mehr hatte ich das dringende Bedürfnis, ihn in den Arm zu nehmen. Aber ausgerechnet jetzt meldete sich die Skatgruppe und verlangte nach einer weiteren Runde Bier. Ich warf Julius einen Blick zu, drückte noch einmal seine Hand und machte mich wieder an die Arbeit.

Als Friedhelm Fabi und mich um kurz vor eins endlich in den Feierabend entließ, war Julius immer noch da. Seine Stimmung schien sich allerdings nicht gehoben zu haben. Stumm folgte er mir aus dem *Ring* auf die Straße und lief mit den Händen in den Hosentaschen neben mir her.

»Was beschäftigt dich?«, fragte ich, als er auch nach zehn Minuten noch kein Wort gesagt hatte.

»Alles ... die Klausur, Rika ...«

»Wie geht's ihr?«

»Physisch ist sie so weit stabil. Aber das Ganze hat sie psychisch ziemlich mitgenommen. Sie hatte heute eine heftige Panikattacke.«

Ich ging langsamer und sah ihn von der Seite an. Er erwiderte meinen Blick nicht, sondern schaute weiterhin auf den Boden. Ich schluckte. Seine Sorge um Rika konnte ich nachvollziehen. Ich wünschte ihr so sehr, dass es ihr bald besser ging. Doch für sie konnte ich im Moment nichts tun. Julius' Verhalten versetzte mich hingegen in Alarmbereitschaft. Sein Schweigen hatte nichts mit seiner zurückhaltenden Art zu tun. Er wirkte so unheimlich weit weg, als ob er in eine andere Welt entschwunden wäre und nur seinen Körper hier neben mir zurückgelassen hätte. In mir nagte die Gewissheit, dass er in seiner Gedankenwelt nicht glücklich war.

»Möchtest du darüber sprechen?«

Er schüttelte den Kopf. »Erzähl von deinem Tag.«

Das konnte doch nicht die Lösung sein. Warum hatte er mir überhaupt etwas erzählt, wenn er alles mit sich selbst ausmachen wollte? Kurz war ich versucht, ihn erneut zu fragen, aber sein Gesicht war hart und verschlossen. Ich würde nichts aus ihm herausbekommen. Also fasste ich kurz zusammen, was ich heute erlebt hatte, bezweifelte allerdings, dass allzu viel davon zu ihm vordrang.

»Nimmst du mich morgen mit zum Joggen?«

Ich hielt abrupt inne und stieß mit dem Schienbein schmerzhaft gegen die Pedale meines Rads. Wie kam Julius darauf? Er konnte mir tatsächlich nicht besonders gut zugehört haben. Schließlich hatte ich gerade von der Ausarbeitung meines Fragebogens für meine morgige Untersuchung gesprochen.

»Ich weiß nicht, wie lange das im Einkaufszentrum morgen dauert.«

»Was?«

Ich konnte mir das Seufzen nicht verkneifen. »Die Kundenbefragung vor der Drogerie. Für meine Soziologie-Hausarbeit, von der ich gerade erzählt habe.«

Sein Lachen klang gequält. »Tut mir leid, ich war gerade ...«

»... nicht bei der Sache. Das habe ich gemerkt.«

»Entschuldige. Geht es schneller, wenn ich dir bei der Befragung helfe?«

»Du weißt doch gar nicht, worum es geht« erwiderte ich lachend.

»Du könntest mich briefen, vielleicht beim Frühstück?«

»Du meinst, so visitemäßig? Ich mime die Krankenschwester, die Bericht erstattet, und du gibst den Arzt, der anschließend behauptet, alles verstanden zu haben?«

Erst, als ich es ausgesprochen hatte, ging mir auf, dass der Vergleich heute vielleicht nicht ganz so geschickt gewählt war. Julius hob nur eine Augenbraue.

»Aus welcher Arztserie hast du denn dieses Klischee? Aber ja, wenn du so willst, ungefähr so hatte ich mir das vorgestellt.«

»Der Frühstücksteil gefällt mir gut. Ob du bei der Befragung mithelfen willst, solltest du dir aber gut überlegen. Das wird bestimmt nicht sehr aufregend.«

Er zuckte mit den Schultern und schob die Unterlippe ein Stück vor. Er unternahm keine Anstalten, mich zum Abschied zu umarmen, sondern ließ seinen Blick auf mir ruhen und schloss dann für einen Moment die Augen.

In sich gekehrt und mit verschlossener Miene, die er den ganzen Abend schon zur Schau getragen hatte, ging er durch die Hofeinfahrt davon. Nachdenklich sah ich ihm hinterher. Vermutlich ging es ihm gar nicht um die Befragung morgen. Vermutlich ging es ihm noch nicht einmal um mich. Vermutlich musste er sich von seinen Gedanken ablenken. Das würde ihm zwar auf Dauer nicht helfen, davon war ich überzeugt. Aber wenn er meine Gesellschaft brauchte und wollte, würde ich sie ihm geben.

»Ich mach's jetzt!« Leonie ballte entschlossen ihre Hände zu Fäusten und sah über den Vorplatz des Kollegienhauses zur Bibliothek hinüber.

»Was?«

Meine Gedanken waren noch bei der Klausur, die wir gerade hinter uns gebracht hatten. Es fuchste mich, dass ich einen Begriff nicht hatte definieren können. Damit hatte ich unnötig Punkte verschenkt.

»Ich kaufe Eis und gehe damit zu Tamara.« Leonies Stimme bebte und ihre Nasenflügel zitterten. Das kannte ich gar nicht von ihr.

»Das ist eine tolle Idee«, sagte ich und drückte sie, obwohl es für Umarmungen eigentlich viel zu warm war. Meine Mitbewohnerin befreite sich auch sogleich und trat einen Schritt zurück. Sie wandte den Kopf von links nach rechts, sah auf den Boden und trat von einem Bein auf das andere.

»Scheiße ... soll ich wirklich? Was, wenn's schief geht?«

»Was soll beim Eisessen denn schiefgehen? Du könntest schlimmstenfalls bei den Sorten danebenliegen.«

»Sie mag Mocca und Stracciatella«, entgegnete Leonie wie aus der Pistole geschossen. »Das hat sie neulich mal erwähnt.«

»Na bitte.« Ich stupste sie gegen die Schulter. »Auf geht's! Hab einen schönen Nachmittag.«

Leonie nickte und überquerte die Straße. Zuerst noch zögerlich, schließlich entschlossener ging sie auf das Eiscafé zu. Kurz überlegte ich, ob ich ihr folgen und auch für Julius und mich ein Eis besorgen sollte. Nach einem Blick auf die Uhr verwarf ich die Idee jedoch wieder. Ich war früher aus der Uni gekommen als gedacht, Julius war seinerseits bestimmt noch beschäftigt und außerdem waren wir später zum Joggen verabredet. Vorher Eis zu essen, erschien mir nicht ratsam. Ziellos schlenderte ich durch den Schlossgarten, genoss die Sonne und die gewonnene Zeit. Es fühlte sich beinahe schon nach Ferien an. Nur noch eine Klausur, dann würde auch für mich die vorlesungsfreie Zeit beginnen. Und ich würde endlich wieder nach Dänemark fahren. Erst gestern hatte ich eine Karte von Mormor bekommen, auf der sie schrieb, dass sie schon die Tage zählte. Sie war so süß. Ich freute mich darauf, sie wiederzusehen.

Eine Sirene durchbrach die Sommerluft. Ein Krankenwagen schoss auf der naheliegenden Straße entlang und bog an der Krankenhauseinfahrt ab. Unwillkürlich wanderten meine Gedanken zu Rika. Zwei Wochen war ihr Herzstillstand schon her. Wie es ihr wohl ging? Seitdem Julius mir von ihrer Panikattacke berichtet hatte, hatte ich ihn nicht mehr nach ihr gefragt. Nicht weil es mich nicht interessierte, sondern weil ich Julius auf andere Gedanken bringen wollte. Das war mir zumindest in den Stunden gelungen, die wir gemeinsam verbrachten. Bei der Befragung im Einkaufszentrum hatte er sogar hin und wieder sarkastische Kommentare über den einen oder die andere Kundin gemacht. Mir fiel ein, was Rika über Julius und die Untersuchungen gesagt hatte. Wenn er dabei war, fiel es ihr leichter, alles zu ertragen. Vielleicht ging es ihm genauso.

Meine Füße setzten sich wie von allein in Bewegung, bis ich vor dem Eingang zur Klinik stand. Sollte ich wirklich reingehen? Ich war schließlich keine Angehörige. Ob Rika überhaupt Besuch haben wollte? Bevor ich mir noch länger das Hirn zermartern konnte, machte ich einen Schritt durch die Tür. Die Mitarbeiterin an der Rezeption erkundigte sich telefonisch bei der Station, ob Rika für Besuch bereit war, und erklärte mir den Weg. Wie beim letzten Mal nahm ich die Treppe, obwohl mein Puls auch ohne die körperliche Anstrengung schon auf Rekordniveau kletterte. War es die richtige Entscheidung gewesen? Sollte ich nicht besser wieder umdrehen? Schneller als gedacht stand ich vor der Stationstür, die sich prompt öffnete. Jemand hielt mir die Tür auf und mir blieb nichts anderes übrig, als auf den Flur zu treten.

»Kann ich Ihnen helfen?« Eine Krankenpflegerin sah mich freundlich an.

»Ich möchte Rika besuchen.«

»Wie schön. Ihr Zimmer ist das vorletzte auf der rechten Seite.« Sie zeigte den Flur hinunter. Ich nickte zum Dank, ging in die gewiesene Richtung und klopfte.

»Ja?«

Es fuhr mir kalt über den Rücken, als ich die dünne Stimme vernahm. Oma hatte damals auch so geklungen. So leise. Mit ein paar kontrollierten Atemstößen kämpfte ich die aufsteigende Panik nieder und trat ein.

Sie sah so klein aus! Irgendwie verloren in dem Krankenbett, das mitten im Zimmer stand. In ihrem Gesicht zuckte es und ihre Augen musterten mich verwirrt.

»Hej, Rika. Ich hoffe, es ist okay, dass ich einfach so auftauche.«

Sie blinzelte. »Wer bist du?«

Oh Gott, wie schwach sie klang! Schwach, müde, desorientiert. Mein Besuch überforderte sie – und mich ebenso. Ich wusste nicht, womit ich gerechnet hatte, aber definitiv nicht damit, dass sie mich nicht erkannte.

»Malene. Die Freundin von Julius.«

Immerhin, bei seinem Namen lief ein verstehendes Lächeln über ihr Gesicht.

»Hi.« Sie bewegte langsam den Kopf, blinzelte noch einmal, ansonsten ging keine Regung durch ihren Körper.

Verloren blieb ich in dem flurähnlichen Eingangsbereich des Zimmers stehen. Was sollte ich tun? Einfach wieder zu gehen, kam mir falsch vor, aber ob es sinnvoll war zu bleiben? Rika war zu einem Gespräch nicht in der Lage. Warum war ich nur ohne nachzudenken zum Krankenhaus gelaufen? Ich kannte sie praktisch gar nicht, die einzige Verbindung zwischen uns war Julius – und von ihm musste ich ihr in der jetzigen Situation wirklich nicht erzählen. Unschlüssig kaute ich auf meiner Unterlippe. Über Rikas Wange rollte eine Träne. Hatte sie Schmerzen? Ich ging auf das Bett zu, lehnte mich an die Kante und streckte meine Hand aus.

»Rika, tut dir etwas weh?«

Sie antwortete nicht, stattdessen flossen ihr mehr Tränen übers Gesicht. Ein lautloses, verzweifeltes Weinen, das ihren Körper noch kleiner, hilfloser und zerbrechlicher wirken ließ als ohnehin schon. Aus meiner eigenen Hilflosigkeit heraus nahm ich ihre Hand, ohne zu wissen, ob es das Richtige war. Ihre Finger waren erschreckend kalt, aber Rika schloss sie lose um meine Hand. Ein Hauch eines Lächelns umspielte ihren Mund, obwohl ihr noch immer Tränen über die Wangen liefen. War es das, was sie gebraucht hatte? Eine Hand, an der sie sich festhalten konnte? Es musste furchtbar sein, allein hier in der Klinik zu liegen und nicht zu wissen, was passierte. Ich ließ meinen

Blick von ihrer Hand über ihren Arm hinaufwandern bis zu ihrem Gesicht. Rika hatte die Augen geschlossen, die Tränen waren versiegt. Nur im einfallenden Sonnenlicht glitzernde Streifen auf ihren Wangen erinnerten daran, dass sie geweint hatte. Ihr Brustkorb hob und senkte sich sacht, ihr Atem ging ruhig, aber noch im Schlaf hielt sie meine Hand. Ob sie etwas träumte? Ich hoffte, dass es etwas Schönes war, etwas, das ihr Mut und Kraft gab.

Plötzlich öffnete sich die Tür und eine Krankenpflegerin trat herein. Sie sah mich etwas überrascht, aber freundlich an und schien innerhalb einer Sekunde zu begreifen, dass Rika schlief. Sofort bewegte sie sich vorsichtiger.

»Hallo«, flüsterte sie und ließ ihren Blick konzentriert über Rika wandern, während sie nach ihrem anderen Handgelenk griff.

»Bin ich im Weg?«

Die Pflegerin schüttelte den Kopf. »Nein, alles in Ordnung.«

Ich fuhr zusammen und ließ Rikas Hand los. Mein Blick war auf die Wanduhr gefallen. Halb drei! In einer Stunde war ich bereits mit Julius verabredet.

»Ich muss los. Ich bin noch verabredet«, murmelte ich entschuldigend. Rika schlief ruhig weiter und die Krankenpflegerin verzog keine Miene, nickte mir nur freundlich zu.

Als ich ins Freie trat, kam es mir vor, als beträte ich eine andere Welt. Hier draußen pulsierte das Leben; Kinder tollten herum, Studies fuhren mit ihren Fahrrädern an mir vorbei und über allem lag eine gewisse Geräuschkulisse. Ein harter Kontrast zu der Stille im Krankenzimmer. Nur langsam fand ich wieder in diesen lebendigen Sommer zurück, immer wieder von meinen Gedanken abgelenkt. Ich wurde sie auch nicht los, als ich pünktlich um halb vier bei Julius klingelte, dem meine Nachdenklichkeit gleich auffiel.

»Was ist los? Ist die Klausur nicht gut gelaufen?«

Ich sah ihn überrascht an. Die Klausur hatte ich völlig verdrängt.

»Doch. Ich war eben bei Rika.«

Nun war die Überraschung bei ihm. »Ganz allein? Wie geht es ihr?«

»Ich weiß nicht, sie hat mich nicht erkannt«, sagte ich und berichtete knapp, was passiert war.

Julius lächelte kurz, aber in seinen Augen lag eine Spur Traurigkeit. »Es hat ihr bestimmt gutgetan, dass du da warst, auch wenn sie dich nicht erkannt hat. Sie muss zu viel allein sein.«

»Was ist mit ihren Eltern?«

»Rikas Mutter ist alleinerziehend. Ich glaube, ihr Vater hat sich schon vor der Geburt getrennt. Ihre Mutter verdient leider nicht besonders gut und kann sich eine Teilzeitstelle nicht leisten. Deshalb ist Rika mittlerweile auch oft allein zu Untersuchungen im Krankenhaus.«

Mitleid regte sich in mir und ich schwieg bedrückt. Wahrscheinlich konnte Rikas Mutter auch nicht gerade entspannt arbeiten, während ihre Tochter in der Klinik lag. Meine Mutter wäre vermutlich vor Sorge vergangen. Es war ungerecht, dass das Schicksal manchmal in mehrfacher Hinsicht zuschlug.

»Kommt Rika wieder in Ordnung?«

»In die Zukunft blicken kann ich leider nicht, aber mein Mentor ist zuversichtlich. Rika wird wahrscheinlich einen Defibrillator eingesetzt bekommen, der sie schockt, wenn ihr Herz das nächste Mal aussetzen sollte.«

Für die nächsten Minuten liefen wir schweigend nebeneinander. Trotz des schwülen Wetters bemühte ich mich um ein zügiges Tempo, um die schweren Gedanken loszuwerden. Julius hielt Schritt, war aber hörbar außer Atem. Als ich ihn zum Burgberg lotste, wo der Weg für einige hundert Meter anstieg, verlangsamte Julius seinen Schritt und fiel ein Stück zurück, was mir erst auffiel, als ich ihn gut dreißig Meter hinter mir gelassen hatte. Ich verlangsamte mein Tempo und ließ ihn wieder aufholen.

»Falls du wieder fragen solltest, ob ich fit bin – nein.« Keuchend stemmte er die Fäuste in die Hüften.

»Okay, dann hole ich dich jetzt wöchentlich ab«, entgegnete ich. »Komm schon, gleich sind wir oben.«

Obwohl ich etwas langsamer wurde, blieb er doch wieder ein wenig zurück und ich kam vor ihm oben an. Mich an ein altes Spiel meiner Eltern erinnernd, das sie oft auf Spaziergängen und Wanderungen mit meinem Bruder und mir gespielt hatten, drehte ich mich zu Julius um, breitete meine Arme aus und rief: »Wer kommt in meine Arme?«

Julius lächelte ein wenig gequält, kämpfte sich aber tapfer die letzten Meter bergauf und ließ sich in meine Arme fallen.

»Meine Güte«, japste er. »Bist du immer so schnell?«

»Normalerweise bin ich schneller«, behauptete ich großspurig.

Julius sackte in meinen Armen noch ein Stück mehr in sich zusammen. »Danke. Das baut mich auf.«

»Du musst ein bisschen trainieren, dann ist der Berg auch kein Problem mehr für dich«, versuchte ich ihn aufzumuntern und bot ihm meine Wasserflasche an. Dankbar trank er in hastigen Zügen.

»Dafür bleibt neben meiner Doktorarbeit, der Uni und der Famulatur leider nicht so viel Zeit.«

Spöttisch hob ich eine Augenbraue. »Und das aus dem Mund eines angehenden Arztes.«

»Wer hat gesagt, dass Ärzte all das selbst umsetzen, was sie ihren Patienten empfehlen?«, fragte Julius und ließ sich wieder in meine Arme fallen.

Ich drückte ihn an mich. Sein Shirt klebte genauso an ihm wie meins an mir und Schweiß rann ihm über die Stirn. Sein Herz schlug gegen meine Brust. Erst noch wild, dann langsamer. Seine Hände ruhten auf meinem Rücken, sein Kinn lag auf meinem Kopf. Vorsichtig strich ich mit dem Finger über seine pulsierende Halsschlagader, verfolgte die Spur eines Schweißtropfens bis zum Saum seines T-Shirts.

Er senkte den Kopf und drückte sanft seine Lippen auf meinen Scheitel. Es durchfuhr mich wie eine Woge. Der sanfte Druck seiner Lippen breitete sich in meinem gesamten Körper aus und katapultierte Endorphine bis in die letzten Winkel. Ich legte meine Hand an seinen Hals, fuhr mit den Fingern durch seinen Haaransatz. Ein Zittern lief durch seinen Körper, doch er löste seine Lippen nicht von mir. Vorsichtig berührten meine Lippen sein entblößtes Schlüsselbein. Ich schmeckte den salzigen Schweiß, das Beben seines Körpers vibrierte unter meiner Haut. Zärtlich legte er zwei Finger an meine Wange. Seine Lippen fanden meine, tasteten behutsam über die dünne Haut, lösten sich kurz und begannen das Spiel von Neuem. Ich folgte seinen Bewegungen, fühlte den sanften Widerstand seiner Zähne und die weiche, glattrasierte Haut.

Ein wenig benommen sahen wir uns an, als sich unsere Lippen wieder voneinander lösten. Ich wusste nicht, wie lange wir so dagestanden und uns in den Armen gehalten und geküsst hatten. In seinen Augen spiegelte sich Verwunderung, Freude und Neugier. Ich fuhr mit dem Zeigefinger seine linke Augenbraue nach. Er blinzelte, bewegte die Lippen und ich war drauf und dran, ihn an mich zu ziehen und erneut zu küssen. Da schweifte sein Blick ab und mit bedenklicher Miene deutete er gen Himmel. Über der Stadt hatten sich bedrohlich dunkle Wolken gesammelt. Lange würde es nicht mehr dauern, bis sich der Regen über allem ergießen würde. Die Luft hatte sich spürbar abgekühlt und ich fröstelte.

»Laufen wir zurück oder bleiben wir hier und hoffen, dass wir halbwegs trocken davonkommen?«, fragte Julius.

»Ich glaube, wir werden in jedem Fall nass. Der Wind bläst die Regenwolken in unsere Richtung. Es ist also nur die Frage, ob wir früher oder später nass werden.«

Schalk blitzte auf in seinen Augen und er lächelte verschmitzt. »Dann lieber später«, sagte er und zog mich wieder in eine sanfte Umarmung.

Später am Abend saßen wir bei mir in der Küche und futterten Erdbeeren. Ich hatte die Beine angezogen und die Füße auf der Sitzfläche abgestellt, lehnte an Julius' Schulter und sog mit jedem Atemzug gierig seinen Duft ein. Obwohl er nach dem Joggen mein Duschgel benutzt hatte, haftete ihm der vertraute zitronige Geruch an. Seit wir zurück waren, hatten wir kaum miteinander gesprochen. Mein Körper war noch immer in Aufruhr von den Küssen, die wir auf dem Berg getauscht hatten. Julius hatte keinen weiteren Versuch unternommen, mich zu küssen, als wir zurück in der Stadt waren. Und obwohl ich es kaum erwarten konnte, seine Lippen wieder auf meinen zu spüren, hielt ich mich zurück. Die Spannung, das Kribbeln, die Nähe – all das, was ich dort auf dem Berg gespürt hatte, war immer noch da. Wir waren uns genauso nah, nur auf anderer Ebene.

Julius griff eine Erdbeere aus der Schale und hielt sie schmunzelnd in die Höhe. Ein pralles, rot leuchtendes Herz. Ich lächelte, als er es mir in die Hand gab.

In diesem Moment kam Wilma in die Küche getrottet. Sie sah übermüdet aus, hatte dunkle Ringe unter den Augen und ihre Haare standen verstrubbelt vom Kopf ab. Sie schien unsere Anwesenheit, geschweige denn unsere vertrauten Berührungen, kaum wahrzunehmen.

»Will, was ist los?«

Schwer ließ sie sich auf einen Stuhl fallen und legte den Kopf auf die Tischplatte.

»Ich kann das nicht. Ich schaff das nicht. Ich will, dass es aufhört.« Und schon heulte sie los. Schlagartig war mir klar, warum sie so fertig aussah.

»Physikum-Syndrom im Endstadium«, flüsterte ich Julius erklärend ins Ohr.

Julius nickte mitfühlend. »Vorklinik-Krise«, murmelte er zurück.

»Was stresst dich denn gerade am meisten?«, fragte er meine beste Freundin.

Wilma stützte den Kopf in ihre Hände. »Alles«, sie schniefte, »Biochemie ist ein doofes Fach, diese vielen Fachbegriffe, die doch alle irgendwie gleich klingen, und diese ganzen Horrorstorys, dass die Profs so streng bewerten und die Hälfte der Leute durchfällt ... Das stresst mich.«

Mit fahrigen Bewegungen fischte sie eine Erdbeere aus der Schale und steckte sie sich in den Mund.

»Ich sollte Prinzessin werden.«

Ich grinste Julius an. Er verzog amüsiert das Gesicht.

»Für die gilt die gleiche Prüfungsordnung. Aber wenn es dir hilft, kann ich dir ein paar Beispielfragen stellen.«

»Ich höre«, antwortete Wilma schwach.

»Zum Beispiel Physio. Welche Zellen gibt es in den Langerhans-Inseln?«

Wilma überlegte kurz und fuhr sich mit der Hand durchs Haar. »Inaktive dendritische Zellen«, murmelte sie schließlich leise. »Gekennzeichnet durch einen eingekerbten Kern und dunkles Cytoplasma ...«

Julius biss sich auf die Lippen und schüttelte den Kopf. »Du sprichst jetzt von den Langerhans-Zellen, aber nicht von den Langerhans-Inseln.«

»Ach, scheiße. Bei den Inselzellen sind es dann α-Zellen, β-Zellen, die Insulin produzieren, δ-Zellen, ϵ-Zellen und PP-Zellen.«

Julius nickte bestätigend. »Du kannst es doch«, meinte er aufmunternd.

Wilma seufzte. »Ja, beim zweiten Versuch.«

Ich schüttelte fassungslos den Kopf. So etwas musste man wissen, wenn man Medizin studierte? Von Langerhans-Inseln hatte ich noch nie gehört. Geschweige denn von Langerhans-Zellen. Nun konnte ich Wilmas Verzweiflung gut verstehen. Das alles klang tatsächlich irgendwie gleich.

»Weißt du was? Du guckst jetzt am besten mal ein paar Folgen *Scrubs*, um dich abzulenken. In deinem Zustand lernst du gerade sowieso nichts mehr.«

»Um Himmels Willen. Keine Arztserie.« Wilma stöhnte. »Da krieg ich nur wieder Panik.«

Nie hätte ich geglaubt, aus Wilmas Mund jemals diese Worte zu hören. Das Physikum schien sie mehr mitzunehmen, als ich befürchtet hatte, wenn sie sogar ihre Lieblingsserie nicht mehr sehen wollte.

»Dann schlaf dich aus«, empfahl ich. »Das kann nie verkehrt sein.«

Wilma nickte müde und schlich zurück in ihr Zimmer. Ich machte mir ernsthaft Sorgen um meine beste Freundin. So fertig hatte ich sie noch nie gesehen. »Ist das Physikum wirklich so schlimm?«, fragte ich Julius.

»Es ist nicht leicht und man geht echt auf dem Zahnfleisch«, bestätigte er. »Aber Wilma wird das schon packen. Wenn ich eine Diagnose wagen darf: Ich glaube, sie ist gut im Zeitrahmen und hängt sich jetzt an Einzelheiten auf.«

»Was kann man dagegen tun?«

»Abwarten, bis die Prüfungen vorbei sind«, prognostizierte er und steckte mir die letzte Erdbeere in den Mund.

15.
Kapitel

E *ndlich frei!* Zumindest so gut wie. Ich ließ mich auf mein Bett fallen und streckte alle viere von mir. Die letzte Klausur hatte es in sich gehabt. Bis zur letzten Minute hatte ich geschrieben. Hoffentlich konnte mein Dozent meine letzten Sätze überhaupt noch lesen, so schnell, wie ich sie aufs Papier gekritzelt hatte. Egal, es nutzte nichts, wenn ich mir darüber Gedanken machte. Lieber konzentrierte ich mich auf das Schöne. In zwei Tagen würde ich nach Dänemark aufbrechen und meine Mutter und meine Großeltern in Aarhus besuchen. Mormor, meine Großmutter, hatte sogar schon angerufen und gefragt, was ich mir zu essen wünschte. Vor Vorfreude selig lächelnd ging ich in die Küche, um etwas zu trinken. Leonie stand vor der Anrichte und schnippelte Rohkost in eine Dose.

»Reiseproviant?«

»Ja, mein Zug geht morgen früh. Ah, ich freu mich voll!« Sie warf das letzte Stück einer Paprika in die Dose. »Wann geht's bei dir los?«

»Übermorgen.« Ich klaute ein Stück Gurke aus der Dose und steckte es in den Mund. »Vielleicht sollte ich mich auch um Proviant kümmern. Die Reise dauert ewig.«

»Luxusprobleme.«

Ich wandte mich um. Wilma war in die Küche gekommen und steuerte mit missmutigem Gesicht auf den Kühlschrank zu. Sie griff nach einem Saftkarton und trank direkt daraus. Leonie sog scharf die Luft ein, ich verkniff mir einen Kommentar.

»Warum dürfen alle Ferien haben, nur ich nicht?«, maulte Wilma und knallte die Kühlschranktür zu, sodass es schepperte.

»Weil du eines Tages die cooleren Ferienziele ansteuern kannst, weil du im Gegensatz zu uns einen gut bezahlten Job haben wirst«, entgegnete Leonie.

Wilma verdrehte die Augen und strich sich ihre Locken in die Stirn. »Ach, lasst mich doch in Ruhe.«

Weg war sie.

»Glaubst du, sie kommt klar?«, fragte Leonie und sah mich zweifelnd an.

»Bestimmt. Ich habe schon angefangen ein Care-Paket für sie zusammenzustellen. Verhungern wird sie auf jeden Fall nicht.«

»Oh, Lene, du bist so süß. Was meinst du, sollen wir heute Abend Pizza essen, als Abschluss und Motivationsboost für Wilma?«

Ich bezweifelte, dass Pizza Wilma zum Lernen motivieren würde. Aber es würde sie auf jeden Fall versöhnlich stimmen, auch wenn ich sie schon jetzt meckern hörte, wie sehr ein WG-Abendessen ihren Lernplan durcheinanderwirbelte.

Das Chaos in Julius' Pantryküche stand im krassen Gegensatz zum ansonsten penibel aufgeräumten Zimmer. Kaffeetassen und Müslischalen stapelten sich auf der Anrichte und in der Spüle, dazwischen thronte ein Schneidebrett, auf dem sich Brotkrümel tummelten.

»Was zur Hölle ...«

Julius zog die Stirn in Falten und sah mich fragend an. »Wie bitte?«

Pis, ich sollte mir angewöhnen, in Deutschland auf Deutsch zu fluchen! Oder es ganz lassen. Ich fuchtelte mit der Hand über dem Durcheinander und Julius fuhr sich verlegen über die Handgelenke.

»Ich habe doch gesagt, dass ich nicht kochen kann.«

»Du hast nicht gekocht.«

»Ja, stimmt. Küche und ich gehen nicht zusammen.«

Ganz offensichtlich nicht. Aber was war denn bitte so schwer daran, nach dem Essen einen Teller und eine Tasse zu spülen? Eigentlich hatte ich an unserem letzten Abend nicht mit Julius übers Spülen reden wollen. Allerdings würde ich keinen entspannten Abend haben, wenn ich die ganze Zeit über auf diese Unordnung blicken müsste. Ich schielte zu dem E-Piano an der Wand. »Vorschlag zum Ablehnen: Ich spül das fix und du spielst mir in der Zeit etwas auf dem Klavier vor.«

Julius' Blick verdüsterte sich. »Abgelehnt. Es ist nicht deine Aufgabe, meine Küche aufzuräumen. Es ist peinlich genug, dass du das gesehen hast.«

»Stimmt. Aber glaub mir, peinlicher wird's, wenn ich Klavier spielen müsste.«

Schließlich einigten wir uns darauf, die Arbeit gemeinsam zu erledigen. Ich spülte und Julius trocknete ab und stellte das Geschirr zurück an seinen Platz. Sanft streichelte er mir über den Rücken, als die Küche wieder blitzte.

»Danke.«

»Kein Ding. Spielst du mir jetzt etwas vor?«

Er seufzte lächelnd und setzte sich ans Klavier. Ich ließ mich auf dem Boden nieder, lehnte mich mit dem Rücken an den Schrank und lauschte mit geschlossenen Augen der Melodie. Ich kannte das Stück nicht, es war auch nicht das gleiche, wie jenes, das er auf dem Marktplatz gespielt hatte. Genau wie beim ersten Mal gingen mir die Töne direkt unter die Haut. Mir wurde ganz leicht zumute, der Boden, der Schrank, das Zimmer, das alles schien sich aufzulösen. Es gab nur noch uns und die Musik. Wie schaffte Julius es bloß, so viel Gefühl in die Melodie zu legen? Jeder Ton schien eine bestimmte Funktion zu erfüllen und erzählte mit den anderen Tönen eine Geschichte, die ich mit dem Verstand nicht fassen konnte. Meine Augen brannten und ich wischte mir mit dem Handrücken über die Lider. Julius saß völlig versunken vor dem Klavier, ließ seine Finger über die Tasten gleiten. Er schien eins mit der Musik. Alles in mir zog sich zusammen, als ich begriff. Es gab so viel, was ihn beschäftigte, was er mit Worten nicht ausdrückte. Weil er nicht konnte? Weil er nicht wollte? Er legte alles in die Musik. Und in diesem Moment teilte er es mit mir.

Die Akkorde klangen in mir nach, als Julius längst neben mir saß und mir sanft eine Träne von der Wange wischte. Ich nahm seine Hand und drückte sie.

»Danke«, flüsterte ich nur, obwohl ich so viel mehr sagen wollte. Er erwiderte den Druck meiner Hand. Kein Wort war nötig. Mein Kopf sank auf seine Schulter und nur wenige Sekunden später schmiegte sich seine Wange an meine Stirn. Die Luft seines Atems strich mir sanft über die Nase, seine kühle Hand beruhigte die Hitze, die in mir tobte. So nah. Wie war so viel Nähe nur möglich? Wann war es passiert, dass ich mich ihm so verbunden fühlte?

Es durchfuhr mich, wie ein Stromstoß, als Julius mit seinem Daumen über meinen Handrücken streichelte. Ich erbebte. Er zog mich in eine innige Umarmung, seine Arme umschlossen zärtlich meine Schultern und meine Hüften, während er mich festhielt.

»Psst, ruhig«, wisperte er.

Wann hatte ich angefangen, so sehr zu weinen? Warum? Er war doch hier, bei mir. Die Nähe schmerzte und war dabei alles, was ich wollte, wonach ich mich gesehnt hatte. Ich schlang meine Arme um seinen Oberkörper, krallte meine Finger in den glatten Stoff seines T-Shirts. Nur nie wieder loslassen!

Seine Hände zitterten auf meinen Hüften, doch er hielt mich weiterhin fest. So saßen wir und hielten einander, als ob wir die Gegenwart des anderen nicht glauben könnten. Irgendwann fanden sich unsere Lippen und bestätigten zärtlich, was unsere Hände nur hatten erahnen können. Wir waren hier und beieinander.

»Hej skat!«

Meine Mutter schloss mich in die Arme, kaum dass ich auf den Bahnsteig getreten war, und ließ mich ein paar Minuten lang nicht mehr los. Während Reisende mit eiligen Schritten an uns vorbeizogen, wiegte Mor mich hin und her und umarmte mich so fest, als ob sie nie wieder loslassen wollte. Ich erwiderte die Umarmung nicht weniger heftig. Das ganze Semester hatten wir uns nicht gesehen.

»Endlich bist du hier. Hattest du eine gute Fahrt?«

Meine Mutter nahm meinen Koffer und zog ihn hinter sich her über den Bahnsteig.

»Ja, alles super«, antwortete ich. Das Gefühl, in die falsche Richtung zu fahren, das mich die ganze Fahrt seit Erlangen begleitet hatte, verschwieg ich. Genauso wie die Tatsache, dass ich in Hamburg beim Umsteigen kurz versucht gewesen war, in den Zug Richtung Köln statt nach Aarhus zu steigen. Köln war nicht weit von Bonn, einen Anschluss hätte ich sicher gefunden. Aber Julius war noch gar nicht in Bonn, wie mir noch rechtzeitig eingefallen war. Er verbrachte das Wochenende vor seiner Famulatur noch bei seinen Eltern.

Ich schloss für einen kurzen Moment die Augen und erinnerte mich an den gestrigen Abend. Julius' sanfte Berührungen, seine behutsamen Küsse, seine absolute Gegenwart. Wenn nicht draußen auf dem Flur plötzlich jemand Lärm gemacht hätte, hätten wir vermutlich noch Stunden so dagesessen. Ob wir noch weitergegangen wären?

»Lene, träumst du? Komm, Mormor und Morfar warten!«

Ich fuhr zusammen. Mor war schon am Ende des Gangs angelangt, der zum Bahnhofsplatz führte. Ich schulterte meinen Rucksack neu und eilte auf sie zu. »Mormor und Morfar sind zu Besuch?« Mein Plan war es gewesen, meine Großeltern in den nächsten Tagen zu besuchen.

»Natürlich. Sie können es kaum erwarten, dich zu sehen.« Mor schloss das Auto auf und verfrachtete mein Gepäck in den Kofferraum. Ich ließ mich schmunzelnd auf den Beifahrersitz fallen. Meine Mutter wechselte beim Sprechen zwischen deutschen und dänischen Sätzen. Auf andere Leute mochte dieser Sprachenmix seltsam wirken. Auch Wilma hatte sich schon oft darüber gewundert, wenn sie Gespräche von meiner Mutter, meinem Bruder und mir mitbekommen hatte. Aber ich liebte es, wir verstanden uns. In diesem sprachlichen Hin und Her fühlte ich mich geborgen.

Genau wie meine Mutter ließ auch meine Großmutter mich erst einmal nicht wieder los, als sie mich gleich nach dem Betreten der Wohnung umarmte. Ich schaffte es nicht einmal, die Schuhe auszuziehen, ehe sie mich in die Arme schloss.

»Du darfst nie wieder so lange wegbleiben«, sagte Mormor, als sie mich schließlich losließ, und wischte sich eine Träne aus dem Augenwinkel. Nun bekam auch mein Großvater Gelegenheit, mich zu begrüßen. Er hielt sich mit der Länge der Umarmung zurück, doch sie fiel nicht weniger herzlich aus.

»Deine Mormor hat recht. Fünf Monate sind eine lange Zeit. Sprichst du überhaupt noch Dänisch?«

»Natürlich, Morfar«, erwiderte ich lachend.

»So, und nun lasst uns essen. Kind, du musst hungrig sein nach der langen Reise.«

Mit diesen Worten trug Mormor eine Schüssel voller Kartoffeln und einen Teller mit Fisch zum Esstisch. Sie hatte sich mal wieder selbst übertroffen. Die liebevoll angerichteten Makrelenfilets sahen aus wie aus dem Kochbuch. Gebuttert und mit Kräutern und Zwiebelringen garniert, dazu Remoulade und Zitronenscheiben. Als das zarte Fleisch förmlich auf meiner Zunge zerschmolz, strömte Wärme durch meinen ganzen Körper. Ich war zuhause.

In den nächsten zwei Tagen mutierten Mor und Mormor zur Hubschrauber-familie. Vormittags nahm meine Großmutter mich in Beschlag und fragte mich über das Unileben in Erlangen, meinen Job im *Ring* und die WG aus. Wenn meine Mutter von der Arbeit zurückkam, durfte ich meist die Fragen ein zweites Mal beantworten. So sehr mich ihre Anteilnahme freute und so gern ich auch erzählte, so anstrengend wurde es. Als Mor mich beim Abend-essen fragte, ob mir neben Uni und Arbeit auch noch Zeit für meine Freunde bliebe, schlug ich die Hände über dem Kopf zusammen.

»Mor, ich bin ein paar Wochen hier. Wenn ich euch alles jetzt schon erzäh-le, wissen wir übermorgen nicht mehr, worüber wir reden sollen!«

Meine Mutter senkte betreten den Kopf. »Undskyld, skat. Ich sehe euch so selten, ich muss alles nachholen, was ich in der Zeit nicht mitbekomme.«

Ich legte mein Brot auf den Teller, rückte mit dem Stuhl etwas näher an meine Mutter heran und nahm sie in den Arm.

»Ich weiß, Mor. Du bist großartig.«

»Du weißt doch, dass du mir immer alles erzählen kannst.«

»Ich weiß, Mor«, wiederholte ich. Sofort regte sich das schlechte Gewis-sen in mir. Von Julius hatte ich noch nicht erzählt. Ihn, der einen so wesent-lichen Teil meiner Gedanken ausmachte, hatte ich meiner Mutter bislang verschwiegen. Zugegeben, sie hatte nicht gefragt, ob es jemanden gab, und nur weil ich ihr alles erzählen konnte, hieß das nicht, dass ich es auch musste.

Am nächsten Tag fuhr ich zum Strand und unternahm einen ausgiebigen Spaziergang durch den angrenzenden Wald. Dort war es verhältnismäßig ru-hig. Ein paar Touristen kamen mir auf Fahrrädern entgegen, grüßten im Vor-beifahren und waren auch schon wieder verschwunden. Durch die Bäume hindurch sah ich auf die Aarhuser Bucht, wo Segelboote weiße Dreiecke aufs blaue Wasser zeichneten. Ich sah ihnen zu, wie sie am Horizont entlangzogen. Früher waren wir im Sommer auch Segeln gewesen. Mein Bruder, Mor, Papa und ich. Es war schon so lange her und ich konnte nicht mit Sicherheit sagen, ob die Bilder, die ich vor meinem inneren Auge sah, wirklich meiner Erin-nerung entstammten oder nur den alten Urlaubsfotos. Nach der Scheidung hatten meine Eltern das Boot verkauft und ich war nicht mehr gesegelt. Ein Stück Freiheit war verloren gegangen. Der Wind blies zuweilen zwar kräftig, aber anstatt einem Kurs mit klarem Ziel zu folgen, war ich immer zwischen meinen Eltern gekreuzt und hatte nur halbwegs vertraute Häfen angesteuert.

Gedankenverloren lief ich bis in die Altstadt. Es wimmelte nur so von Besuchern und die vielen Gesprächsfetzen, die ich im Vorbeigehen aufschnappte, lenkten mich ein wenig von meinen Grübeleien ab. Entlang des Aarhus-Flusses waren die Außentische der Restaurants und Cafés voll besetzt. Kleine Kinder liefen lachend über die geschwungenen Brücken, knieten sich auf die Treppen, die zum Wasser führten, und platschten mit ihren Fingern in die Wasseroberfläche.

»So eine schöne Stadt, hier lässt es sich leben«, hörte ich einen Touristen im Vorbeigehen sagen.

Wie recht er doch hatte. Im Sonnenlicht, das im Wasser glitzerte und warm auf die Holzplanken der Brücken strahlte, war Aarhus ein Vorzeigebild für Hygge. Ich reihte mich in eine Schlange von Leuten ein, die sich vor einem Eisladen gebildet hatte. Ein Softeis mit Krokant war jetzt genau das Richtige. Vor mir versuchte ein Vater die unterschiedlichen Wünsche seiner Kinder zusammenzufassen. Ich musste schmunzeln, als der Mann sichtlich verzweifelt das Gesicht verzog, weil seine Kinder alle paar Sekunden ihre Wünsche änderten und mit neuen Ideen ankamen. In diesem Moment klingelte mein Handy. Augenblicklich vergaß ich alles um mich herum, als ich Julius' Namen auf dem Display las.

»Hej, Julius, das ist ja eine Überraschung!«

In den letzten Tagen hatten wir nur abends ein paar Nachrichten geschrieben.

»Hallo Malene, wie geht es dir?«

»Gut. Ich habe mir einen freien Tag von meiner Familie gegönnt.«

Julius lachte. »Jetzt schon? Du bist doch erst seit zwei Tagen da.«

Ehe ich ihm antworten konnte, stieß mich eines der Kinder vor mir an. Es war offenbar so sehr mit seinem Eis beschäftigt, dass es nicht darauf geachtet hatte, wohin es trat. Der Vater sah mich entschuldigend an, ich winkte ab. Die junge Frau am Verkaufstresen lächelte mir freundlich zu.

»Julius, ich rufe dich in zwei Minuten zurück.«

»Hello, what would you like?«

Irritiert sah ich die Verkäuferin an, ehe ich auf Dänisch mein Eis bestellte. Trotzdem erkundigte sie sich auf Englisch, in welcher Größe ich mein Eis wollte. Wieder antwortete ich auf Dänisch. Sie strahlte über das ganze Gesicht und während sie das Eis im Krokant wälzte, lobte sie meine guten Dänischkenntnisse. Mir verschlug es die Sprache und so lief ich nach dem Bezahlen eilig Richtung Fußgängerzone, wo ich mich auf einer Bank niederließ.

»Was ist los? Du klingst ganz anders als gerade noch.«

Julius wirkte besorgt. Als ich ihm erzählte, was am Eiscafé passiert war, lachte er.

»Das ist doch nett. Ärgere dich nicht, sie hat dich bestimmt für eine Touristin gehalten.«

Er meinte es gut und wollte mich sicher aufmuntern. Der Frust saß jedoch fest in meiner Kehle und ließ das Eis nur schwer vorbei. *Ich bin Dänin!*, dachte ich trotzig.

»Erzähl, wie sieht es dort aus, wo du gerade bist?«

Ich beschrieb die Fassade des Geschäfts mir gegenüber, meine Aussicht auf den Fluss, die Brücke, die Passanten und mein Eis.

»Es ist bestimmt wunderschön. Ich wäre gern bei dir.«

Ich schluckte. Seine Worte waren nicht einfach dahergesagt, das fühlte ich, sondern aufrichtig und ich sehnte mich auf einmal so sehr nach ihm, dass es mich fast zerriss. In seiner Nähe würde sich die Schmach von vorhin nicht so schlimm anfühlen. Aber er würde noch vier Wochen lang in Bonn seine Famulatur absolvieren. 800 Kilometer weit weg.

»Wie ist es denn bei dir? Hält die Famulatur, was du dir von ihr versprochen hast?«, fragte ich, um mich von meiner Sehnsucht abzulenken. Julius' warmes Lachen war Balsam für meine Seele.

»Es wäre vermessen, das schon nach dem ersten Tag zu beurteilen, aber heute war es sehr vielversprechend.«

Als er mir von dem freundlichen Kollegium in der Kinderherzklinik berichtete, lächelte ich. Er war wieder völlig in seinem Element. Und obwohl ich die Hälfte der Fachbegriffe, mit denen er auch diesmal um sich warf, nicht verstand, tat es gut, seiner Begeisterung zu lauschen.

Nachdem wir uns voneinander verabschiedet hatten, fühlte ich mich schon besser. Trotzdem ging mir das Erlebnis am Eisladen nicht aus dem Kopf. Es versetzte mir einen Stich, dass auch meine Mutter und meine Großeltern darüber lachten. Zwar versicherten sie mir alle, mein Dänisch sei völlig akzentfrei, aber was mich eigentlich bewegte, verstanden sie wohl nicht. Es ging mir gar nicht darum, das beste Dänisch der Welt zu sprechen. Mit ihren sicherlich gut gemeinten Worten hatte mir die Verkäuferin im Eiscafé aber das Gefühl vermittelt, nicht dazuzugehören. Mich für meine Herkunft rechtfertigen zu müssen. Nicht genauso dänisch zu sein wie sie, meine Mutter oder meine

Großeltern. Ob meine Familie es insgeheim genauso sah? Schließlich hatten sowohl Mor als auch Mormor in den letzten Tagen immer wieder darüber geklagt, wie selten sie mich sahen. Würde man mir meine dänische Identität eher glauben, wenn ich hier studierte?

Gleich am nächsten Morgen machte ich mich auf den Weg zur Uni. Meine Recherche bezüglich meines Masterstudiums hatte ich über die Ereignisse der vergangenen Wochen sträflich vernachlässigt, jetzt wurde es Zeit. Die hellen Klinkerbauten gruppierten sich in einem idyllischen Park um einen Teich herum. Fahrradwege schlängelten sich zwischen den Wiesen hindurch und hier und da saßen Studierende im Grünen und lernten. Es sah so schön aus wie in den Katalogen, die meine Mutter mir geschickt hatte. Wenn nun jemand ein Foto für das nächste Semesterprogramm gemacht hätte, wäre ich mittendrin – als wäre ich ein Teil des Bildes wie die anderen.

Ich schlenderte durch den Park, vorbei am biologischen und am medizinischen Institut und der juristischen Fakultät. Die Gebäude sahen mit ihrer offenen Architektur zwar alle einladend aus, das Fächerangebot, das für mich in Frage kam, würde ich hier allerdings nicht finden. Nach ein paar Klicks auf dem Handy fand ich den Weg zum Institut für Kommunikation und Kultur.

»Kann ich dir helfen?«, sprach eine Frau mich an, als ich an einem Aufsteller in den Broschüren blätterte. Sie lächelte freundlich und schien ernsthaft daran interessiert, mir zu helfen.

»Ich weiß nicht«, gab ich zu, »ich überlege, nächstes Jahr meinen Master in Medienwissenschaft hier zu studieren und wollte mich ein bisschen umschauen.«

Die Augen der Frau leuchteten und ihr Lächeln wuchs über das ganze Gesicht. »Wie schön, das freut mich zu hören«, sagte sie mit ehrlicher Begeisterung und wollte wissen, wo ich zurzeit studierte. »Toll! Wie kommt es, dass du so gut Dänisch sprichst?«

Ich sackte ein Stück in mich zusammen und es fiel mir schwer, mein freundliches Gesicht aufrechtzuerhalten. *Sie ist nur interessiert, sie wertet dich nicht ab,* sagte ich mir und beantwortete ihre Frage.

»Das Semester beginnt erst in ein paar Wochen, deshalb gibt es gerade nicht so viel zu sehen. Aber wenn du magst, kannst du schauen, ob Kirsten da ist. Sie ist die verantwortliche Professorin für den Master.«

Mit einem Winken bedeutete sie mir, ihr zu folgen. Ich war zu überrascht, um abzulehnen, und lief ihr hinterher. Sie klopfte an eine Tür und ehe ich wusste, wie mir geschah, stand ich im Büro der Professorin, die mir freundlich einen Platz anbot. Sie fragte nicht, warum ich Dänisch sprach, sondern erkundigte sich, wie mein Studium in Erlangen aufgebaut war, welche Inhalte wir besprachen und worüber ich meine Abschlussarbeit schreiben wollte. Sie nahm sich Zeit und wir gerieten sogar kurz in eine wissenschaftliche Diskussion. Noch nie hatte ich abseits von einer Vorlesung mit einer Professorin oder einem Dozenten ein solches Gespräch geführt.

»Ich würde mich freuen, dich als Studentin hier begrüßen zu können«, sagte Kirsten nach einer guten Stunde. »Wenn du magst, komm doch im November noch einmal. Dann finden die Informationstage der Universität statt und du kannst an Probevorlesungen teilnehmen.«

Meine Mutter war völlig aus dem Häuschen, als ich ihr von der Begegnung erzählte. Sie sah mich wohl schon wieder bei ihr einziehen. Aber diese fixe Idee trieb ich ihr direkt wieder aus. Wenn ich meinen Master in Aarhus machte, würde ich mir definitiv eine eigene Bleibe suchen. Die Vorstellung war aufregend und unbehaglich zugleich. Das Studium hier, die Nähe zu meiner Familie waren verlockend. Aber wie sollte es mit Julius und mir weitergehen? Ulis Reaktion war mir noch zu gut in Erinnerung. Konnte ich Julius mit meinen Plänen konfrontieren? Was, wenn er sich wieder zurückzöge?

Seufzend ließ ich mich auf das Bett in Mamas Gästezimmer fallen. Wieso musste ich mich immer zwischen Personen, die ich liebte, entscheiden?

16.
Kapitel

M *eine Mutter hätte es gerne gesehen,* wenn ich die ganzen Semesterferien bei ihr in Aarhus geblieben wäre, zumal sich zum Ende der Ferien auch noch mein Bruder angekündigt hatte.

»Ich dachte, wir würden mal wieder zu dritt sein«, seufzte sie, als ich meinen Koffer packte. Aber mich hielt es nicht länger in Dänemark. Der Tag von Julius' Rückkehr näherte sich unaufhaltsam und zog mich buchstäblich zurück in meine WG. Außerdem musste ich mich unbedingt um Wilma kümmern, wie ich meiner Mutter glaubhaft vermitteln konnte. Wilma hatte ihr Physikum bestanden und wollte nun vor allem Spaß haben und an nichts Medizinisches denken.

Meine beste Freundin fiel mir um den Hals, als ich unsere WG betrat.

»Lene, endlich!«, rief sie ausgelassen. »Ich hab schon befürchtet, du bleibst doch die ganzen Ferien bei deiner Mutter.«

»Du weißt doch, dass du jederzeit hättest kommen dürfen«, erwiderte ich. »Aber ich freu mich auch, wieder hier zu sein«, versicherte ich ihr.

Ich nahm meinen Koffer, um ihn in mein Zimmer zu bringen, stolperte aber über etwas, was mitten im Flur auf dem Boden lag. Im letzten Moment fing ich mich. Ein wenig benommen sah ich mich nach dem um, was mich zum Wanken gebracht hatte. Es war ein einzelner Leinenturnschuh. Hellblau mit weißen Sternen.

»Deiner?«, fragte ich Wilma überflüssigerweise, denn außer Wilma ließ niemand aus unserer WG Schuhe mitten in der Wohnung herumfliegen.

Wilmas Gesicht färbte sich rosa und hastig hob sie den Schuh auf. »Ja. Hab ich mir neu gekauft. Als Belohnung. Todschick, nicht wahr?«

Sie hielt mir den Schuh vor die Nase, damit ich ihn eingehend betrachten konnte. Wilma hatte einen absoluten Schuhtick, der sich jedoch auf Chucks beschränkte. Sie besaß gefühlt 100 verschiedene Modelle. Einfarbig, mehrfarbig, Halbschuhe, Winterstiefel, sogar gehäkelte Chucks für Säuglinge hatte sie einmal irgendwo aufgetrieben.

»Und? Wie gefallen sie dir?«

»Gut«, antwortete ich. »Hast du nur einen gekauft?«, fragte ich.

Wilma sah mich entgeistert an. »Natürlich nicht. Der Zweite kann nicht weit sein.« Suchend sah sie sich um. In unserem Flur hatte sich während meiner Abwesenheit das Chaos breitgemacht. Eine von Wilmas Taschen lag neben der Badezimmertür, ein Haufen Werbeprospekte stapelte sich auf der Kommode, ferner der geöffnete leere Schuhkarton von Wilmas neuester Errungenschaft, ein Sixpack Wasserflaschen, ein Pullover und eine Jacke, die wohl von der Garderobe gerutscht und nicht wieder aufgehoben worden war. Ein zweiter hellblauer Schuh mit Sternen war jedoch nicht zu entdecken. Dafür lehnte an der Wand neben der Küche unübersehbar Wilmas Fahrrad.

»Warum, zum Teufel, stellst du dein Fahrrad in der Wohnung ab?«

»Weil mein Schloss weg ist und ich noch keine Zeit hatte, ein neues zu kaufen«, erklärte Wilma und sah sich weiter nach dem zweiten Schuh um.

Ich fasste mir an den Kopf und schob meinen Koffer an das Stückchen noch frei verbliebener Wand. Durch dieses Chaos war momentan ohnehin kein Durchkommen.

»Wie kann man bitte ein Fahrradschloss verlieren?«

»Keine Ahnung«, sagte Wilma unschuldig, so, als könne sie es selbst nicht verstehen. »Vielleicht hat's einer geklaut?«

Ich lachte laut auf und sah meine Freundin mitleidig an. »Ein Dieb, der Fahrradschlösser klaut und das Fahrrad stehen lässt? Klingt ein bisschen abgedreht ...«

»Es gibt nichts, was es nicht gibt.«

Ich antwortete nicht und behielt meine Theorie für mich, nach der Wilma das Schloss vermutlich achtlos in ihren Fahrradkorb geworfen hatte, aus dem es bei einer Fahrt über irgendeine Bordsteinkante herausgefallen war.

Wilma suchte noch immer in dem Chaos herum. Ihren zweiten Schuh fand sie nicht, dafür aber ihre Inliner, die sie triumphierend in die Höhe hielt.

»Ha!«, rief sie, »die hatte ich vermisst.«

»Weißt du, was ich mich frage, Wilma?«

»Hm?«

»Wie du es geschafft hast, so ein Chaos zu verbreiten, wenn du doch den ganzen Tag in der Bib gesessen und für dein Physikum gelernt hast.«

Anstatt einer Antwort hob Wilma nur die Schultern und grinste mich verlegen an. Noch immer hielt sie ihre Inliner in der Hand.

»Wie sieht's aus, fahren wir eine Runde?«

»Wenn du vorher das Chaos hier beseitigst. Vorher komme ich nämlich nicht in mein Zimmer und an meine Inliner.«

Verständnislos blickte Wilma mich an. »Wieso? Eigentlich ist doch genug Platz, um noch durchzukommen.«

»Wenn man auf Slalom oder Kletterpfade steht und sich gern die Beine brechen möchte, ist auf jeden Fall genug Platz.«

Wilma seufzte ergeben, klaubte ein paar der am Boden liegenden Sachen auf und trug sie in ihr Zimmer. Ich beschloss, lieber nicht nachzusehen, wie es dort aussah, ahnte aber Schreckliches. Stattdessen trug ich endlich mein Gepäck ins Zimmer, suchte andere Klamotten raus und zog die Inliner unter dem Bett hervor.

»Bist du so weit?«, fragte ich Wilma.

»Sofort«, schallte es aus dem Bad.

Diese Antwort sagte mir, dass es noch ein paar Minuten dauern würde. Ich ging also in die Küche, die Wilma erstaunlicherweise nicht mit irgendwelchem Zeug belagert hatte, füllte meine Trinkflasche mit Wasser und steckte sie zu meinen Schuhen in den Rucksack.

Kurz darauf stand Wilma in der Küche. »Wir können los«, verkündete sie und fischte zwei Müsliriegel aus dem Vorratsschrank.

»Soll ich deine Schuhe auch einpacken?«

Wilma flitzte in ihr Zimmer und hielt mir, als sie zurückkam, ihre Chucks entgegen. Einer war der neue blaue mit den Sternen, der zweite leuchtete in hellem Orange.

»Dir ist schon klar, dass das kein Paar ist?«

Wilma zuckte gleichgültig mit den Schultern. »Vom Mond aus betrachtet, spielt das keine allzu große Rolle.«

Soeben hatte ich meine Hausarbeit am Institut abgegeben und war zurück in der WG, als es klingelte. Ich ließ meinen Fuß los, den ich gerade vom Schuh hatte befreien wollen, und ging zur Tür. Dabei fiel mein Blick auf die Kommode.

»Wilma, du Schussel!«

Neben einem Päckchen Taschentücher lag der Schlüssel meiner besten Freundin. Ich ließ die Wohnungstür offenstehen und kniete mich im Flur auf den Boden, um endlich meine Schuhe auszuziehen.

»Du hast Glück, dass ich schon zurück bin«, sagte ich, als ich Schritte auf der Türschwelle vernahm.

»Offenbar.«

Ich sprang auf. »Julius?«

Noch auf der Schwelle umarmte er mich, küsste mich auf den Scheitel und schloss seine Arme eng um meine Schulterblätter. Ich grub mein Gesicht in die Mulde zwischen Schulter und Jochbein, sog seinen Duft in meine Lungen.

»Ich habe dich vermisst.«

»Ich dich auch.«

Wir hielten uns fest umschlungen, sein Herz pochte laut und wild in seiner Brust und mit jedem Schlag, der an mein Ohr drang, begriff ich: Er war wirklich hier. Als ob jemand mein Blut mit Kohlensäure versetzt hätte, lief ein Kribbeln durch meinen ganzen Körper, als unsere Lippen sich sanft aneinanderschmiegten. Durch den Stoff seines T-Shirts bohrte ich meine Fingernägel in die Handinnenflächen, um mich zu kontrollieren. Ich wollte ihn so sehr.

Es klingelte. Mit einer Hand tastete ich nach dem Türöffner und drückte ihn, während ich mich mit der anderen an Julius festhielt. Er lockerte die Umarmung.

»Lene, ein Glück! ... Sorry, ich hab meinen Schlüssel ... Oh, störe ich?«

Wilma blieb wie angewurzelt im Flur stehen und machte ein betretenes Gesicht.

»Schon okay.«

»Hi, Julius.« Wilma hob kurz die Hand, was Julius mit amüsierter Miene zur Kenntnis nahm.

»Was hältst du von einem Spaziergang?«, schlug ich vor.

»Sehr viel. Ich habe die letzten fünf Stunden im Auto gesessen.«

Ein Schwarm Schmetterlinge stob in mir auf, den ich nur zu bändigen wusste, indem ich einmal auf und ab hüpfte.

Julius sah mich forschend an. »Malene, ist alles in Ordnung mit dir?«

»Jetzt ja«, erwiderte ich und zog ihn mit mir aus der Wohnung.

Wir wanderten ziellos die Straßen entlang, ohne viel zu sprechen. Nach den Wochen war die physische Nähe ungewohnt. Gleichzeitig legten sich seine Finger so vertraut um meine, als hätten sie nie etwas anderes getan, ja, als müssten sie genau dort sein.

Mit Uli hatte ich jemals weder so eine Verbundenheit gefühlt, noch war ich mit ihm schweigend spazieren gegangen. Warum dachte ich jetzt schon wieder an Uli? Ich biss die Zähne zusammen und griff Julius' Hand unwillkürlich fester. Er bemerkte es sofort.

»Was ist los?«

Ich schluckte und wich seinem Blick aus. »Ich musste an Uli denken«, gab ich leise zu. Statt wütend zu werden oder sich genervt abzuwenden, blieb er stehen und zog mich in seine Arme.

»Entschuldige, die Erinnerungen ploppen immer wieder auf.«

»Du musst dich nicht entschuldigen«, flüsterte er und drückte mich fest an sich. »Es tut mir leid, dass du so verletzt wurdest. Du hast Besseres verdient.«

Als er mir sanft über den Rücken streichelte und mich auf die Stirn küsste, konnte ich die Tränen, die in meiner Kehle brannten, nicht mehr zurückhalten. Noch nie hatte ich von einem Mann solche Worte gehört. Am liebsten hätte ich mich in seiner Umarmung vergraben, bis er die Wunden weggestreichelt hätte. Doch nicht nur die Erinnerungen an meinen Exfreund wühlten mich auf, sondern auch mein Gewissen. Julius war so gut zu mir und ich hatte ihm mit keinem Wort von meinem Unibesuch in Aarhus erzählt. In den vergangenen Wochen hatte ich mir eingeredet, es wäre aus Unsicherheit darüber, ob ich das Studium wirklich angehen wollte. Der wahre Grund war ein anderer, wie mir jetzt klar wurde. Angst hielt mich zurück. Ich wollte meinen Master in Dänemark machen, deswegen aber Julius nicht verlieren. Aus Furcht, er könnte mich verlassen, hatte ich meine Pläne bislang für mich behalten. Aber fehlende Aufrichtigkeit war keine Grundlage für unsere Beziehung, Julius verdiente Ehrlichkeit.

Ich nahm seine Hände und zog ihn sanft auf die Wiese der Grünanlage. Die Grasspitzen kitzelten an meinen nackten Beinen und wenn mir mein Herz nicht bis zum Hals geklopft hätte, hätte ich vielleicht darüber gelacht. So rang ich nach Luft, ordnete meine Gedanken und wischte mir die Tränen von den Wangen.

»Ich muss dir noch etwas sagen ...« Himmel, zitterte meine Stimme! Mit den Fingerspitzen zupfte ich ein paar Grashalme und ließ sie auf meine Beine rieseln. »Vor ein paar Monaten habe ich mir Gedanken darüber gemacht, meinen Master in Dänemark zu studieren. Als ich jetzt bei meiner Mutter war, habe ich mir auch die Uni angeschaut und mit einer Professorin sprechen können. Und ... «

Mein Puls dröhnte in meinen Ohren, in mir war es so laut, dass ich nichts mehr um mich herum hörte. Wie konnte ich Julius die Wahrheit sagen, ohne ihn zu verletzen? Wollte ich den Schmerz riskieren, der unweigerlich folgen würde, wenn ich ehrlich war und er aufstand und ging?

Sein Zeigefinger fegte vorsichtig die ausgerupften Grashalme von meinem Bein. Ein Schauer durchfuhr mich.

»Ich kann das nicht.«

Er umschloss meine Hände mit seinen. »Was?«

»Diese Entscheidung treffen. Ich will nicht zwischen dir und dem Studium wählen müssen. Es geht nicht.«

Julius seufzte. War er enttäuscht? Vielleicht sogar wütend? Endlich sah ich auf, konnte durch den Tränenschleier jedoch seine Mimik kaum erkennen.

»Du musst dich nicht entscheiden, Malene. Jedenfalls nicht zwischen Dänemark und mir. Du solltest tun, was du für richtig hältst.«

»Das ist es ja eben. Ich würde gern in Aarhus studieren. Aber ich will dich nicht hier zurücklassen.«

Er sah mich aus ernsten Augen an. »Danke.«

Nicht mehr. Nur dieses Wort. Für einen erschreckend langen Moment.

»Mach dir heute noch keine Sorgen darüber«, sagte er schließlich. »Es ist noch ein Jahr bis dahin. Dann bin ich voraussichtlich auch fertig mit meinem Studium und werde mein Praktisches Jahr beginnen. Es würde mir sehr leidtun, wenn du meinetwegen hierbliebest und ich in Dresden oder Saarbrücken landen würde.«

Ich starrte ihn an. Das war es? Deswegen hatte ich mir so viele Sorgen gemacht? Dafür, dass er jetzt in ein paar Sätzen erklärte, wie überflüssig sie gewesen waren? Mit der Energie der Schmetterlinge, die wieder durch meinen Magen flatterten, flog ich ihm um den Hals. Er verlor das Gleichgewicht und kippte hintenüber auf die Wiese, wo ich etwas ungelenk auf ihm zu liegen kam.

»Du kannst mich natürlich auch vorher umbringen, dann erledigt sich dein Problem«, krächzte er und schob meinen Unterarm von seiner Kehle.

»Entschuldige.« Ich lachte erleichtert und küsste ihn auf die Stelle, wo gerade noch mein Arm gelegen hatte.

»Schon gut.« Er drehte sich auf die Seite und stützte den Kopf in seine aufgestellte Hand. »Erzähl, was ist das für ein Studiengang?«

Die Stadt füllte sich wieder zunehmend mit Studierenden, die aus den Ferien zurückkehrten, und neuen Erstsemestern. Auch im *Ring* machte sich der nahende Semesterbeginn deutlich bemerkbar.

»Das wird ein gutes Semester, das prophezeie ich euch«, orakelte Friedhelm an einem Freitagabend Ende September. Gerade kam ein Schwung junger Leute in die Kneipe, schaute sich neugierig um und ließ sich an einer Tischgruppe nieder.

Fabi schnappte seinen Notizblock und grinste mir zu. Ich grinste zurück. Friedhelm sagte immer ein gutes Semester voraus und meistens behielt er recht. Ob er für die Auswertung dieser Weissagung allerdings die gleichen Parameter zur Grundlage nahm wie die Studis am Ende des Semesters, hielt ich für fraglich. Diesmal war ich jedoch geneigt, meinem Chef recht zu geben. Seit Julius mir versichert hatte, mich wegen meines Masterplans nicht verlassen zu wollen, war ich um einiges zuversichtlicher, was mein Studium in Dänemark betraf. Ich hatte kein schlechtes Gewissen, wenn ich die Website der Universität ansah und mich durch das Kursangebot klickte und mich über das Unileben in Aarhus informierte. Stattdessen hatte ich eine neue Zucht Schmetterlinge in mir wohnen, die wie wild flatterte, wenn Julius sich erkundigte, ob ich in meinen Planungen schon weiter vorangekommen sei. Oder wenn er unangekündigt plötzlich im *Ring* auftauchte – so wie jetzt. Er kam auf mich zu, umarmte mich und sah sich nach einem freien Platz um. Fabi, der gerade an den Tresen zurückkehrte, sah mich mit offensichtlich gespielter Empörung an.

»Du mogelst. Julius ist parteiisch!"

Ehe ich darauf hinweisen konnte, dass unsere offizielle Semesterrunde Bier-kniffel noch nicht gestartet war, mischte Julius sich ein.

»Du hast Glück, so wie es aussieht, ist nur noch bei dir etwas frei.« Er nickte in Richtung eines kleinen Tischs in der Ecke.

Fabi grinste breit. »Tja, schade, Lene. Okay, Julius, sag an, was willst du haben?«

Julius, schon halb auf dem Weg zu dem freien Platz, drehte sich um. »Wenn du mich so fragst, ein Spezi.«

Ich zuckte mit den Schultern und hob die Hände. »Tja, schade, Fabi«, flö-tete ich und begab mich zu meinen Gästen.

»Hast du Pläne für deinen Geburtstag?«, fragte ich Julius, als er mich nach meinem Dienst nach Hause geleitete.

Er schüttelte nur kurz den Kopf. Ich versuchte, von der Seite seinen Ge-sichtsausdruck zu deuten. Irgendwie kam mir dieses Kopfschütteln verdäch-tig vor, es war zu schnell. Wich er meinem Blick absichtlich aus? Sonst sah er mich immer an, wenn ich etwas fragte.

»Ich feiere meinen Geburtstag normalerweise nicht großartig«, sagte er schließlich.

»Muss ja nichts Großartiges sein, aber es kann ja trotzdem ein besonderer Tag werden.«

Ich dachte an die Geburtstagsfrühstücke in unserer WG, für die Wilma, Leonie und ich uns immer Zeit nahmen, und an die kleinen Aufmerksam-keiten, die wir uns machten. Allein in seinem Apartment dürfte Julius mit so etwas wohl weniger rechnen.

»Ich stehe nicht so gern im Mittelpunkt.«

»Okay.« So etwas hätte ich mir fast denken können. Wieso nahm er sich immer so zurück? Einerseits schätzte ich diese Zurückhaltung sehr an ihm, aber an seinem Geburtstag musste es auch einmal nur um ihn gehen dürfen.

»Das heißt, du unternimmst nichts?«

Julius hob die Schultern. »Es ist mitten in der Woche, außerdem gehen schon die ersten Kurse los.«

Leise seufzend drückte ich meine Hände in das Gummi meines Fahrrad-lenkers. Konnte er nicht einmal sein Studium nicht über alles stellen?

»Du möchtest also den ganzen Tag in der Bib, der Klinik oder zuhause verbringen?«

Er lachte trocken auf. »Ja, so ungefähr sieht mein Tagesablauf aus.«

»Hättest du etwas dagegen einzuwenden, wenn ich diesen Tagesablauf um ein Abendessen erweitern würde?«

Bitte sag ja, bitte sag ja!

»Wenn es dich beruhigt, ich gehe selten hungrig ins Bett. Du meinst, ein Abendessen gemeinsam mit dir?«

Eine Spur von Ärger flammte in mir auf. Was sollte dieser Spott? War ich etwa zu aufdringlich gewesen?

»Das war nur so eine Idee. Wenn du nicht willst, ist auch okay«, sagte ich schnell, konnte meine Enttäuschung aber nicht verbergen. Der zweite Satz war eine glatte Lüge. Eine Ablehnung würde ich akzeptieren, aber ob und wie ich damit klarkommen würde, stand auf einem ganz anderen Blatt.

»Malene.« Julius legte seine Hand auf meine und sah mich an. »Das ist ein schöner Vorschlag. Wirklich.«

Ein beinahe scheues Lächeln huschte über seine Lippen und verschwand im Dunkeln der Hofeinfahrt. Sachte wanderte seine Hand zu meinem Gesicht. Das mir schon wohlbekannte Kribbeln durchfuhr mich wieder, als er mir eine Haarsträhne hinters Ohr schob und dabei mit seinen Fingerspitzen meine Haut streifte. Wusste er, was er damit in mir auslöste? Seine Augen sahen mich aufmerksam und mit liebevoller Zuneigung an. Das heiße Verlangen, das in mir tobte, spiegelte sich nicht in seinem Blick. Ich konzentrierte mich auf meine Atmung. *Ruhig, nichts überstürzen!*

»Okay«, brachte ich hervor. »Du darfst dir etwas wünschen.«

»Ich denke darüber nach«, sagte er verschmitzt lächelnd, zog mich in seine Arme und küsste mich wie immer zuerst auf den Scheitel, dann auf die Lippen. »Schlaf gut, Malene.«

»Du auch. Gute Nacht, Julius.«

Als er davonging, schloss ich zitternd mein Rad ab. Schlaf gut! Julius hatte echt Nerven.

Die Lasagne leuchtete goldgelb aus dem Ofen und verströmte einen herrlichen Geruch in der ganzen Wohnung. Der Tisch war gedeckt, Wilma verteilte ein paar bunte Blätter als Deko zwischen den Kerzen und lehnte sich mit prüfendem Blick zurück. Dann nickte sie zufrieden.

»Kann losgehen.«

»Fast. Julius fehlt noch.«

Meine beste Freundin tippte sich mit dem Zeigefinger an den kleinen Ring an ihrem rechten Nasenflügel.

»Richtig!«

Es hatte mich überrascht, dass Julius sich kein Essen mit mir allein für seinen Geburtstag gewünscht hatte und auch nicht mit mir weggehen wollte. Er hatte ein Abendessen mit meiner WG vorgeschlagen, bei dem sein heutiger Geburtstag kein Thema sein sollte. Obwohl ich noch immer nicht verstand, warum Julius daraus so ein Geheimnis machte, hatte ich zugestimmt und Wilma und Leonie gegenüber so getan, als würden wir uns nur zu einem gewöhnlichen Abendessen verabreden.

Als es klingelte und Julius wenige Augenblicke später bei uns im Flur stand, flüsterte ich ihm trotzdem meine Glückwünsche ins Ohr und gab ihm einen sanften Kuss.

»Danke.«

»Beeilt euch, wir haben Hunger«, drang Wilmas Stimme in den Flur.

Ich schob Julius vor mir in die Küche, wo Leonie in diesem Moment die Lasagne auf den Tisch stellte. Julius hob die Augenbrauen und ließ seinen Blick über den Tisch wandern.

»Wow. Das habt ihr aber nicht so dekoriert, weil ich da bin, oder?«

Wilma ließ sich lachend auf ihren Platz fallen und griff nach dem großen Löffel. »Nee, weil du da bist, hab ich meine Lernsachen weggeräumt.«

»Komm also gern öfter, dann liegt nicht überall Wills Zeug rum«, raunte Leonie Julius zu.

Wir flachsten eine Weile auf diesem Niveau herum und es war fast so wie an jedem anderen WG-Abend. Julius ging auf unsere Sprüche ein, lachte und lobte die Lasagne. Doch obwohl uns das Essen wirklich gelungen war, lag es mir schwer im Magen und im Gegensatz zu den anderen, bekam ich keine zweite Portion hinunter. Je länger ich Julius beobachtete, desto seltsamer kam er mir vor. Es brauchte eine Weile, bis ich begriff, was mich störte. Alles, was er tat, seine sarkastischen Kommentare, sein Lachen, seine Bewegungen, wirkten wie einstudiert. Als ob er Anweisungen aus einem mir unbekannten Drehbuch befolgte. Seine Mimik war angestrengt, die Gesichtszüge angespannt und beherrscht. Was hatte er nur? Leonie und Wilma schienen nichts zu bemerken. Aber vor ihnen konnte ich Julius ohnehin nicht fragen.

»Ich spüle, wenn ich darf«, sagte er nach dem Essen und krempelte, ohne unsere Antwort abzuwarten, die Ärmel seines Hemds hoch.

Mit einem Kopfnicken bedeutete ich meinen Mitbewohnerinnen, dass ich den Rest des Aufräumens übernehmen würde, und die beiden verzogen sich in ihre Zimmer. Ich lehnte mich mit einem Küchenhandtuch in der Hand an die Anrichte und sah zu, wie Julius seine Hände ins Spülwasser tauchte.

»Das war richtig lecker. Danke fürs Kochen.«

»Gerne. Freut mich, dass es dir geschmeckt hat.«

Ich nahm das Besteck und trocknete es ab. Julius rieb mit dem Spülschwamm über die Teller mit einer Präzision, die in mir den Verdacht aufkommen ließ, er würde sich beim Spülen die einzelnen Bewegungen gedanklich ausformulieren.

»Ist alles okay?«

Er sah auf. »Ja, wieso fragst du?«

»Du bist so anders heute.«

Julius wandte sich stirnrunzelnd ab und sah wieder in die Spüle. »Ich bin so wie immer.«

Mir lag ein Widerspruch auf den Lippen, den ich aber zurückhielt. Was sollte das bringen? Würden wir uns in einem Nein-Doch-Nein-Doch-Kreislauf verlieren? Seufzend wickelte ich einen der Teller im Handtuch ein und rubbelte ihn trocken.

»Ich hab noch was für dich«, sagte ich, als alles gespült und in den Schränken verstaut war. In meinem Zimmer überreichte ich ihm den Umschlag, den ich auf meinem Schreibtisch bereitgelegt hatte.

»Du sollst mir doch nichts schenken.«

»Zu spät.«

Julius öffnete den Umschlag und zog zwei Karten hervor. Ein Lächeln breitete sich auf seinem Gesicht aus, das erste entspannte Lächeln an diesem Abend.

»Ein Orgelkonzert? Danke, Malene.« Vorsichtig schob er die Karten zurück in den Umschlag und nahm mich in die Arme. Und endlich, als ich auch meine Arme um seine Hüften schlang, kehrte jener Julius zurück, den ich in den letzten Monaten liebgewonnen hatte. Er entspannte sich, sein Herz pochte sacht gegen mein Ohr und sein Atem streichelte meine Stirn. Ich drückte meine Nase tief in seinen Pullover und atmete den vertrauten Zitrusduft ein.

»Es ist schön, dass du hier bist«, flüsterte ich.

Er drückte mich noch etwas fester an sich. »Danke, dass ich diesen Abend mit dir verbringen darf.«

Bildete ich es mir ein oder klang Verzweiflung in seiner Stimme mit? Oder war es Angst? Fürchtete er, ich würde ihn loslassen oder gar wegschicken? Ich streckte mich, zog seinen Kopf zu mir. Sanft presste ich meine Lippen auf seine. Beinahe schüchtern, als täte er es zum ersten Mal, erwiderte er meinen Kuss. Langsam tastete ich mich weiter vor. Julius antwortete vorsichtig darauf. Wir glitten in einen nicht enden wollenden Kuss. Seine Hände legten sich warm um meinen Nacken, während meine Fingerspitzen an seiner Wange entlangfuhren und seine weichen Wimpern streiften. Völlig in uns versunken taumelten wir auf mein Bett, hörten nicht auf, uns zu küssen, als unsere Köpfe auf mein Kissen sanken. Ich fuhr mit der Hand seinen Hals entlang, tastete mich abwärts. Die Haut seiner Brust glühte unter meinen Fingern. Ich zuckte zusammen, als ich seine Finger auf meinem Rücken spürte. Behutsam wanderten sie meine Wirbelsäule hinauf. Jede seiner Berührungen jagte mir einen kleinen Schauer über die Haut. Ich schob meine Hand erneut unter sein Hemd, erkundete seinen Bauch und umkreiste seinen Nabel. Ehe ich weiterwandern konnte, legte seine Hand sich auf meine, hielt sie sanft fest. Die Bauchschlagader wummerte gegen die Bauchdecke. Ein zarter Druck seiner Finger gegen meine. Mehr brauchte es nicht, um uns zu verständigen. Wir hatten diesen Moment und er war gut, wie er war.

17.
Kapitel

as neue Semester war erst ein paar Tage alt, schon stapelten sich auf meinem Schreibtisch wieder die Lektürepakete. Es war, als hätte es keine Semesterferien gegeben. Wilma stöhnte nach anfänglicher Euphorie über das bestandene Physikum bereits über das Lernpensum, das jetzt auf sie zukam. Leonie überlegte seit Tagen, ob sie sich in der queeren Hochschulgruppe im Vorstand engagieren sollte. Und ich versuchte zwischen Arbeit und Uni noch Zeit für Julius freizuhalten. Glücklicherweise ließ er es sich nicht nehmen und holte mich jedes Mal nach Dienstende vom *Ring* ab.

»Ich hoffe, wir müssen uns nicht das ganze Semester nur auf diese abendlichen Spaziergänge beschränken«, sagte ich, als wir freitags durch die Stadt zur WG liefen. Es nieselte und Julius hielt einen Regenschirm über mich, was ich unheimlich süß fand, auch wenn es faktisch nicht viel nützte.

»Das hoffe ich auch.«

»Sagte er und fuhr übers Wochenende weg«, entgegnete ich seufzend. Ausgerechnet an den nächsten zwei Tagen, an denen ich mehr Zeit hatte, würde Julius nach München zu einem Workshop der Stiftung fahren, über die er ein Stipendium erhielt.

»Zum Glück ist nicht jedes Wochenende Stipendiatentreffen. Am Sonntag bin ich wieder zurück.«

Julius umarmte mich unterm Regenschirm und küsste mich. Am liebsten hätte ich noch länger so mit ihm dagestanden, doch der Nieselregen wurde heftiger und kroch mir in meine von der Schicht müden Knochen.

»Viel Spaß beim Workshop!«

»Danke. Bis Sonntag.« Er küsste mich noch einmal, ging durch den Regen davon und ich eilte über den Hof zur Haustür.

Das Wetter blieb den ganzen Samstag bescheiden. Da Annika verplant war und ich keine Lust hatte, allein auf gut Glück in die Kletterhalle zu fahren, machte ich es mir also mit Keksen und Kakao am Schreibtisch gemütlich und widmete mich meinen Unitexten. Es war ratsam, nicht schon direkt zu Semesterbeginn in Leserückstand zu geraten. Während Leonie am Nachmittag und Abend mit einem Team ihrer ehemaligen Austauschorganisation verabredet war, ließ ich mich von Wilma zu ein paar Folgen *In aller Freundschaft* überreden. Als es in einer Episode um einen herzkranken Patienten ging, schweiften meine Gedanken ab. Ob Julius auch manchmal Arztserien anschaute? Ich hatte ihn nie gefragt. Was er wohl gerade in München machte? Kurzentschlossen schrieb ich ihm eine Nachricht.

Wie läuft der Workshop? Ich denk an dich.

Ich legte das Handy neben mich auf Wilmas Bett und konzentrierte mich wieder auf die Serie. Meine beste Freundin zog eine Tüte Gummibären aus einer Schublade, hielt sie mir geöffnet hin und lehnte ihren Kopf auf meine Schulter. Ich legte meinen Arm um sie. Als zwei der Protagonisten sich küssten, nahm Wilma zwei Gummibärchen, presste sie aneinander und hielt sie dabei vor den Fernseher. Ich lachte. Es war wie früher zu Schulzeiten. Einfach nur abhängen und herumalbern, das hatten wir viel zu lang vernachlässigt.

»Manchmal würde ich echt gern die Zeit anhalten«, sagte Wilma und warf die leere Tüte mitten in die Unordnung ihres Schreibtischs.

»Und dann würdest du für immer in diesem Chaos sitzen und den Abspann von *In aller Freundschaft* schauen?«

Wilma zog eine Schnute. »Oh Mann, du bist schon genauso sarkastisch wie Julius«, maulte sie. »Ich wollte einfach nur ausdrücken, wie sehr ich unseren Abend genieße.«

»Weiß ich doch.« Ich umarmte sie fest. »Und ich liebe es, mit dir in deinem Chaos zu sitzen.«

Kurz vorm Schlafengehen warf ich einen kurzen Blick auf mein Smartphone. Das Display zeigte nur die Uhrzeit an, keinen Eingang einer neuen Nachricht. Trotzdem öffnete ich die Nachrichtenapp. Enttäuschung flammte in mir auf. Wie es aussah, hatte Julius meine Nachricht noch nicht einmal gelesen. Der heutige Workshop musste doch längst vorbei sein. Oder war er beim geselligen Teil des Abends mit den anderen Stipendiaten irgendwo versackt? So sehr ich ihm den Spaß gönnte, hätte ich doch gehofft, er würde sich wenigstens kurz melden. Es war mir in den letzten Wochen zur Gewohnheit geworden, jeden Abend seine Stimme zu hören, auch wenn es nur kurz war. Jetzt darauf zu verzichten, war ungewohnt und brannte in meiner Kehle. Ich kuschelte mich in meine Decke und träumte mich in Julius' Arme.

Das Brennen in meiner Kehle formte sich zu einem Klumpen, als ich auch nach dem Aufwachen noch keine Nachricht von Julius hatte. Dabei war es schon spät. Julius musste doch schon längst wieder auf den Beinen sein. Ich meinte, mich erinnern zu können, dass er erzählt hatte, es würde am Sonntag noch eine Abschlussrunde des Workshops geben, ehe sich nach dem Mittagessen alle auf den Heimweg machen würden. Hatte er tatsächlich zwischen Abendessen und Frühstück keine Zeit gefunden, sich kurz zu melden? Ich mümmelte lustlos an einem Brötchen und versuchte, an etwas anderes zu denken. Dennoch konnte ich mich gegen die Enttäuschung nicht wehren, die in mir aufstieg und sich schmerzhaft in meine Brust bohrte. Die Unsicherheit ließ ebenfalls nicht lang auf sich warten und schlich sich mit leiser Stimme in meine Gedanken. *Vielleicht denkt er gar nicht an dich. Nimm dich nicht so wichtig. Warum sollte er sich melden?*

»Weil er es sonst immer tut«, widersprach ich der Stimme laut und trotzig. Seit den Semesterferien hatten wir täglich telefoniert oder wenigstens geschrieben. Die Semesterferien! Mir fiel der Tag ein, an dem er von seiner Famulatur zurückgekehrt war. Ohne Ankündigung hatte er plötzlich vor der Tür gestanden. Vielleicht würde er es heute genauso handhaben? Ich klammerte mich an diese Hoffnung und verließ die WG nur zu einem kurzen Mittagsspaziergang. Je älter der Nachmittag wurde, desto schneller schlug mein Herz. Beinahe minütlich rechnete ich mit der Türklingel. Immer wieder sah ich auf mein Handy. Nichts passierte. Keine Nachricht. Kein Anruf. Kein Klingeln.

Die Stimme in meinem Kopf wurde lauter, schrie mir Zweifel ins Ohr und nagte an meiner Seele. *Vergeblich. Du wartest vergeblich. Er kommt nicht. Du bist ihm nicht wichtig.* Mir fehlte die Kraft, mich gegen die Zweifel aufzulehnen. In dieser Nacht weinte ich mich in den Schlaf.

Ziemlich gerädert stand ich am nächsten Morgen auf und griff als Erstes nach meinem Handy. Kein guter Start in den Tag, denn noch immer gab es keine Nachricht von Julius. Während ich mich für die Uni fertigmachte, gelang es mir noch halbwegs, mir gut zuzureden. Bestimmt gab es eine ganz logische und banale Erklärung. Wer wusste schon, wie lange dieser Workshop und die Abschlussrunde gedauert hatten? Vermutlich war Julius gestern todmüde ins Bett gefallen. Aber zwei Tage ohne ein Lebenszeichen von ihm waren ungewöhnlich. Als ich mich aufs Rad schwang, strömten sämtliche Gefühle mit dem Fahrtwind auf mich ein. Unsicherheit, Angst, Enttäuschung und Wut wechselten sich ab und ließen ein Wirrwarr aus Fragen zurück. Völlig erledigt ließ ich mich neben Leonie auf einen Stuhl fallen.

»Was ist denn mit dir los?«

»Julius hat sich seit Samstag nicht mehr bei mir gemeldet.«

Seit Samstag! Jetzt war Montag und mittlerweile Viertel nach zehn. Selbst wenn Julius gestern todmüde gewesen war, wäre er spätestens jetzt wach gewesen. Schließlich hatte er heute ebenfalls Vorlesungen. Und die verpasste er nie, egal wie müde er war. So gut kannte ich ihn mittlerweile.

»Hatte er nicht am Wochenende so ein Stipendiatentreffen? Das war doch sicher erschöpfend.«

Ich nickte seufzend, teilte Leonie aber dennoch meine Bedenken mit. Meine Mitbewohnerin winkte ab, als unser Dozent etwas verspätet den Raum betrat.

»Ach, dann ist er vielleicht einfach nur knapp aufgestanden und direkt in die Vorlesung gefahren. Spätestens zum Mittagessen meldet er sich«, prophezeite sie.

Hoffentlich behielte sie recht! Ich ballte die Hände zu Fäusten, drückte sie gegen die Tischkante und biss die Zähne zusammen. Bestimmt hatte Leonie recht! Es gab keinen Grund, nervös zu werden. Ich sollte Julius nicht mit Uli vergleichen. Hatte er mir nicht oft genug gezeigt, dass er anders war? Ich konnte ihm vertrauen.

Während des Seminars bildete ich mit Leonie und zwei Kommilitonen ein Team zur Auswertung unseres Lektürepakets und erklärte mich freiwillig bereit, unsere Ergebnisse der Gruppe vorzustellen. Ablenkung war jetzt das Beste.

»Sehr gut, vielen Dank, Frau Nielsen und dem ganzen Team für Ihre Ergebnisse.«

Unser Dozent nickte mir zu und ich überließ das Feld der nächsten Gruppe.

»Voll gut«, flüsterte Leonie mir zu. »Ich hätte das nicht so erklären können.«

Hätte sie bestimmt wohl, aber ich ließ es unkommentiert. Ich war dankbar für jede Möglichkeit, in der ich mich im freien Sprechen üben konnte.

»Los, auf zur Mensa«, trieb Leonie mich nach dem Seminar an. »Wilma wartet bestimmt schon.«

Meine Mitbewohnerin zog mich so schnell hinter sich her, dass mir keine Gelegenheit blieb, auf mein Handy zu schauen. Erst als ich mich hinter Will und Leo an der Essensausgabe einreihte, zog ich es aus meiner Tasche hervor, legte es auf mein Tablett und klappte die Hülle auf. Keine Nachricht. Das konnte doch nicht sein! Mit zwei schnellen Berührungen entsperrte ich den Bildschirm und öffnete den Messenger. Keine Nachricht! Das Stechen in meiner Brust war augenblicklich wieder zurück und breitete sich aus, drückte sich bis in meine Kehle. Mein Magen verknotete sich zu einem unförmigen Klumpen, so fühlte es sich jedenfalls an. Ausgerechnet jetzt wollte Wilma von mir wissen, ob ich auch einen Salat wolle.

Wenn ich ehrlich war, wollte ich überhaupt nichts mehr essen. Doch die Mitarbeiterin an der Ausgabe drückte mir schon den Teller mit Gnocchi in Brokkolisoße in die Hand.

»War das Seminar so schlecht?«, erkundigte sich Wilma, sobald wir am Tisch saßen. »Lene, du machst ein Gesicht wie mindestens zehn Tage Regenwetter.«

Leonie wies stumm auf mein Handy und ich nickte.

»Immer noch nichts von Julius.«

»Mach dir keinen Kopf, der hängt bestimmt noch in der Vorlesung oder so fest. Du weißt doch, Medizinstudenten sind immer busy.«

Natürlich wusste ich das. Und es war schön, dass auch meine beste Freundin in die gleiche Kerbe schlug wie Leonie zuvor. Bestimmt war alles in Ordnung. Warum hörte dann das Bohren nicht auf? Ich klappte die Hülle zu und verstaute das Handy wieder in meiner Tasche. Eine Nachricht von Julius würde nicht schneller kommen, wenn ich noch länger auf den Bildschirm starrte. Also nahm ich die Gabel auf und widmete mich den Gnocchi, die trotz Soße ziemlich fade schmeckten.

Das schwere Gefühl in der Magengegend begleitete mich diffus durch den ganzen Nachmittag. Als ich abends immer noch nicht von Julius gehört hatte, wandelte sich das Schweregefühl in latente Übelkeit. So lange hatte er noch nie mit einer Nachricht auf sich warten lassen. War ihm etwas passiert? Ob ich ihn anrufen sollte? Ich wollte ihm nicht auf den Keks gehen. Vielleicht war er gerade wirklich total beschäftigt, so wie Wilma gesagt hatte. Er arbeitete doch immer wie ein Tier. Unwillkürlich fiel mir ein Soziologie-Seminar aus dem letzten Semester ein. Wir hatten über Kommunikationsveränderungen durch Smartphones und Social Media gesprochen. Vertraute ich weniger, weil ich jetzt schon drei Tage nichts von Julius gehört hatte? War ich auch in die Falle der ständigen Erreichbarkeit getappt und leitete daraus Ansprüche ab? Mein Daumen verharrte schwebend über Julius' Kontakt. Nein, ich würde ihn nicht anrufen. Er wusste auch so, dass ich an ihn dachte, und würde sich bald melden.

Wilma runzelte die Stirn, als ich ihr am nächsten Morgen erzählte, dass ich noch immer nichts von Julius gehört hatte. Jetzt wurde ich wirklich nervös und die Übelkeit, die ich seit gestern mit mir herumschleppte, wurde stärker. Wenn sogar Wilma es schon merkwürdig fand, dass Julius sich nicht meldete, durfte ich nun auch allen Grund dazu haben. Was, zur Hölle, war passiert? Es musste etwas passiert sein, sonst hätte er sich doch gemeldet.

»Hast du was gehört? Ist irgendwas passiert, gab's einen Unfall oder so?«

Wilma zog die Augenbrauen zusammen. »Lene, sprich Deutsch mit mir. Auf Dänisch kann ich dich nicht verstehen.«

Oh Mann, so weit war es also schon gekommen. Ich war verzweifelt genug, um wieder in meine Muttersprache zu verfallen. Als ich rasch rekapitulierte, was ich gesagt hatte, um es für meine beste Freundin zu übersetzen, war ich froh, dass sie mich nicht verstanden hatte. Meine Überlegung war vielleicht doch einen Hang zu dramatisch.

»Kennst du irgendwen aus seinem Semester und magst mal unverbindlich fragen, ob sie Julius gesehen haben?«

Wilma hob abwehrend die Hände und schüttelte den Kopf. »Da bin ich raus, ich dachte, das hätten wir geklärt.«

»Du sollst doch diesmal kein Date für mich ausmachen«, versuchte ich sie zu beschwichtigen. »Du könntest doch einfach fragen, ob ihn jemand gesehen hat, weil du ihm irgendwelche Lernunterlagen zurückgeben willst.«

War das nicht ein völlig legitimer Grund, jemanden aus einem höheren Semester anzusprechen, ohne dass dieser misstrauisch wurde?

»Das schon«, lenkte Wilma ein. »Aber ich bin mir leider nicht sicher, wer noch in sein Semester gehört. Außerdem bin ich heute den ganzen Tag unterwegs.«

Ich seufzte. Was sollte ich denn jetzt machen? Wilma legte ihre Hand auf meine und sah mir tief in die Augen.

»Ruf ihn doch an!«

»Jetzt?« Es war kurz vor acht.

»Jetzt, gleich, in der Mittagspause, da misch ich mich nicht ein. Hauptsache es hilft dir.«

Mit diesen Worten schnappte sie sich ihren Thermobecher, klemmte sich ein halbes Brötchen zwischen die Zähne und lief winkend aus der Küche.

»Wir sehen uns heute Abend«, rief sie aus dem Flur. Dann fiel die Tür ins Schloss. Ich blieb allein in der WG zurück und starrte auf die Uhr an der Küchenwand. Sollte ich Julius wirklich jetzt anrufen? Hatte er auch so früh Uni? Dann wäre er doch sowieso schon unterwegs. Allerdings hätte er dann auch längst schon meine letzte Nachricht von Samstag gesehen und mir geantwortet. Ich hatte gerade die Tasse gehoben, um einen Schluck Tee zu trinken, als mich ein Gedanke durchzuckte und ich die Tasse ruckartig wieder abstellte. Etwas zu heftig, sodass ein bisschen Tee auf den Tisch schwappte. Hatte ich am Ende irgendetwas Falsches gesagt oder geschrieben? Etwas, das ihn gekränkt haben könnte? Ich öffnete zum wiederholten Mal die App und las meine letzte Nachricht.

Wie läuft der Workshop? Ich denk an dich.

War daran etwas falsch zu verstehen? Ich scrollte im Chatverlauf ein bisschen höher, doch alles, was wir geschrieben hatten, war unbekümmert und liebevoll. Selbst zwischen den Zeilen war nichts, aber auch gar nichts, was missverständlich hätte sein können.

Lene, hör auf, dich selbst ständig in Frage zu stellen! Du bist nicht immer an allem schuld!

Wilmas Worte, die sie mir nach der Sache mit Uli gesagt hatte, klingelten in meinem Kopf. Das klang so leicht. Aber ich konnte die Gedanken nicht aufhalten. Wenn ich alles richtig gemacht hatte, warum meldete Julius sich dann nicht? Sieben nach acht. Es war unrealistisch, aber versuchen musste ich es. Ich wählte seine Nummer. Ließ dreimal klingeln. Viermal, fünfmal. Ein sechstes Mal.

»Der gewünschte Gesprächspartner ist ...«

Ich legte auf. Hätte ich mir auch denken können. Julius saß vermutlich längst in der Uni oder schwirrte irgendwo in der Klinik herum. Sein Handy lautlos gestellt und gut verstaut in seiner Tasche oder einem Spind. Vielleicht sollte ich das auch machen. Einfach mal so tun, als wäre noch 1985 und es gäbe keine Smartphones. Dann hätte ich mich darauf verlassen müssen, dass wir uns heute Mittag in der Mensa sehen. Bis dahin waren es noch vier Stunden. Die brauchte ich auch, um die Lektüre für das Seminar am Nachmittag zu lesen. Doch ich saß noch keine zehn Minuten am Schreibtisch, als meine Hand sich wie automatisch zu meinem Handy bewegte, den Bildschirm entsperrte und den Messenger öffnete.

Von wegen 1985! Die Zeiten hatten sich einfach geändert. Das hatte doch nichts mit mangelndem Vertrauen zu tun! Ich wischte über das Display, Instagram öffnete sich. Ein neues Bild von Rika. Ausgerechnet! Für einen kurzen Augenblick hatte ich ein schlechtes Gewissen. Ich hatte noch keinen Gedanken daran verschwendet, dass ihr oder einem anderen Patienten etwas passiert sein könnte. War dieser Gedanke nicht viel naheliegender? Schließlich hatte Julius sich schon einmal nicht gemeldet, als Rika akut in die Klinik eingeliefert worden war. Aber das Bild, das sie vor ein paar Minuten gepostet hatte, sah nicht danach aus, als ginge es ihr schlecht. Im Gegenteil. Sie schien sich nach ihrem Herzstillstand im Sommer gut erholt zu haben. Gemeinsam mit einem anderen Mädchen lächelte sie breit in die Kamera. Vor ihre Gesichter hielten sie jede ein Croissant, das wohl ihr Lachen untermalen sollten. *Elternsprechtage müssen gut genutzt werden. Heute bin ich einfach nur dankbar, dass ich diesen Tag mit meiner besten Freundin verbringen kann. Es sind die kleinen Dinge – bzw. die großen Croissants!* Lachender Emoji. Rikas unbeschwertes Lachen und ihre Hashtags unter dem Text brachten mich tatsächlich zum Lächeln.

Das sieht lecker aus. Genießt den Tag!

Ich schickte meinen Kommentar ab und legte das Handy wieder zur Seite. Es war wirklich an der Zeit, mich mit meiner Lektüre zu beschäftigen. Doch je näher die Mittagszeit kam, desto unruhiger wurde ich. Den Anspruch, den Text richtig zu verstehen, hatte ich aufgegeben. Würde Julius nachher an der Mensa sein? Mein Herz schlug schon jetzt bis zum Hals und ich hörte das Blut durch meinen Körper rauschen. Ich wollte ihn wiedersehen, wollte spüren, wie er mich umarmte, seine starken und gleichzeitig so sanften Hände an meine Schulterblätter drückte. Seinen Atem an meinem Gesicht. Er würde nichts sagen müssen. Wenn er mich einfach nur festhielt und da war, würde sich mein Herz beruhigen und der Klumpen in meinem Magen auflösen.

Um halb zwölf hielt ich es nicht mehr aus. Ich warf Seminarlektüre, Collegeblock und Kuli in meine Tasche, schlüpfte in die Schuhe und schwang mich aufs Rad. Ich würde Lichtjahre zu früh an der Mensa sein. Wenn Julius bis Viertel vor zwölf in der Uni saß, konnte es dauern, bis er kam.

Wenn er überhaupt kommt, flüsterte eine Stimme in meinem Kopf. Natürlich würde er kommen! Bislang hatten wir uns dienstags immer zum Essen getroffen. Wir hatten den Dienstag nach einem Stundenplanvergleich fest als gemeinsamen Mensatag ausgemacht.

Um Viertel vor zwölf parkte ich mein Rad vor der Mensa. Einige Studierende liefen bereits ins Gebäude, andere kamen schon wieder heraus. Ich lehnte mich an den Fahrradständer und behielt Eingang und Vorplatz im Blick. Das eine oder andere Gesicht kam mir bekannt vor. Es waren doch irgendwie immer die gleichen Leute, die man in der Mensa traf. Auf Wilma und Leonie brauchte ich heute nicht warten. Ich musste nur auf eine Person achten. Julius. Wenn er käme, wäre alles gut. Der Vorplatz füllte sich zusehends. Von der nahen Kirchturmuhr schlug es zwölf. Das war die Zeit, zu der Julius normalerweise kam. Spätestens zum Ende des Mittagsgeläuts bog er immer auf seinem Rad um die Ecke. Doch heute verklang der letzte Glockenschlag, ohne dass er auftauchte. Das war doch nicht möglich! Hatte ich mich in der Zeit geirrt? Obwohl ich die Glockenschläge und das anschließende Geläut deutlich gehört hatte, zog ich mein Handy hervor und glich die Uhrzeit ab. 12:05 Uhr. Und von Julius keine Spur. Von einer Nachricht ganz zu schweigen. Was war nur los? Ich wählte erneut seine Nummer. Dreimal klingeln. Viermal, fünfmal. Nach dem sechsten Klingeln ertönte wieder die elektronische Ansage, dass der Teilnehmer nicht verfügbar sei. Klang sie genervter als heute Morgen? Quatsch, das bildete ich mir jetzt ein. Aber warum sprang nicht mal eine Mailbox an? Hatte Julius sein Handy abgestellt? Aber warum? Oder hatte er es verloren? War es ins Klo gefallen oder geklaut worden? Dass mir das noch nicht früher eingefallen war! Solche Dinge passierten doch ständig. Inklusive mir.

Aber nicht Julius, murmelte die Stimme in meinem Kopf. Und selbst wenn, hätte er Wege gefunden, mich zu kontaktieren.

Ich ließ meinen Blick ein weiteres Mal über den Vorplatz schweifen. Nichts. Das Handy behielt ich in der Hand, nur für den Fall, auch wenn mir mein Gefühl sagte, dass es in den nächsten Minuten nicht klingeln würde.

Nachdem ich eine geschlagene Stunde vor der Mensa herumgestanden hatte, gab ich die Hoffnung auf, dass Julius noch kommen würde. Ich steckte das Handy weg und riss an meinem Rad, das inzwischen ziemlich zugeparkt war.

»Pis«, fluchte ich, als sich die Handbremse mit dem Lenker des nebenstehenden Rads verhakte. Hatte sich denn alles gegen mich verschworen?

Warum hatte Julius mich versetzt? Meine Enttäuschung wich heißer Wut. Ich hätte es ja verstanden, wenn er keine Zeit gehabt hätte. Aber warum meldete er sich seit Tagen nicht? Wenn er wenigstens abgesagt hätte, wäre doch alles in Ordnung gewesen. Na ja, fast alles.

Millimeterweise bugsierte ich mein Rad ins Freie, sah noch einmal über den Mensavorplatz und machte mich auf den Weg zur Uni.

Sobald unsere Dozentin ihr Seminar beendet hatte, hielt mich nichts mehr auf meinem Stuhl. Ich stürmte aus dem Gebäude und eilte zu den Fahrradständern. Wenn ich Julius telefonisch nicht erreichen konnte, musste ich halt zu ihm fahren. Irgendetwas stimmte hier ganz und gar nicht. Zwar schwelte irgendwo in meinem Bauch noch die Wut darüber, dass er mich heute Mittag versetzt hatte, aber nun hatte eine unbestimmte Angst von mir Besitz ergriffen. Angst, dass Julius etwas zugestoßen sein könnte? Angst, dass er vielleicht nichts mehr von mir wissen wollte? Angst, dass ich mir falsche Hoffnungen gemacht hatte? Ich konnte es nicht mit Bestimmtheit sagen. Aber woher genau diese Angst auch rührte, sie drückte mir die Kehle zu. Ich musste es jetzt wissen. Egal, was der Grund für diese tagelange Funkstille war. Alles wäre besser als dieses unerträgliche Schweigen und Nichtwissen.

Meine Angst verlieh mir Flügel und ich war in kürzester Zeit am Wohnheim. Ich machte mir nicht die Mühe, mein Rad ordentlich in einen der

Fahrradständer zu schieben. Stattdessen fuhr ich direkt bis zur Haustür und drückte seine Klingel. Meine Hände klammerten sich um die Gummierung des Fahrradlenkers. Nichts tat sich. Ich drückte den Lenker noch fester. Sollte ich ein zweites Mal klingeln? Das Muster des Gummis hatte sich mittlerweile in meine Handinnenfläche gedrückt. Ich streckte den Finger nach der Klingel aus, auch wenn es unlogisch war. Selbst, wenn er auf dem Klo gewesen wäre, als ich klingelte, hätte er mittlerweile geöffnet. Ein Student kam die Treppe hinunter und öffnete die Haustür.

»Hey«, sagte er. »Willst du rein?«

Er hielt mir die Tür auf. Aber was sollte ich mit meinem Fahrrad im Hausflur? Wenn Julius mir hier unten nicht aufmachte, würde er es oben auch nicht tun. Oder war am Ende die Klingel kaputt? Das wäre schon ein ziemlich seltsamer Zufall. Der Student sah mich an.

»Also, was ist? Rein oder draußen bleiben?«

»Danke«, sagte ich und machte einen Schritt zurück, was ihm seine Frage offenbar beantwortete, denn er ließ die Tür los und ging an mir vorbei.

»Kennst du Julius?«, fragte ich ihn unvermittelt.

Er blieb stehen und drehte sich wieder zu mir um. »Den Mediziner?«

Ich nickte. Hoffentlich gab es nicht noch einen anderen Julius hier im Wohnheim. Mein Blick flog zu den Klingelschildern. Ach Mist, hier standen ja nur die Nachnamen. Der Student nickte trotzdem.

»Ja, kenn ich, wieso?«

»Weißt du zufällig, wann er wiederkommt?«

Er fuhr mit den Fingern an den Trägern seines Jutebeutels entlang und zuckte die Schultern.

»Ne, sorry, keine Ahnung. Ich kenn ihn vom Sehen, aber wir haben sonst nichts miteinander zu tun. Aber als Medizinstudent ist er doch bestimmt ewig zum Lernen in der Bib. Vielleicht versuchst du's da mal?«

Er winkte lässig und ging seiner Wege. Ich lehnte mich an die Hauswand. Der Vorschlag war sicherlich gut gemeint, brachte mich aber nicht weiter. Julius hatte oft genug gesagt, dass er lieber in seinem Zimmer lernte. Ein Zittern durchfuhr meinen Körper und ein ersticktes Schluchzen entfuhr meiner Kehle. Wo war Julius nur? Er konnte doch nicht vom Erdboden verschluckt sein. Ich klammerte mich wieder an meinen Fahrradlenker und schob das Rad langsam durch die Einfahrt zurück Richtung Straße. Aufzusteigen wagte ich nicht. Meine Knie waren weich und meine Hände zitterten so stark, dass mir schleierhaft war, warum ich nicht schon längst umgefallen war.

Julius, wo bist du? Warum antwortest du nicht? Was ist passiert, verdammt nochmal?

Irgendwie schaffte ich es zur WG, wo ich mich direkt in mein Zimmer verzog und im Bett einigelte. Aber schlafen konnte ich nicht. Selbstzweifel, Angst und Sorge ließen mich nicht los. Hatte ich wieder einmal zu viel in eine hoffnungslose Beziehung investiert? War ich nicht gut genug oder hatte ich etwas falsch gemacht? Was war mit Julius los?

Mitten in der Nacht musste ich doch eingeschlafen sein, und als mein Wecker klingelte, riss er mich aus wirren Träumen. Vielleicht sollte ich einfach im Bett bleiben. Meine Glieder waren schwer wie Blei und in meinem Kopf hämmerte es. Ich würde heute sowieso zu nichts zu gebrauchen sein. Aber draußen würde ich wenigstens Ablenkung haben. Hier drinnen war ich allein mit meinen Gedanken, die mich früher oder später zerfressen würden.

Leonie und Wilma saßen schon beim Frühstück.

»Guten Morgen.« Leonie sah von ihrem Tee auf und machte ein betroffenes Gesicht. »Okay, streich das gut. Um Himmels Willen, Lene. Was ist passiert?«

»Wenn ich das wüsste.« Ich ließ mich auf meinen Platz fallen. In kurzen Sätzen erzählte ich von gestern.

»Also, das ist jetzt wirklich nicht mehr normal«, sagte Wilma. »So kenne ich ihn gar nicht. Er ist doch sonst die Zuverlässigkeit in Person.«

In meinem Bauch krampfte sich alles zusammen. Als ob Wilma mir mit ihren Worten ein Schwert geradewegs durch den Bauchnabel gestoßen hätte.

»Und Julius ist auch wirklich nicht der Typ für Ghosting oder so.« Leonie drehte das Schwert noch einmal um.

Ich schlang meine Arme um meinen Bauch. »Was soll ich denn jetzt machen? Eine Vermisstenanzeige aufgeben?«

Leonie schüttelte den Kopf. »Geht nicht. Das lernen wir doch in jedem Krimi, dass Erwachsene frei über ihren Aufenthaltsort bestimmen dürfen und niemandem Rechenschaft schuldig sind.«

Was für eine blöde Regelung!

»Hast du einen Kontakt von diesem Basti? Die beiden kennen sich doch schon ewig. Vielleicht weiß der was.«

Ich flog Wilma um den Hals. »Will, du bist die Beste!«

»Heißt das, du hast seine Nummer?«

Ich sank augenblicklich wieder in mir zusammen. »Nein«, gab ich zu.

»Aber er kommt immer in die Mensa.«

Warum hatte ich ihn nicht schon gestern gefragt? Hatte ich ihn nicht sogar am Rande gesehen? Zu spät. Das hatte ich davon, dass ich nur Augen für Julius gehabt hatte. Hoffentlich bekam ich heute eine neue Chance. Basti musste einfach etwas wissen!

Ich hielt mich an dieser Hoffnung fest und wurde mit jeder Stunde nervöser. Einerseits hoffte ich, dass Julius sich doch noch melden würde. Aber meine Nachricht blieb seit dreieinhalb Tagen genauso unbeantwortet wie meine Anrufe. Andererseits war ich mir mittlerweile leider sicher, dass da nichts kommen würde. Nur das Warum machte mich wahnsinnig.

Ab halb zwölf bezog ich Position vor der Mensa. Wieder verfolgte ich den Strom der hungrigen Studierenden mit meinen Blicken. Eine Kommilitonin winkte mir zu, doch für ein Gespräch fehlten mir die Nerven. Ich trippelte von einem Fuß auf den anderen. Und dann sah ich ihn! Gemeinsam mit zwei anderen Studenten kam er die Straße herunter geschlendert, sein Fahrrad neben sich herschiebend. Mit der angestauten Luft, die ich nun entweichen ließ, hätte ich bestimmt drei Luftballons füllen können. Meine Schultern sanken herab und ich sprintete los.

»Basti!«

Die beiden Studenten an seiner Seite sahen mich belustigt an. Basti musterte mich.

»Lene, servus! Mit so einer stürmischen Begrüßung hätte ich jetzt nicht gerechnet.« Er lachte und warf seinen Begleitern amüsierte Blicke zu. Sie mussten mich für völlig bescheuert halten, aber das war mir für den Moment egal.

»Hast du etwas von Julius gehört?«

Das Grinsen der beiden Studenten wurde größer, Bastis Blick irritierter.

»Nein, wieso?«

»Er hat sich seit Samstag nicht mehr gemeldet.«

»Oh«, machte einer der beiden Typen und verzog bedauernd das Gesicht. Ich ballte die Fäuste und bohrte meine Fingernägel in die Handflächen. Wahrscheinlich glaubte er, Julius und ich hätten irgendeine Krise und ich wollte mich nun bei seinem besten Freund ausheulen. Sollte er doch denken, was er wollte! Auf Bastis Stirn bildete sich eine tiefe Falte.

»Hat er irgendetwas gesagt?«

»Nichts, das ist es ja eben. Er hat sich Freitagabend von mir verabschiedet und mir am Samstag auf dem Weg nach München noch eine kurze Nachricht geschrieben. Danach kam nichts mehr. Keine Nachricht, kein Anruf. Bei seinem Handy springt nicht einmal die Mailbox an. Ich war gestern sogar beim Wohnheim, aber er schien nicht da zu sein.«

Die Falte auf Bastis Stirn wurde tiefer und zog sich nun fast von den Augenbrauen bis zum Haaransatz.

»Fuck«, presste er zwischen zusammengebissenen Zähnen hervor.

Mein Herz sank mir in die Kniekehle. Das klang gar nicht gut und war definitiv nicht die Art Antwort, auf die ich gehofft hatte.

Basti klopfte einem seiner Begleiter auf die Schulter. »Sorry, Jungs. Geht ohne mich essen, wir sehen uns später«, sagte er und wendete sein Rad.

Ich hörte noch das verblüffte »Hä?« von dem einen, dann hielt ich Basti am Ärmel fest, ehe er sich auf sein Rad schwang.

»Was hast du vor? Weißt du, wo Julius ist?«

Basti sah mich nur kurz an. »Ich fahr zu ihm.«

»Ist er zuhause?« Ich wollte in Bastis Gesicht lesen, doch er hatte den Blick schon wieder abgewandt. Was ging hier eigentlich ab?

»Keine Ahnung, das werde ich nachprüfen.« Er machte sich von mir los und setzte den Fuß auf das Pedal. »Und ich glaube, es ist besser, wenn du hierbleibst.«

Basti sah mich eindringlich an, als könnte er mich mit seinem Blick auf dem Weg festkleben. Ein eiskalter Schauer jagte mir über den Rücken, während das Blut in meinen Ohren rauschte. Was sollte das denn heißen? Was wusste Basti? Oder was ahnte er? Heiße Panik drang nun in jede Ritze meines Körpers. Ich atmete schneller. Welchen Verdacht Basti auch immer hatte, er musste furchtbar sein und ich war mir nicht sicher, ob ich die Antwort wirklich wissen wollte. Aber hier vor der Mensa würde ich garantiert nicht stehenbleiben.

Ich spurtete zu meinem Rad und raste Basti hinterher.

Nur zehn Minuten später hatte ich ihn am Wohnheim eingeholt. Sein Rad hatte er fallengelassen. Ich warf meins daneben. Basti sah auf, während er einen Schlüssel aus seiner Tasche kramte.

»Lene, ich hatte dir doch gesagt, du sollst nicht mitkommen.«

»Wieso denn nicht? Basti, verdammt, was ist hier los?«

Ich versuchte, ihm in die Augen zu sehen, doch er wich mir aus.

»Ich weiß es nicht ... Nur so ein Gefühl«, murmelte er und steckte den Schlüssel ins Schloss.

Moment. Basti hatte einen Schlüssel? Er wohnte doch gar nicht hier. Mein Puls raste mittlerweile. Wollte ich wirklich wissen, was Basti für ein Gefühl hatte? Aber konnte ich das Nichtwissen noch länger ertragen? Basti stürmte durch den Hausflur und über die Treppe nach oben in den ersten Stock. Er hämmerte gegen Julius' Tür.

»Julius?«

Obwohl ich kaum Luft bekam, hechtete ich Basti hinterher. Atemlos kam ich oben an und hielt mich am Treppengeländer fest. Basti steckte seinen Schlüssel in die Tür. Meine Knie zitterten, in meiner Kehle brannte es wie Hölle und in meiner Brust wurde es immer enger.

Basti stieß mit einem Ruck die Tür auf.

»Julius?«, rief er wieder und war schon im Zimmer verschwunden.

Ich rang nach Luft, während ich mich zentimeterweise vorwärts tastete, die Hand noch immer am Geländer. Warum kam Basti nicht wieder? Ich spürte meine Beine kaum noch unter mir, so weich waren sie. Aber wenn ich Basti folgen wollte, musste ich jetzt dieses Geländer loslassen. Ich löste die Finger von dem Metall und schwankte zur gegenüberliegenden Wand, wo ich mich am Türrahmen festhielt. Mein Blick fiel in das Zimmer und ich krallte meine Hände in die Fugen. Das konnte nicht sein! Basti musste sich im Zimmer geirrt haben.

Dort drinnen herrschte diffuses Licht. Die blauen Vorhänge waren vorgezogen und ließen nur wenig Tageslicht durch. Die Luft hätte man in Blöcke schneiden können. Es roch abgestanden. Nach Schweiß, schmutziger Wäsche und ... nein, das konnte nicht wahr sein! Doch das Bild, das mir die Küchenzeile bot, sagte mir, dass meine Nase mich nicht trog. Bitterer Geruch nach Alkohol. Neben der Spüle stand eine leere Weinflasche, eine weitere Flasche lag daneben. Auf dem Nachttisch eine kleinere Flasche. Angebrochen, noch zu ungefähr einem Drittel gefüllt. Ich zwang mich, den Blick weiterwandern zu lassen. Doch ich begriff nicht richtig, was ich sah.

Basti, der vor dem Bett kniete, den Studenten, der darin lag, auf die Seite drehte und an seiner Schulter rüttelte. Wie der Student träge die Augen öffnete und den Kopf merkwürdig schief hielt. Wie er mich aus dunklen, verquollenen Augen ansah, ehe der Blick wieder kippte. Basti, der sich nach dem Papierkorb streckte und ihn zu sich ans Bett zog, ehe er den Studenten neu aufrichtete und dabei fest umklammerte. Stumm starrte ich auf das Geschehen. Kein Laut drang an mein Ohr. Es schien alles so unwirklich. Das war nur ein Traum. Musste ein Traum sein. Als ob jemand anderes die Kontrolle über mich übernommen hätte, wandte ich mich ab. Meine Beine bewegten sich die Treppe runter, durch die Tür. Auf dem Weg lag ein Fahrrad. Wie von Marionettenfäden gelenkt, hob ich es auf.

Danksagung

CONTENTNOTES
(Sexuelle) Übergriffigkeit
Krankenhausambiente
Alkoholmissbrauch

Danksagung

*A*ls ich während meines Studiums in Erlangen die Ur-Version von Lenes und Julius' Geschichte schrieb, war ich sicher, einen großartigen Roman vor mir zu haben. Spoiler; hatte ich nicht. Obwohl ein Imprint eines namenhaften Verlags das Manuskript damals ins Programm aufnahm. Nach kurzer Zeit verschwand das eBook (berechtigterweise) in der digitalen Versenkung, und ich hätte es dort liegen lassen können. Aber Lene und Julius ließen mich nicht los und so habe ich das Buch einmal komplett umgekrempelt – aus dem alten Manuskript sind nur noch Grundzüge enthalten.

Dass die beiden 10 Jahre später erneut die Bühne des Buchmarkts betreten dürfen, wäre ohne die Hilfe von vielen wunderbaren Menschen nicht möglich gewesen.

Deshalb an dieser Stelle:

Vielen Dank an Dani, weltbeste Lektorin, für deine Liebe zu meiner Geschichte, für alle liebevoll-humorig-empörten-horizonterweiternden Kommentare und deinen unermüdlichen Einsatz, mir mein ruhrpöttisches Plusquamperfekt auszutreiben. Ich hatte da wohl doch ein paar viele *hattes* im Text gehabt ☺

Danke an Nadine für das wunderschöne Cover. Deine Kreativität bei der Gestaltung ist phänomenal. Du hast Lene und Julius das schönste Kleid geschenkt, das ich mir vorstellen kann.

Vielen Dank an Jonathan, InDesign-Mastermind und Satzkünstler, dafür dass du zwischen Magazinen, Karten und Postern immer wieder Zeit für meine Bücher findest und jeden Text zu einem Hingucker machst.

Ein ganz herzliches Dankeschön auch an Rike und Jana vom Herzlichter Podcast. Durch euren Podcast und eure wertvollen Hinweise konnte ich Rika (die Namensähnlichkeit war wirklich Zufall!) noch besser verstehen und sie greifbarer darstellen. Vielleicht bekommt sie ja eines Tages ihre eigene Geschichte …

Vielen Dank an Nella für all die gemeinsamen abendlichen Schreibsessions bei Twitter, für's Motivieren, Aufbauen und dezentes In-den-Hintern-Treten. Ich bin froh, dich als Schreibbuddy zu haben.

Und ich danke dir, dass du Lene und Julius bis hierhin begleitet hast (ja, ich gebe zu, der Cliffhanger ist fies, aber es geht ganz bald weiter). Ich freue mich, wenn du mir eine Rezension auf einer Plattform oder in einem Onlineshop hinterlässt. Dadurch bekommt *Solang du lieben kannst* noch mehr Aufmerksamkeit und wird auch von anderen LeserInnen gefunden. Außerdem ist es auch für mich wertvolles Feedback.

Wenn du mehr über mich und meine Bücher erfahren möchtest, freue ich mich über deinen Besuch auf meiner Website und meinen Social Media Kanälen.

Wir lesen uns!
Alles Liebe
Hanne

Über die Autorin

*H*anne *Benden* studierte Buchwissenschaft und Skandinavistik in Erlangen, Greifswald und Lund und arbeitet heute als Schwedischlehrerin und Übersetzerin. Nach Stationen in verschiedenen Ecken Deutschlands lebt sie nun wieder im heimatlichen Ruhrgebiet. Sie liebt Skandinavien, Bücher und Musik und wünscht sich, so schnell schreiben zu können, wie ihr Ideen für neue Geschichten zufliegen.